Eingesperrt

Jane Hunt

1.Auflage

ISBN: 9781520382982
Jane Hunt
c/o AutorenServices.de
Birkenallee 24
36037 Fulda

Bisher als E-Book oder Taschenbuch erhältlich:

-Flucht
-Dunkelheit
-Nachtschicht
-Rote Rosen
-Mitten in New York
-Kein Weg zurück
-Eiskalt
-Engel aus Stein
-Kein Vergessen
-Abschied

Besuchen Sie meine Facebook-Seite
oder
schreiben Sie mir unter JaneHunt@gmx.de

Als ich dieses Buch geschrieben habe, wurde mir mal wieder bewusst, wie wertvoll meine Freunde für mich sind und wie wichtig es ist, dass wir immer füreinander da sind. Man braucht nicht viele Freunde; die richtigen reichen völlig aus. Ich bin dankbar, dass ich diese richtigen Menschen in meiner Nähe habe.

J.H.

1.

Es kostete Melissa schier unendliche Willenskraft und Anstrengung, doch dann gelang es ihr endlich, die Augen zu öffnen. Es veränderte sich jedoch nichts. Sie blinzelte einige Male. Ergebnislos. Um sie herum herrschte völlige Dunkelheit. Angst breitete sich in ihr aus. Zuerst spürte sie ein Ziehen im Magen, dann kroch eisige Kälte ihren Rücken hinauf und sorgte dafür, dass sich ihre Nackenhärchen aufstellten. Die Angst stieg langsam höher und verursachte dabei ein Kribbeln auf ihrer Kopfhaut. In ihren Ohren begann es zu rauschen. Erst jetzt fiel ihr auf, wie still es um sie herum war. Sie befand sich nicht nur in völliger Dunkelheit, sondern obendrein in absoluter Stille.

Melissas Hals war wie ausgedörrt. Das Atmen fiel ihr zunehmend schwerer. Sie hatte kein Gefühl mehr dafür, ob sie stand, lag oder saß. Ihr Herz schlug immer schneller und jagte ihr dabei das Blut in rasendem Tempo durch die Adern. Dabei schnürte sich ihre Kehle immer weiter zu, fast meinte sie den Druck von Händen auf ihrem Hals zu spüren, die ihr, nach und nach, die Luft zum Atmen nahmen.

Einer Panik nahe wollte sie nach diesen Händen schlagen. Doch ihre Arme wurden sofort zurückgerissen, als sie sich an den Hals greifen wollte. Das laute Klirren von Ketten durchbrach die Stille mit ohrenbetäubender Lautstärke. Und dann setzten die Schmerzen ein. Tränen traten in Melissas Augen. Wo war sie? Was, Himmel noch mal, war passiert? Sie wollte um Hilfe schreien, doch sie bekam keinen Ton heraus. Nicht einmal ein Krächzen entwich ihrer brennenden Kehle. Lag es daran, dass ihr das Blut nach wie vor, in dieser nahezu unerträglichen Lautstärke, durch die Ohren rauschte? Melissa schüttelte den Kopf, als wäre das die Lösung. Wenn sie nur energisch genug den Kopf schüttelte, würde sie aufwachen und läge daheim in ihrem Bett. Doch nichts veränderte sich. Am Schlimmsten war jedoch dieses laute Rauschen ihres Blutes. Sie wollte sich die Ohren zuhalten und sie wollte wissen, was den Druck auf ihrem Hals verursachte. Mist, sie wollte weg hier – wo immer hier auch sein mochte! Obwohl sie tief in ihrem Inneren wusste, dass es vergeblich war, versuchte sie ihre Hände zu befreien. Sie zog und zog, doch gegen den Widerstand kam sie einfach nicht an. Auch ohne dass sie es sah, spürte sie, wie ihre Handgelenke anschwollen. Wie sich kaltes Metall tiefer und tiefer in ihre Haut schnitt.

In ihrer Verzweiflung versuchte sie, mit den Beinen um sich zu treten. Doch entsetzt musste sie feststellen, dass auch die gefesselt waren. Wieder klirrten Ketten und rissen ihr tiefe Striemen in Haut und Fleisch. Wenigstens hatte sie jetzt die Gewissheit, dass sie lag, dachte sie und versuchte das hysterische Lachen hinunterzuschlucken, das sich in ihr ausbreitete. Dann spürte sie den kalten Beton unter ihrem Rücken. Doch diese neueste Erkenntnis brachte ihr keine Erleichterung. Im Gegenteil, aus ihrer Angst wurde langsam regelrechte Panik.

Melissa konnte sich nicht daran erinnern, jemals eine solche Angst verspürt zu haben. Mittlerweile konnte sie ihre Tränen nicht mehr zurückhalten, und so riss sie heulend an den Ketten, die sie gefangen hielten. Auch als sie schon meinte, die Wärme ihres eigenen Blutes zu spüren, das ihr über Arme und Beine rann, konnte sie nicht aufhören, zu ziehen und zu zerren.

„Lass es."

Die schwache Stimme sorgte dafür, dass Melissa augenblicklich in ihrer Bewegung verharrte. Hatte sie sich das nur eingebildet oder hatte hier tatsächlich jemand gesprochen?

„Wer ...?" Tausend Fragen schossen Melissa durch den Kopf, doch ihr Hals war rau und noch immer wie zugeschnürt, sie brachte keinen Satz heraus.

„Es wird noch eine Weile dauern, bis du wieder reden kannst. Also versuch es besser gar nicht."

Eine Frau, dachte Melissa. Die Stimme gehörte einer Frau. Sie versuchte sich aufzusetzen, wurde jedoch sofort daran gehindert. Die Ketten ließen ihr keinerlei Spielraum. Wer war diese Frau und warum waren sie beide hier? Melissas Lippen zitterten, die Tränen rannen ihr über die Wangen und sammelten sich an der Stelle, an der ihr Kopf auf dem kalten Betonboden lag. Was meinte die Frau damit, dass sie nicht sprechen konnte. Woher wusste sie das?

Plötzlich hörte sie Ketten, die ganz leise über den Boden gezogen wurden. Vor Angst erstarrte sie. Melissa riss ihre Augen weit auf, obwohl sie dadurch kein bisschen mehr sehen konnte. Die Dunkelheit umhüllte sie undurchdringlich. Woher war das Geräusch gekommen? Hatte sie es sich nur eingebildet oder waren es ihre eigenen Ketten? Nein, sicher nicht, sie hatte sich nicht bewegt. Ihr Atem ging keuchend. Auf ihrer Haut hatte sich ein Schweißfilm gebildet, der dafür sorgte, dass sie entsetzlich fror. Da war das Geräusch wieder. Es kam auf keinen Fall aus der Richtung, aus der die Frau gesprochen hatte, oder? Wie gehetzt drehte sie ihren Kopf in alle Richtungen, doch diese restlose Dunkelheit nahm ihr jeden Orientierungssinn. Melissa war sich fast sicher, dass es von der gegenüberliegenden Seite kam, während die Stimme der Frau aus der Richtung kam, in die ihre Beine zeigten.

Wieder versuchte Melissa eine Frage zu stellen, und wieder bekam sie lediglich ein Wimmern zustande. Vor Angst und Kälte schlugen ihre Zähne hart gegeneinander. Das Geräusch, das dabei entstand, schien in dem Raum widerzuhallen. Hysterie breitete sich in ihr aus. Melissa spürte, wie sie lachen musste, obwohl das das Letzte war, wonach ihr stand. Und während ihr geschundener Körper auf dem kalten Beton lag, das Blut immer noch aus ihren Wunden rann und ihr Körper vor Schmerz wie taub war, stieß sie glucksende Laute aus, die sie nicht länger zurückhalten konnte. So fest sie konnte, kniff Melissa die Augen zusammen und schüttelte den Kopf, in der Hoffnung aus diesem Albtraum endlich aufzuwachen. Sie hatte jegliches Gefühl für Raum und Zeit verloren. Irgendwann lag sie völlig erschöpft da. Instinktiv versuchte sie, sich zusammenzukauern, was ihr aufgrund der Ketten, an die sie gebunden war, allerdings nicht gelang. Immer wieder zuckte ihr Körper zusammen, ohne dass sie etwas dagegen hätte tun können.

Ihre Gedanken verschwommen ineinander und dann, endlich, driftete sie weg.

2.

Hendrik Baur rieb sich mit beiden Händen über das Gesicht. Schließlich verharrte er mitten in der Bewegung, ohne die Hände wieder wegzunehmen. Würde er das tun, würde er sie alle sehen können. Doch dann musste er sich eingestehen, dass er sie auch so sah. Sie alle waren derart tief in sein Gedächtnis eingebrannt, dass er sie vor sich sah, egal ob er wach war oder schlief. Er stöhnte leise auf und blickte dann auf die große, weiße Tafel, die an der Wand gegenüber von seinem Schreibtisch stand. Vierzehn Farbfotos, stark vergrößert, hingen in einer Reihe. Unter jedem der Fotos stand der Name und das Geburtsdatum der Frau, die auf dem Bild zu sehen war. Und darunter der Tag, an dem das jeweilige Opfer verschwunden war. Vierzehn Frauen, teilweise mehr Mädchen als Frau. Vierzehn Schicksale. Die Mutter des jüngsten Opfers hatten sie vor einer Stunde weinend aus dem Besprechungsraum geführt.

Vierzehn Menschen in kaum mehr als einem Jahr. Und sie hatten nichts. Sie hatten keine Idee, wer der Mistkerl war, der diese Frauen verschleppte. Eigentlich wussten sie nicht einmal, ob die Fälle überhaupt miteinander zusammenhingen, ja, ob es überhaupt Fälle waren. Denn das einzige, was die Fälle gemeinsam hatten, war die Tatsache, dass alle Frauen sich einfach in Luft aufgelöst hatten. Es gab keinen Abschiedsbrief, kein verlassenes Auto, keine zurückgebliebene Handtasche, es gab, schlicht nichts.

Hendrik fuhr sich erneut durch die Haare und stieß sich dann vom Schreibtisch ab. Er stand von seinem Stuhl auf und trat an die Tafel heran. Vor jedem Bild blieb er einen Augenblick stehen und sah sich das Gesicht darauf an.

Obwohl er die Daten, die auf der Tafel standen, schon lange auswendig kannte, las er sie alle noch einmal. Was ist mit euch geschehen?, fragte er sich im Stillen. Vor dem letzten Bild verharrte er länger. Es hing erst seit weniger als einer Stunde hier. Die Mutter hatte es ihm mit zittrigen Händen überreicht. Er hatte sofort veranlasst, dass es vergrößert und vervielfältigt wurde. Sämtliche Streifenpolizisten hatten das Bild jetzt bei sich und befragten Passanten und Anwohner. Zwei Teams aus seinem Dezernat waren bereits unterwegs und verhörten Freunde und Kollegen. Bislang hatte er keine Rückmeldung erhalten, was hieß, dass es noch keine Spur gab.

Hendrik überlegte, ob er der Mutter mehr Mut hätte machen sollen. Doch er schaffte es nicht, sie anzulügen. Ihre Augen waren schon verquollen, als sie hergekommen war. Sie hatten es hier Tag für Tag mit Vermisstenfällen zu tun. Die meisten vermissten Menschen tauchten innerhalb weniger Stunden wieder auf. Oft waren die Vermissten wieder zu Hause, noch bevor sein Dezernat überhaupt davon erfuhr, dass sie vermisst gewesen waren. Doch dann gab es solche Fälle wie diesen. Eine Mutter oder ein Vater, in manchen Fällen auch beide Elternteile, kamen hier an, und man spürte sofort, dass dieser Fall sich von anderen unterschied.

Frau Vost war alleine gekommen. Ihre Schultern hingen nach unten, genauso ihr Kopf. Der Blick aus ihren geröteten Augen wirkte gehetzt. Sie hatte sich immer wieder hektisch umgesehen. Hendrik war gerade auf dem Weg zum Snackautomaten durch das Großraumbüro gekommen, als er die Frau hilflos in dem Raum stehen sah. Seine Kollegen hatten die Frau noch gar nicht bemerkt. Sie waren alle beschäftigt. Die junge Beamtin, die die Frau begleitete, wirkte unsicher. Ihr Blick blieb hilfesuchend auf ihm haften. Obwohl er eigentlich nicht wirklich Zeit hatte, sich der Frau anzunehmen, war er zu ihr gegangen und hatte sich vorgestellt. Wenig später saßen sie sich im Besprechungsraum gegenüber. Er hatte sich spontan dagegen entschieden, sie in ein Verhörzimmer zu nehmen. Diese Zimmer waren fensterlos, schäbig und irgendwie immer kalt. Sein Büro schied ebenfalls aus. Die Tafel war nicht für die Augen der Öffentlichkeit bestimmt.

Hendrik hatte sich die Geschichte der Mutter angehört. Diese Frau hatte alles verloren. Ihr Mann war schon vor Jahren mit einer anderen Frau durchgebrannt und hatte jeden Kontakt zu seiner Familie gekappt. Der Sohn war in Afghanistan, zusammen mit Kameraden seiner Einheit, über eine Mine gefahren. Keiner hatte überlebt. Und jetzt war die Tochter offenbar verschwunden. Sie war am Morgen wie immer aus dem Haus gegangen und nicht wieder zurückgekehrt.

Während Hendrik sich weiter das Bild der jungen Frau ansah, hatte er die Stimme ihrer Mutter im Ohr. Sie hatte ihm geschworen, dass es keinen Streit gegeben hatte. Ein Satz, den er in den letzten Jahren zu oft gehört hatte und der zu oft im Laufe der Ermittlungen immer weiter verändert wurde, bis aus „kein Streit“, eine „kleine Meinungsverschiedenheit“ und schließlich eine handfeste „Auseinandersetzung“ wurde. Er konnte nicht sagen warum, doch in diesem Fall glaubte er der Mutter.

„Bist du so weit?“

Hendrik fuhr herum. Er hatte seine Kollegin nicht hereinkommen hören. Sie war das komplette Gegenteil von ihm. Wahrscheinlich war das der Grund, warum sie ein so gutes Team bildeten. Heute trug sie Jeans und ein eng anliegendes T-Shirt, was beides ihre schlanke Figur betonte. Darüber trug sie eine abgewetzte Lederjacke, die schon bessere Zeiten gesehen hatte. Auch das Leder ihrer schweren Boots war verschrammt. Wie sie es trotzdem immer schaffte einen gepflegten Eindruck zu machen, war ihm ein Rätsel. Da es ihr jedoch gelang, hatte er nichts an ihrer Garderobe auszusetzen. Er legte großen Wert auf ein sauberes Erscheinungsbild in seinem Dezernat. Selbst trug er nie etwas anderes als einen Anzug, der farblich immer auf Hemd und Krawatte abgestimmt war.

Camilla warf mit einer leichten Kopfbewegung ihr langes, blondes Haar über die Schultern und lächelte ihn an.

Hendrik erwiderte das Lächeln. Er warf noch einen letzten Blick auf das Foto, das er zuletzt aufgehängt hatte. Mit zusammengepressten Lippen nickte er und verließ dann, hinter Camilla, sein Büro. Sie hatten einen Termin bei Frau Vost. In den nächsten Stunden würden sie Melissas Leben so unter die Lupe nehmen, bis sie es besser kannten, als sie selbst.

3.

Melissa erwachte mit pochendem Schädel. Stöhnend drehte sie sich zur Seite. Sofort schoss ihr der Schmerz durch Arme und Beine. Mit einem Schlag wurde ihr wieder bewusst, dass sie sich nicht bewegen konnte. Dass sie irgendwo in der Dunkelheit, gefangen und gefesselt, auf einem eisig kalten Boden lag. Wo war die Frau, die vorher mit ihr gesprochen hatte? Sie wollte nach ihr rufen, doch ihre Stimme war nach wie vor kaum mehr als ein Krächzen. Panik ergriff wieder Besitz von ihr. Nein! Das würde sie nicht zulassen. Alles war besser als Angst. Angst würde sie nicht weiterbringen.

Zuerst einmal musste sie herausfinden, wo sie war und wie sie hierhergekommen war. Doch wie sollte das gehen? Sie konnte sich an überhaupt nichts erinnern. Wieder wurde der Geschmack in ihrem Mund schal. Sie brauchte unbedingt etwas zu trinken. Und zu essen. Und wahrscheinlich auch einen Arzt. Ihre Armgelenke und die Knöchel an ihren Füßen brannten wie Feuer. Zentimeter um Zentimeter, untersuchte sie in Gedanken ihren Körper, auf der Suche nach weiteren Verletzungen, die ihr bislang entgangen waren. Dabei bemerkte sie, dass sie völlig nackt war. Diese Erkenntnis traf sie wie ein Blitz aus heiterem Himmel. Hatte man sie …? Nein, nein, das würde sie spüren. Oder etwa nicht? Als ihr nun doch

Tränen in die Augen stiegen, schluckte sie ein paar Mal schwer und zwang sich dann dazu, sich auf ihre Aufgabe zu konzentrieren. Ihr Hals brannte höllisch. Als hätte sie Batteriesäure getrunken. Zumindest stellte sie sich vor, dass es sich so anfühlen musste. Außerdem hatte sie ganz sicher eine gewaltige Beule am Hinterkopf. Die war sicher auch der Grund für ihre schrecklichen Kopfschmerzen.

„Bist du wieder wach?"

Melissa fuhr herum. Bereute diese Reaktion jedoch sofort. Wäre es nicht so stockdunkel hier gewesen, hätte sie ganz sicher für einen Moment nur Schwarz gesehen. Sie presste die Lippen zusammen, bis der Schmerz abgeklungen war. Das Geräusch, das sie dann von sich gab, war ganz sicher nicht als ein Ja zu verstehen. Es war aber alles, was sie von sich geben konnte.

„Er hat dich gewürgt. Dein Hals oder viel mehr deine Stimmbänder sind geschädigt. Keine Sorge, das gibt sich wieder. Schone deine Stimme einfach." Das Lachen, das nun folgte, ließ Melissa das Blut in den Adern gefrieren.

„Hab keine Angst vor ihr. Es ist ihre Art, mit all dem fertig zu werden."

Melissa riss, ungeachtet ihrer Schmerzen den Kopf erneut herum. Was war hier los? Das war eindeutig eine andere Stimme. Sie kam aus einer ganz anderen Richtung. Sie kam von oben. Also, dort wo sie oben vermutete. Eher rechts von ihr, schoss es ihr noch durch den Kopf. Oh Gott, wurde sie langsam verrückt? Diese verfluchte Dunkelheit raubte ihr schlichtweg den Verstand. Aus reiner Verzweiflung zerrte sie wieder an den Ketten. Der Schmerz war wenigstens real. Mit dem konnte sie umgehen. Schmerz war besser als Angst.

„Hör auf, du wirst dich noch ernsthaft verletzen und befreien kannst du dich doch nicht.“ Die Stimme hatte etwas Sanftes an sich, dachte Melissa. Sie bewegte sich nicht weiter.

„Ich heiße Sandra“, sagte die Frau, die sich rechts von ihr befand, mit ihrer ruhigen Stimme. „Links von dir, das ist Eva. Sag Hallo“, forderte Sandra.

„Hi, ich bin Eva,“ stellte sich die Frau daraufhin vor, die als erstes gesprochen hatte.

Melissas Gedanken wirbelten wie wild durcheinander. Sie musste unbedingt wissen, was hier los war. Wer hatte sie gewürgt? Und warum? Sie konnte sich nicht daran erinnern, dass sie mit jemandem Streit gehabt hatte. Andererseits hatte sie ja schon festgestellt, dass sie sich überhaupt an vieles nicht mehr erinnern konnte.

„Gegenüber von dir, das ist Karen“, fuhr Sandra fort.

Was? Es gab noch mehr Menschen hier drin? Dann erinnerte sie sich wieder an das Geräusch, das sich wie Kettenscharren angehört hatte. Sie hatte es sich also doch nicht eingebildet.

„Rechts neben Karen sind Anika und Ella, links von ihr Jessica und Klaudia. An der Stirnseite der Wand sind Yvonne und Lili. Gegenüber, an der vierten Seite des Raumes, Marie und Rebecca. Sofia und Evelyn sind gerade nicht bei uns. Habe ich jemanden vergessen, Mädels?“

Melissa stieß einen Schrei aus. Ein leises Murmeln setzte im Raum ein. Die Stimmen verspannen sich in Melissas Gehirn zu einem immer lauter werdenden Dröhnen. Alles um sie herum begann sich mit diesen Stimmen zu drehen. Immer schneller drehte sich der Raum und immer lauter wurden die Stimmen. Mit einem

Mal wusste sie nicht mehr, ob sie tatsächlich lag oder doch stand. Sie konnte nicht mehr zwischen oben und unten, zwischen vorne und hinten unterscheiden. Das Wimmern, das all die Geräusche übertönte war ihr eigenes, bemerkte sie. Ihr Gesicht war nass von ihren Tränen.

„Seid mal alle leise!" Die laute Stimme durchschnitt die Dunkelheit des Raumes wie ein Messer. Schlagartig war es in dem Verlies totenstill.

Einzig Melissas Keuchen war noch zu hören.

4.

Frau Vost erwartete Hendrik und Camilla schon vor dem Haus. Sie stand auf der Treppe des kleinen Einfamilienhauses. Im Garten blühten zahllose Blumen und verströmten einen herrlichen Duft. Das kleine Stück Rasen vor dem Haus war kurzgehalten. Nirgendwo war Unkraut zu sehen. Bienen summten und flogen munter von einer Blüte zur nächsten. Ein ganz normaler Tag, ging es Hendrik durch den Kopf.

„Ich konnte einfach nicht im Haus warten", sagte Frau Vost und kam ihnen den schmalen Weg entgegen, der zu ihrem Haus führte. „Es war so still da drin. So bedrückend still." Die letzten Worte flüsterte sie nur noch.

Hendrik bewunderte die Frau insgeheim. Obwohl sie so zerbrechlich wirkte, war sie unglaublich stark. Er wüsste nicht, was er tun würde, wenn er nacheinander seine gesamte Familie verlieren würde. Vielleicht war das auch der Grund, warum er mit vierunddreißig immer noch nicht verheiratet war. Seine Arbeit erleichterte es ihm zudem nicht gerade, etwas an seinen persönlichen Verhältnissen zu ändern.

Frau Vost streckte zuerst Camilla die Hand zum Gruß hin und dann ihm.

„Das ist schon in Ordnung“, antwortete Hendrik und erwiderte den Händedruck.

Die Mutter seines jüngsten Opfers war gut einen Kopf kleiner als er. Sein jüngster Fall, nahm er seinen Gedanken noch einmal auf, während sie hinter der Mutter in Richtung des Hauses gingen. Hier wohnte Melissa also. Ob sie die Blumen noch wahrnahm, wenn sie aus dem Haus ging oder wieder zurückkam oder war sie blind dafür geworden? Sie war neunzehn Jahre alt. Hatte man mit neunzehn überhaupt Zeit, sich mit seiner Umwelt zu befassen oder war man zu sehr mit sich selbst beschäftigt? Hendrik versuchte sich zurückzuerinnern, wie er mit neunzehn gewesen war. Dann verwarf er den Gedanken schnell wieder. Wahrscheinlich konnte man einen Jungen in diesem Alter nicht mit einem Mädchen vergleichen. Er würde sich später mit Camilla darüber unterhalten, nahm er sich vor.

Sie betraten den kühlen Flur des Hauses. Frau Vost führte sie ins Wohnzimmer.

„Nehmen Sie doch Platz. Ich habe Kaffee gekocht. Ich gehe nur kurz in die Küche.“ Ohne ihre Antwort abzuwarten, verließ die Frau mit hängenden Schultern den Raum. Die beiden Polizisten sahen sich in dem Zimmer um, das großzügiger geschnitten war, als man es bei der Größe des Hauses erwartet hätte. Man sah den Möbeln an, dass die Besitzer nicht reich waren, dennoch war es Frau Vost gelungen, dass der Raum Behaglichkeit ausstrahlte. Hendrik konnte sich gut vorstellen, dass Mutter und Tochter viele Stunden auf dem Sofa gesessen und sich unterhalten oder einfach nur ferngesehen hatten. Am besten gefiel ihm, dass keinerlei

Nippes herumstand, und die Topfpflanzen wuchsen üppig. Sein Blick fiel auf eine kleine Kommode am anderen Ende des Zimmers. Er ging hinüber und sah sich die Bilder an, die darauf standen. Als er einen der Rahmen in die Hand nahm, bemerkte er, dass kein Staubkörnchen auf dem dunklen Holz zu sehen war. Dann widmete er seine Aufmerksamkeit dem Foto. Es zeigte Mutter und Tochter. Die Aufnahme konnte noch nicht sehr alt sein, überlegte er. Trotzdem überraschte es ihn, wie jung Frau Vost auf dem Bild aussah. Die letzten Stunden hatten ihr offensichtlich stark zugesetzt.

Als er bemerkte, dass Camilla neben ihm stand, reichte er ihr das Bild. Auch sie atmete kurz schwer aus. Sie hatte es also auch bemerkt, dachte Hendrik. Doch eigentlich wunderte ihn das nicht. Er kannte und schätzte die rasche Auffassungsgabe seiner Kollegin. Von allen Beamten in seinem Dezernat, war sie die, mit den scharfsinnigsten Instinkten.

Die anderen Bilder auf der Kommode waren älter. Sie zeigten die beiden Kinder, die miteinander an einem Strand spielten. Außerdem gab es von beiden Kindern das typische Einschulungsfoto. Auf dem letzten Bild war der Sohn in Armeeuniform abgelichtet worden. Er trug eine verspiegelte Sonnenbrille und hatte seinen Seesack lässig über die Schulter hängen, obwohl er ganz sicher viel zu schwer war, um ihn länger in dieser Position zu tragen. Das Bild hätte die Szene eines Actionfilmes darstellen können, auf dem der Held ins Gefecht zog. Hendrik überlegte, was die Mutter wohl denken musste, wenn sie dieses Bild ansah. Hatte sie Wut auf sich selbst, dass sie ihr Kind in einen Krieg hatte ziehen lassen, in dem es nichts verloren hatte? Oder richtete sich die Wut auf das Land, das so unbarmherzig seine Männer fortschickte?

„Ich warte immer noch darauf, dass er eines Tages vor der Tür steht und mir sagt, dass alles ein Irrtum war", sagte Frau Vost, die, mit einem Tablett in der Hand, ins Wohnzimmer zurückgekommen war. Hendrik nickte nur. Was sollte er schon dazu sagen? Camilla stellte das Bild zurück. Dann setzen sie sich auf das Sofa und warteten schweigend, bis Frau Vost den Kaffee in die feinen Porzellantassen eingegossen hatte. Hendrik musste ein Schmunzeln unterdrücken. Er hätte darauf wetten können, dass es in diesem Haus solche Tassen gab.

„Melissa würde mit mir schimpfen", fing Frau Vost an. „Sie kann diese Tassen nicht leiden. Man darf sie nicht in die Spülmaschine stellen. Melissa findet das einfach nur unpraktisch. Sie liebt große Tassen. Wenn man doch von vorneherein weiß, dass man viermal nachschenken muss, kann man sich doch gleich eine entsprechend große Tasse nehmen, sagt sie immer." Ihre Stimme fing an zu zittern. Um gegen die Tränen anzukämpfen, stellte sie einen Teller mit Keksen auf den Tisch und räumte dann das Tablett zur Seite.

Camilla bewunderte die Frau einmal mehr. Wie so oft fragte sie sich, ob sie genauso beherrscht sein könnte, wenn ihr Kind nicht nach Hause kommen würde. Für einen kurzen Moment erlaubte sie sich, an ihre eigene Mutter zu denken, verwarf den Gedanken jedoch rasch wieder. Als Frau Vost sich wieder setzte, war ihr Gesicht gerötet, doch die Tränen hatte sie besiegt. Zumindest erst einmal.

Während der nächsten Stunde erzählte ihnen die Mutter noch einmal alles, was ihre Tochter ausmachte. Sie berichtete von den Hobbys, den Freunden, den schulischen Leistungen, dem Menschen. Obwohl sie nicht mehr erfuhren, als zuvor auf der Dienststelle, unterbrachen weder Hendrik noch Camilla den Redefluss der Frau. Aus Erfahrung wussten sie, wie wichtig es für die Mutter war, über ihr Kind zu sprechen.

Als Frau Vost eine kurze Pause machte und von ihrem Kaffee nippte, der zweifelsohne eiskalt war, nutzte Hendrik die Gelegenheit und fragte: „Können wir uns Melissas Zimmer ansehen?"

Mit zittrigen Händen stellte Frau Vost ihre Tasse zurück auf den niedrigen Tisch. Sie presste ihre Lippen fest zusammen, nickte dann aber.

„Sie brauchen uns nicht zu begleiten", sagte Camilla leise. „Sagen Sie uns einfach, welches Zimmer es ist."

Frau Vost nickte immer noch. Dann zeigte sie auf eine Tür, die sich neben der Küche befand und geschlossen war.

Die beiden Beamten erhoben sich und gingen in das Zimmer von Melissa. Camilla schloss die Tür leise hinter sich. Wie immer, blieben sie zunächst mitten im Raum stehen und ließen das, was sie sahen, erst einmal auf sich wirken. Vor ihnen lag das typische Zimmer einer jungen Frau. Melissa war erst wenige Wochen vor ihrem Verschwinden neunzehn Jahre alt geworden.

Camilla drehte sich langsam im Raum um. Sie sah die weißen Möbel, die hellgrüne Tagesdecke, die am Fußende des Bettes lag, den ordentlich aufgeräumten Schreibtisch. Auf einem Stuhl waren Kleidungsstücke abgelegt worden. Die Kommode drohte unter der Last, der auf ihr abgestellten Parfums und sonstiger Kosmetikprodukte, zusammenzubrechen. An der Wand über dem Bett waren mit Reißzwecken Fotos aufgehängt. Auf fast allen war Melissa zu sehen, auf allen lachte sie. In der Mitte der Bilder klaffte eine Lücke, durch die die hellgelbe Farbe der Tapete zu sehen war. Ein kleines Loch ließ darauf schließen, dass auch hier ein Foto gehangen hatte. Camilla tippte darauf, dass es das Bild war, das nun, stark vergrößert, an der Tafel in Hendriks Büro hing. Da Hendrik noch nichts sagte, holte Camilla eine Digitalkamera aus ihrer Tasche. Wenn Hendrik mit seinen Beobachtungen fertig wäre, würde er es sie wissen lassen, bis dahin würde sie schon einmal Bilder des Zimmers machen. Systematisch arbeitete sie sich von einer Ecke des Raumes zur nächsten vor. Dabei ließ sie keine Stelle aus. Schließlich fotografierte sie noch den Boden. Als nächstes öffnete sie die Schränke und machte auch hier Fotos.

Wenn sie fertig waren, würde sie jedes Kleidungsstück, jedes Buch, jeden Schnipsel in der Hand gehabt haben. Alles, was für die Ermittlungen von Bedeutung sein könnte, wäre in Plastiktüten verpackt und beschriftet.

„Fertig?“, fragte Hendrik und riss sie aus ihren Gedanken.

5.

Mit den Akten unter den Arm geklemmt, rannte Hendrik mehr in Richtung Fahrstühle, als dass er ging. Er hatte noch zehn Minuten, bis zum Briefing. Die Eingangshalle des Präsidiums war wie immer überhitzt. Warum die Klimaanlage hier anscheinend nie genutzt wurde, war ihm unverständlich. Wollte man damit verhindern, dass die Menschen, die hierherkamen, sich wohl fühlten? Er drückte die Ruftaste des Aufzugs und wartete ungeduldig darauf, dass die Anzeige über der Tür die Stockwerke herabzählte. Doch nichts geschah. Entweder steckte die Kiste fest oder jemand blockierte in der siebten Etage die Tür. Während Hendrik unruhig mit dem rechten Fuß auf den Boden tippte, sah er auf seine Uhr. Noch acht Minuten. Er hasste es, unpünktlich zu sein. Ein leises Räuspern veranlasste ihn dazu, sich umzudrehen. Er blickte in die strahlenden Augen von Hannah. Hannah arbeitete beim Fernsehen. Er kannte sie seit Ewigkeiten, und nur sie schaffte es, ihn an diesem Morgen zum Lächeln zu bringen, stellte er fest.

„Guten Morgen", sagte Hannah gut gelaunt. Sie hätte ihre Uhr nach ihm stellen können. Als sie zehn Minuten zuvor die Halle betreten hatte, hatte sie noch überlegt, ob es sich überhaupt lohnte, sich hinzusetzen. Mit einem leichten Achselzucken hatte sie sich dagegen entschieden und sich gegen einen Betonpfeiler gelehnt. Dabei hatte sie die Eingangstür im Sichtfeld behalten. Lange musste sie nicht warten, bis Hendrik hereinkam. Beim Blick auf die Uhr wusste sie, dass er sich doch um einige Minuten verspätet hatte. Doch das Warten hatte sich gelohnt, stellte sie fest. Am liebsten hätte sie sich die Lippen abgeleckt, als sie ihn auf sich zukommen sah. Er hatte sie nicht gesehen, da sein Blick auf der Anzeige über dem Fahrstuhl hing, als könnte er die alte Kiste mit bloßer Willenskraft dazu bewegen, dass sie nach unten fuhr.

Wie immer trug er einen dunklen Anzug und wie immer war der maßgeschneidert. Hannah wusste, dass es für Hendrik nichts Schlimmeres gab, als in einem Geschäft unzählige Anzüge anzuprobieren, um sich dann für einen zu entscheiden, der schlecht saß, nur um den Laden wieder verlassen zu können. Lieber gab er etwas mehr Geld aus und hatte dann was er wollte. Daran hatte sich in all den Jahren, die sie sich nun schon kannten, nichts geändert. Sein schwarzes Haar war wie immer perfekt geschnitten und frisiert. Seit sie ihn kannte, trug er denselben Schnitt und sie konnte nur hoffen, dass er daran nie etwas ändern würde. Seine Augen waren so dunkel, dass sie manchmal schwarz wirkten. Für sein Alter hatte er es weit gebracht, dachte Hannah. Nun beobachtete sie, wie er sich langsam zu ihr umdrehte. Es freute sie zu sehen, dass seine verkrampften Schultern sich dabei etwas lockerten.

„Weiß nicht“, antwortete Hendrik. Doch irgendwie verbesserte sich seine Laune, die gerade noch im Begriff gewesen war zu kippen, schlagartig. „Hi“, fügte er deshalb hinzu und lächelte die schlanke Frau, die ihm dicht gegenüberstand, an.

Hannah nahm das zum Anlass, sich auf die Zehenspitzen zu stellen und ihm einen Kuss auf die Wange zu drücken, während sie ihre Arme um ihn schloss. Dann trat sie einen Schritt zurück und sah ihn an.

„Hast du …“, Hannah blickte auf ihre silberne Armbanduhr, „… vier Minuten und siebenunddreißig Sekunden Zeit für mich?“, wollte sie wissen und sah in spitzbübisch an.

Typisch Hannah, dachte Hendrik, sie kannte ihn besser als irgendein anderer Mensch. Er sah noch einmal auf die Anzeige des Fahrstuhls. Doch der steckte noch immer in der sechsten Etage fest.

„Nur, wenn du mit mir die Treppen nimmst“, sagte er herausfordernd und ging voraus in Richtung des Treppenhauses. Dass sie ihm folgen würde, wusste er, auch wenn er sich nicht umdrehte. Tatsächlich hatte sie ihn noch vor der Tür eingeholt, drückte sie auf und lud ihn mit einer schwungvollen Handbewegung ein, einzutreten. Diesmal musste er lachen.

„Es wäre verlockend gewesen, in deinem Büro auf dich zu warten“, fing Hannah angriffslustig an.

Ja, das war es wohl, dachte Hendrik. Sie hätte es auch geschafft, bis dahin durchzukommen, dessen war er sich sicher. Sie war gut in ihrem Job, wahrscheinlich die Beste. Er rechnete es ihr hoch an, dass sie hier unten, im völlig überhitzten Eingangsbereich, auf ihn gewartet hatte. Während einer laufenden Ermittlung, ließ er prinzipiell keine Zivilisten in sein Büro. Dort stand die Tafel, auf der alle Informationen standen, die sie zu dem

Fall hatten. Dort hingen die Bilder der Tatorte und der Opfer. Sie war voll mit Informationen, die auf keinen Fall an die Öffentlichkeit gelangen durften. Hannah wusste das und respektierte es; trotz ihres Berufes und der damit verbundenen Neugierde.

Hendrik lächelte Hannah an, als sie neben ihm die Treppen hoch lief. Trotz der hohen Absätze ihrer Schuhe, war sie um einige Zentimeter kleiner, als er. Er hatte ein gutes Tempo vorgelegt, doch sie hielt mühelos mit ihm mit. In diesem Augenblick fiel ihm der Abend ein, an dem sie sich zum ersten Mal gesehen hatten. Er hatte einen Kumpel getroffen, den er jahrelang aus den Augen verloren hatte. Mit ihm war er spontan Essen gegangen. Eine Entscheidung, die er in den nächsten Stunden noch bitter bereut hatte. Nie hätte Hendrik gedacht, dass ein Mensch sich so komplett ändern konnte. Der Typ, seinen Namen hatte er tatsächlich mittlerweile vergessen, hatte über Stunden hinweg nur von sich erzählt. Dabei hatte er es jedoch nicht versäumt, an allem herumzumeckern. Angefangen beim Mineralwasser, dessen Marke er nicht würdig war. Beim Essen verlor er bei nahezu jedem Bissen einen abwertenden Kommentar.

Hannah jobbte damals in der Gaststätte. Hendrik war noch nie zuvor dort gewesen. Sie lag einfach direkt an der Ecke, an der er den Kerl getroffen hatte. Er selbst war von Essen und Service sehr angetan gewesen. Eigentlich fand er es schade, dass er um jeden Preis das Restaurant verlassen wollte. Doch er war sich sicher, wenn er auch nur eine Minute länger als notwendig mit diesem Typ an einem Tisch sitzen würde, müsste er ihn töten. Da er damals gerade seine Ausbildung bei der

Polizei begonnen hatte, hielt er diese Option für die denkbar ungünstigste.

Hannah kam zu ihrem Tisch, dabei sah sie in lächelnd an. Ihre Augen glänzten, und an den Wangen bildeten sich Grübchen. Mit effizienten Handgriffen türmte sie die leeren Teller auf ihren Arm. Dabei fragte sie: „Hat Ihnen das Essen geschmeckt?", und sah die beiden Gäste erwartungsvoll an.

„Ich habe schon besser gegessen!" Warum konnte dieser Typ keine Sekunde lang seine Klappe halten? Wut kochte in Hendrik hoch.

„Aber sicher nicht hier", flötete die Bedienung in Richtung ihres Gastes und schaffte damit, was Hendrik den ganzen Abend über nicht gelungen war. Sie brachte ihn zum Schweigen. Hendrik musste lachen, bis ihm die Tränen über die Wangen liefen. Mit kerzengerader Haltung ging die Bedienung in Richtung Küche. Der Typ zeterte am Tisch. Doch Hendrik ignorierte ihn einfach. Er lachte und lachte. Nur am Rande bekam er mit, wie sein ehemaliger Schulfreund einen Schein auf den Tisch warf und schnaubend das Restaurant verließ. Als er selbst bezahlte, fragte die Bedienung mit einem Augenzwinkern, ob er einen netten Abend gehabt hatte. Hendrik antwortete: „Wenn *nett* die kleine Schwester von Scheiße ist, hatte ich einen sehr netten Abend." Sie trafen sich von diesem Abend an häufig. Das Wort *nett* wurde zu einem geflügelten Wort und stand fortan für alles, was eben genau das Gegenteil war.

Jetzt erreichten sie die dritte Etage und Hendrik musste wieder lachen.

„Was ist so komisch an der Frage?", wollte Hannah wissen und sah ihn entgeistert an.

„Entschuldige, ich habe dir nicht zugehört, was wolltest du wissen?“, fragte Hendrik.

„Ich habe gehört, es gibt ein neues Opfer, was ist an der Sache dran?“

Wie vom Schlag getroffen, blieb Hendrik stehen. Hannah ging noch einige Stufen weiter, bis sie realisierte, dass Hendrik ihr nicht mehr folgte. Sie blieb stehen wo sie war und überragte ihn damit um einige Zentimeter.

Demonstrativ blickte sie zu ihm hinab.

„Woher weißt du das?“, verlangte Hendrik zu wissen.

„Du weißt, dass ich meine Quellen nicht preisgebe,“ war alles, was sie antwortete.

Ja, das wusste er. Es war eine weitere Angewohnheit an ihr, die er schätzte. Er wusste, dass er ihr alles erzählen konnte. Auch über eine laufende Ermittlung. Sie würde es erst verwenden, wenn er ihr dazu die Freigabe erteilte. Obwohl sie mit dem Wissen, das sie in der Vergangenheit von ihm bekommen hatte, ihre Einschaltquoten in astronomische Höhen hätte schnellen lassen können, hatte sie sich zurückgehalten. Ohne es auszusprechen, waren Ehrlichkeit und Vertrauen, eine feste Basis ihrer Beziehung geworden. Natürlich profitierte sie von ihm. Umgekehrt hatte auch sie ihm schon viel Laufarbeit erspart, indem sie ihn mit Informationen versorgt hatte. Ihre Quellen waren stets zuverlässig und immer streng geheim. Zu gerne hätte er erfahren, wer auf ihrer Spesenrechnung stand. Doch er wusste, dass sie sich eher die Zunge abbeißen als einen Namen nennen würde.

„Eine junge Frau ist verschwunden. Mehr haben wir nicht.“ Diese Tatsache belastete ihn schwer. „Ich war gestern mit Camilla bei der Mutter. Wir haben das Zimmer des Mädchens, ja, ihr ganzes Leben umgekrempelt und wissen nichts. Ihr Notebook ist bei der Auswertung."

Camilla nickte. Sie hatte gewusst, dass ihre Quelle sie nicht belogen hatte. Es aus Hendriks Mund noch einmal zu hören, machte die Sache aber nicht leichter.

„Scheiße, wir wissen noch nicht einmal, ob es überhaupt Fälle für uns sind, verstehst du? Wir haben keine Zeugen, keine Hinweise, wir haben überhaupt nichts." Wie zum Beweis, hielt er ihr die dünne Akte, die er unter den Arm geklemmt hatte, unter die Nase. Mit seiner freien Hand raufte er sich die Haare. Dann senkte er den Kopf und sah auf die Treppenstufen hinab. Erst jetzt fiel ihm auf, wie hoch die Absätze an Hannahs Schuhen wirklich waren. Sie mussten sicher zehn Zentimeter hoch sein.

Wie hatte sie es geschafft, in diesem Tempo die Treppen neben ihm hochzulaufen, ohne sich die Beine zu brechen? Der schwarze enge Rock, den sie trug, endete einiges oberhalb ihrer Knie und schaffte es, die Fantasie eines Mannes anzuheizen. Die Knöpfe ihrer hellgrauen Bluse spannten sich im Bereich ihrer Brüste. Sie hatte die gleiche Farbe wie Hannahs Augen. Wie immer trug sie ihr Haar offen. Es hatte die Farbe von tiefrotem Herbstlaub und glänzte im Licht der Neonröhren des Treppenhauses.

Sein Blick blieb an ihren Augen hängen. Er las darin dieselbe Ratlosigkeit, die auch er empfand.

Hannah streckte langsam ihre Hand aus und strich im das Haar wieder glatt, das er zuvor durcheinandergebracht hatte.

„Lass uns um zehn einen Kaffee trinken gehen", schlug er vor.

Hannah nickte, beugte sich zu ihm hinunter und hauchte ihm einen Kuss auf die Lippen. „Es ist *nett*, auf dich hinabzublicken", sagte sie und brachte ihn damit erneut zum Lächeln.

„Ja, schon klar." Hendrik schüttelte den Kopf.

Lachend ging Hannah an ihm vorbei und lief die Treppen nach unten.

Hendrik blieb noch einen Moment stehen.

„Du hast gestern Abend gut ausgesehen. Ach, und brich dir nicht deine schönen Beine!", rief er ihr hinterher. Dann nahm er immer zwei Stufen auf einmal, um zur Besprechung zu kommen, bevor sein Team eine Fahndung nach ihm veranlassen würde. Aus den Augenwinkeln sah er noch, wie Hannah die Hand hob, um ihm zu verstehen zu geben, dass sie ihn verstanden hatte.

6.

Diese Wette hätte er gewonnen, dachte Hendrik, als er sein Büro betrat und seine Mannschaft komplett versammelt vorfand. Irgendjemand hatte daran gedacht, süße Teilchen vom Bäcker mitzubringen. Die geöffnete Schachtel stand auf einem kleinen Tisch, dort fand er auch eine Kanne mit Kaffee und eine saubere Tasse. Die anderen hatten bereits zugegriffen, stellte er mit einem Blick in die Runde fest.

„Dass ihr eure klebrigen Finger bei euch behaltet“, sagte er streng, bevor er selbst nach einem, mit Zucker triefenden, Blätterteiggebäck griff.

„Was gibt es Neues?“, fragte er, bevor er zubiss.

„Im Labor hasst man uns“, begann Harald. Er war der Dienstälteste im Raum.

„Der Chef will wissen, was es Neues gibt“, warf Tim ein und erntete damit ein Lachen.

Tim war erst im vorigen Jahr zur Vermisstenstelle gekommen und war deshalb mit Abstand der Jüngste im Team; auch wenn er, genau wie Camilla neunundzwanzig Jahre alt war, würde er doch in den nächsten Jahren ihr Nesthäkchen bleiben, wenn er denn nicht vorher das Dezernat wechseln würde. Hendrik hatte zuerst Bedenken gehabt. Sie hatten so viel Arbeit, dass er eigentlich keine Zeit dafür hatte, einen so jungen

Kollegen einzuarbeiten. Doch es hatte sich recht bald herausgestellt, dass Tim eine schnelle Auffassungsgabe hatte. Die Fragen, die er stellte, waren berechtigt. Die Einwände, die er zu bedenken gab, scharfsinnig und ansonsten hielt er die Klappe.

Hendrik räusperte sich laut, und sofort kehrte wieder Ruhe ein. Harald fuhr mit seinem Bericht fort. „Sie versuchen uns zwischenreinzunehmen, allerdings wollten sie sich nicht festlegen, bis wann wir mit den ersten Ergebnissen rechnen können. Gerade läuft die Spiegelung der Festplatte von Melissas Notebook."

„Was noch?", fragte Hendrik.

Keiner im Team antwortete.

„Ich habe zusammen mit Bert die Freundinnen und Nachbarn verhört. Keinem ist etwas aufgefallen. Melissa hat sich in den letzten Tagen auch nicht auffallend verhalten, zumindest nicht so, dass es jemand bemerkt hätte. Wir tippen die Vernehmungen heute Morgen runter und lassen sie dir zukommen." Das war Max.

Er und Bert waren schon Partner gewesen, bevor Hendrik die Leitung des Dezernates übernommen hatte. An manchen Tagen kam es ihm so vor, als wären die beiden miteinander verheiratet. Die beiden redeten kaum miteinander. Irgendwie schien das nicht erforderlich zu sein. Ihre Aufgaben innerhalb des Teams waren klar verteilt. Auch wenn er nicht wusste, wie genau diese Verteilung aussah, am Ende des Arbeitstages hatten sie immer alles erledigt, was es zu tun gab und wenn dies nicht der Fall war, blieben sie solange, bis sie fertig waren. Überstunden waren offensichtlich kein Problem. Zumindest nicht für Max und Bert. Ihre Ehefrauen dagegen, hatten beide im gleichen Jahr die Scheidung eingereicht, seit dem letzten Jahr war die Scheidung bei beiden rechtskräftig. Bis heute hatte Hendrik nicht erfahren, ob seine Männer darunter litten, dass ihre Ehen zerbrochen waren. Sie sprachen nicht darüber.

„Wir waren in der Uni, an der sie studiert. Keiner der Befragten hat Melissa gestern dort gesehen. Wir machen heute weiter und werden auch die Arbeitgeber abklappern“, sagte Harald.

Da er der Älteste war, war es selbstverständlich gewesen, dass er sich Tim angenommen hatte. Auch die beiden ergänzten sich prima, dachte Hendrik, als er zu Harald sah. Nur zu gut, kannte er Haralds Abneigung gegen alles, was auch nur im Entferntesten mit Technik zu tun hatte. Bis vor kurzem hatte er seine Berichte noch auf der Schreibmaschine heruntergehackt. Dabei hatte er mit einer solchen Kraft auf die Tasten gehauen, dass die Berichte ganz löchrig waren, wenn er das Papier aus der Maschine zog. Eine Schreibkraft musste sich dann dem Schriftstück annehmen. Seit dem vorigen Jahr schrieb Harald gar nichts mehr, soweit Hendrik das beurteilen konnte. Tim hatte diese Arbeit übernommen. Er hatte Tim deshalb schon zu sich ins Büro geholt, um mit ihm darüber zu sprechen, doch dem jungen Kollegen schien es nichts auszumachen, das zu tippen, was er von Harald diktiert bekam. Und dass Tim ab und zu seine eigenen Eindrücke einfügte, bekam Harald nicht mit, da er sich weigerte etwas zu lesen, was nicht auf Papier geschrieben stand, sondern lediglich an einem Monitor zu sehen war.

„Wie viele Arbeitgeber gibt es denn?“, wollte Camilla wissen.

„Sie hat in zwei Kneipen gearbeitet, um sich ihr Studium zu finanzieren. Wir werden in diesem Zusammenhang auch nach Stammkunden suchen und uns die vorknöpfen“, antwortete Harald.

„Okay, dann weiß ja jeder, was er zu tun hat.“ Damit beendete Hendrik die Besprechung.

„Wie machen wir weiter?“, wollte Camilla wissen, als ihre Kollegen das Zimmer verlassen hatten.

„Ich treffe mich nachher mit Hannah“, antwortete Hendrik und stellte sich wieder vor seine Tafel.

Sein Blick blieb auf der Zeitleiste hängen, die noch immer eine einzige Unbekannte war. Melissa hatte gegen acht Uhr morgens, zusammen mit ihrer Mutter, das Haus verlassen. Beide waren in unterschiedliche Richtungen davongefahren. Die Mutter war um fünf Uhr wieder nach Hause gekommen. Zu dieser Zeit hätte Melissa schon daheim sein müssen. Zuerst hatte die Mutter sich nichts dabei gedacht. Ihre Tochter war erwachsen, vielleicht hatte sie sich noch mit jemandem verabredet. Der Abend war jedoch vorangeschritten, und von Melissa hatte immer noch jede Spur gefehlt. Bei den zahllosen Versuchen, sie anzurufen, hatte sich jedes Mal sofort die Mailbox gemeldet. Irgendwann war die Mutter auf dem Sofa eingeschlafen und erst am nächsten Morgen wieder aufgewacht. Melissa war noch immer nicht zu Hause gewesen. Die Mutter hatte nach Hinweisen gesucht, ob Melissa mittlerweile daheim gewesen war und sie es nur nicht mitbekommen hatte. Als sie dann endlich zur Polizei gegangen war, war Melissa schon dreiundzwanzig Stunden verschwunden.

Die Mutter versicherte glaubhaft, dass sie es gemerkt hätte, wenn Melissa, nachdem sie am Morgen das Haus verlassen hatte, noch einmal zu Hause gewesen wäre.

Allem Anschein nach, hatte Melissa das Haus verlassen und war dann wie vom Erdboden verschluckt. Dies war die einzige Gemeinsamkeit, die sie mit den anderen Vermissten hatte. Sie alle waren einfach verschwunden. Hendrik hielt seinen Blick weiter auf die Tafel gerichtet. Seine Gedanken kreisten sich immer schneller. Schließlich trat er einen Schritt zurück, in der Hoffnung, dann wieder klar sehen zu können.

Camilla beobachtete ihren Chef. Es faszinierte sie, wie er alles um sich herum ausblenden konnte. Minutenlang starrte er auf eine Akte, oder wie jetzt, auf die Tafel. Sie wusste, dass er dabei allerhand Überlegungen anstellte, die sie irgendwie auch immer zu einem nächsten Schritt brachten. Doch dieser Fall war für sie alle ein Rätsel. Ihre Gedanken schweiften weiter. Zu gerne hätte sie gewusst, was es mit seiner Beziehung zu Hannah auf sich hatte. Die beiden waren kein Paar, dessen war sie sich ziemlich sicher. Und doch traf er sich regelmäßig mit ihr. Nachdenklich kaute sie auf ihrer Unterlippe herum. Bisher hatte sie noch nicht den Mut aufgebracht, ihn einfach danach zu fragen. Das schien ihr schlicht zu persönlich zu sein. Andererseits war sie von Berufs wegen neugierig. Er würde es ihr nicht verübeln können, wenn sie ihn fragte. Vielleicht tat sie es irgendwann, wenn sich die Gelegenheit ergab, nahm sie sich vor.

Schließlich folgte sie seinem Blick. Die schwarze Linie, die sich über die Tafel zog, war mehr als frustrierend. Im gleichen Abstand waren kleine Striche auf der Linie, die wiederum mit Zahlen beschriftet waren. Es war die

Zeitspanne zwischen Verschwinden des Opfers und Eingang der Meldung. Camilla konnte sich nicht daran erinnern, schon einmal so eine lange Zeitspanne ohne einen Hinweis auf den Verbleib des Opfers gehabt zu haben. Selbst bei den anderen Frauen, deren Bilder an der Tafel hingen, waren die Zeitspannen nicht so lange gewesen.

„Ihr Auto wurde noch nicht gefunden“, sagte sie in den Raum hinein.

Hendrik nickte nur. Das war ein weiterer Punkt, der ihm zu schaffen machte. Weit über die Hälfte der Vermissten war, zum Zeitpunkt ihres Verschwindens, mit dem Auto, zwei mit Fahrrädern, die anderen waren mit öffentlichen Verkehrsmitteln unterwegs gewesen. Doch weder die Autos, noch die Fahrräder, waren je aufgetaucht. Diese Tatsache war es, die immer wieder die Frage aufwarf, ob wirklich Verbrechen vorlagen oder ob die Frauen nicht doch einfach abgehauen waren. Und doch wusste er, dass zu vieles dagegensprach.

„Ich muss los“, meinte Hendrik schließlich.

„Ist gut, ich werde noch einmal die Krankenhäuser abklappern und den Kollegen der Spurensicherung auf den Füßen rumtreten.“

7.

„Wo sind Sofia und Evelyn?“

„Was?“

Melissa war selbst überrascht, wie anders ihre Stimme sich anhörte. Von der Heiserkeit war zwar kaum noch etwas zu hören, trotzdem erkannte sie sich fast nicht wieder. Zuerst wollte sie ihrem Impuls folgen und eine Hand an den Hals legen. Doch zum Glück erinnerte sie sich schnell genug an die Ketten, die sie daran hindern und ihr nur neue Schmerzen zufügen würden.

„Ich möchte wissen, wo Sofia und Evelyn sind. So heißen doch die beiden Frauen, die gerade nicht da sind, stimmt‘s?“, wiederholte Melissa ihre Frage.

Eine Weile blieb es völlig ruhig im Raum. Fast hatte Melissa das Gefühl, dass sie alleine war. Doch dann hörte sie das Atmen der anderen Frauen. Das leise Geräusch wirkte fast beruhigend auf sie. Wie krank war das denn, fragte sie sich. Zu gerne hätte sie gewusst, wie lange sie schon hier drin war. Andererseits, was würde ihr dieses Wissen bringen? Als sie gerade eben zu sich gekommen war, hatte sie sofort wieder gewusst, wo sie war. Das hieß, sie wusste ganz schnell, dass sie auf diesem kalten Betonboden lag und nicht in ihrem Bett, wo sie gerade aus einem Albtraum erwachte. Trotzdem verspürte sie keine Angst. Bedeutete das, dass sie mit ihrem Leben schon abgeschlossen hatte, fragte sie sich. Zitternd holte sie tief Luft.

„Sie sind wieder da", hörte sie Sandra sagen.

Melissa nahm ihren Kopf hoch, soweit es die Ketten zuließen. Die Frauen waren wieder da? Warum hatte sie davon nichts mitbekommen?

„Wo?", fragte sie nur.

„Schscht, sie schlafen." Wieder drehte Melissa den Kopf. Wer hatte ihr geantwortet? Es war nicht Sandra. Ihre Stimme kannte sie mittlerweile. Außerdem kam die Stimme aus der anderen Richtung.

„Ich bin Lili", flüsterte die Frau, als hätte sie Melissas Gedanken gelesen. „Die beiden liegen zwischen Eva und mir. Eva ist die, die links neben dir liegt."

Oh Gott, wie krank war das hier alles? Melissa legte ihren Kopf wieder auf die kalte Oberfläche. Tränen traten ihr in die Augen, wurden mehr und tropften schließlich langsam auf den Beton.

„Ich muss mal", sagte sie dann mehr zu sich selbst.

„Er wird gleich kommen", murmelte Sandra.

Was? Was sollte das heißen? Wer würde gleich kommen? Noch bevor sie die Fragen stellen konnte, hörte sie ein leises Schluchzen. Dann die tröstenden Worte einer Frau, die sie nicht verstehen konnte, weil die Frau so ruhig sprach. Melissa hatte jegliches Gefühl für Zeit verloren. Sie konnte nicht sagen, wie lange die Frau versuchte, die andere zu beruhigen. Doch irgendwann schienen deren Tränen zu versiegen. Sie selbst war von dem monotonen Murmeln auch viel ruhiger geworden.

Als sie hörte, wie sich ein Magen lautstark zu Wort meldete, bemerkte Melissa zum ersten Mal, wie hungrig sie selbst war. Wie lange war es her, seit sie zuletzt etwas gegessen hatte? Sofort fing auch ihr Magen an zu knurren.

„Was macht er hier mit uns?“, fragte Melissa leise in den Raum hinein.

Lange erhielt sie keine Antwort. Sie überlegte, ob das vielleicht besser war, als die Wahrheit zu erfahren.

„Er hält uns gefangen“, antwortete schließlich jemand flüsternd.

„Ella, hat den Nagel auf den Kopf getroffen“, sagte eine andere Frau.

„Kein Grund gehässig zu werden, Rebecca“, mischte sich jemand anderes ein.

„Bitte streitet nicht meinetwegen, ich werde keine Fragen mehr stellen“, bat Melissa.

„Ach, schon gut. Es tut mir leid, ich wollte nicht bissig sein.

„Wie ist dein Name?“, fragte Melissa.

„Ich bin Rebecca. Ich bin seit Juni hier und sein elftes Opfer.“

Melissa nickte und versuchte, diese Information zu verdauen. Drei Monate, diese Frau war seit drei Monaten in dieser Hölle gefangen. Sie konnte ihr nicht verdenken, dass sie sarkastisch geworden war. Wahrscheinlich war das eine Schutzfunktion des Geistes, bevor man verrückt wurde.

Gerade, als sie eine weitere Frage stellen wollte, ging das Licht in dem Raum an. Sie stöhnten alle gleichzeitig auf und drückten wegen der plötzlichen Helligkeit die Augen zu.

Dann hörte Melissa, wie eine Tür aufgeschlossen wurde. Vorsichtig öffnete sie ihre Augen. Das Licht brannte derart hell, dass sie sofort zu tränen begannen, doch Melissa zwang sich dennoch, sie offen zu halten. Dann sah sie zum ersten Mal die Frauen, die in dem Raum, der viel größer war, als sie erwartet hatte, an Ketten gefesselt um sie herum im Kreis lagen. Und plötzlich stand der Mann, der ihnen das alles angetan hatte, in der Tür.

8.

Das Café war, wie immer, gut besucht. Hendrik atmete tief ein, als er den kleinen Gastraum betrat. Die Luft war erfüllt vom Duft nach frisch aufgebrühtem Kaffee und süßem Gebäck. An einem kleinen Tisch im hinteren Teil, sah er Hannah sitzen. Sie hatte ihn noch nicht bemerkt, da sie mit ihrem Handy beschäftigt war. Er blieb kurz stehen, um sie genauer anzusehen. Warum hatte es zwischen ihnen nicht geklappt, fragte er sich. Doch eigentlich kannte er die Antwort ja. Es hatte schlicht zu gut funktioniert zwischen ihnen, und davor waren sie beide erschrocken. Sie hatten nicht die Absicht gehabt, sich so früh an jemanden zu binden. Andererseits waren sie mittlerweile einige Jahre älter, überlegte er. Dann schüttelte er jedoch den Kopf, um den Gedanken zu verscheuchen.

Lächelnd ging er weiter. Erst als er den Tisch fast erreicht hatte, sah er, dass Hannah schon bestellt hatte. Und das nicht gerade zu wenig. Offensichtlich hatte sie großen Hunger. Da sie ihn immer noch nicht wahrgenommen hatte, beugte er sich zu ihr hinab und hauchte ihr ins Ohr: „Warten Sie auf jemanden?“

Wenn sie erschrak, ließ sie es sich zumindest nicht anmerken. Stattdessen hob sie demonstrativ langsam den Kopf, bis sie ihm in die Augen sehen konnte. „Nein, eigentlich nicht“, antwortete sie, ohne eine Miene zu verziehen und vertiefte sich wieder in ihr Handy.

Hendrik konnte sich ein Lachen nicht verkneifen, und als er sich setzte, sah er, dass auch Hannah sich auf die Zunge biss, um ein Lächeln zu verhindern.

Weil ihm danach war, beugte er sich zu ihr rüber und drückte ihr einen Kuss auf die Wange.

„Wofür war der denn?“, fragte sie, legte kokett den Kopf schräg und klimperte mit den Wimpern.

„Ist das hier alles für dich oder teilst du mit mir?“, wollte Hendrik wissen, ohne auf ihre Frage einzugehen und deutete mit seinem Kinn in Richtung des Essens.

„Wenn du glaubst, dass es für uns beide reicht, kannst du was abhaben, schließlich bezahlst du ja auch die Rechnung“, sagte Hannah, während sie Erdbeermarmelade auf ein Croissant auftürmte.

„Nett“, gab Hendrik zurück und hob die rechte Augenbraue an.

Hannah blickte kurz auf, ihre Mundwinkel zuckten. Dann schrie sie auf. Hendrik hatte sich blitzschnell zu ihr hinübergebeugt und von ihrem Croissant abgebissen.

Genussvoll kauend, saß er ihr nun gegenüber und sah sie herausfordernd an.

„Eins zu null für dich“, sagte Hannah und griff erneut zu der Marmelade. Dann wurde sie ernst. „Gibt es etwas Neues?“

„Die Kriminaltechnik hasst uns“, antwortete Hendrik.

„Ich wollte etwas Neues hören“, meinte Hannah.

Hendrik schmunzelte, aber nur einen kurzen Moment, während er an seine Kollegen dachte. „Nein“, sagte er dann. „Nein, wir haben nach wie vor nichts.“

Hannah nickte nur. „Es ist schon zu viel Zeit vergangen.“ Während sie überlegte, rührte sie den Kaffee in ihrer Tasse um. „Du glaubst an keinen Zufall.“ Hannah kannte ihn so gut, dass sie sich ihre Fragen selbst beantworten konnte.

„Wenn dieser Scheißkerl sich doch nur melden würde“, sagte Hendrik und wurde sofort leiser, als er sah, wie die anderen Gäste sich neugierig zu ihm umdrehten. „Ich versteh das nicht. Es widerspricht jedem Täterprofil. Jemand, der so viele Frauen entführt, will damit doch etwas zum Ausdruck bringen. Er will seine Macht demonstrieren, er will andere an seinem Werk teilhaben lassen. Aber dieser Kerl hier ist anders. Ihm scheint es zu genügen, dass er diese Macht ausüben kann. Dass er sich so viele Opfer nehmen kann, wie er will. Er weiß, dass ihm auf diese Weise keiner das Handwerk legen kann und das scheint ihm wichtiger zu sein, als alles andere.“

„Ihr werdet es nicht mehr lange geheim halten können“, gab Hannah zu bedenken, als Hendrik schwieg.

„Woher weißt du es?“

„Ich kenne jemanden an der Universität. Er hat mir erzählt, dass die Polizei gestern auf dem Campus war und Studenten und Dozenten befragt hat.“

„Du kennst da also jemanden, ja?“, sagte Hendrik und biss erneut in Hannahs Croissant.

„Kannst du dir nicht dein eigenes Frühstück machen?“, fragte sie und funkelte ihn böse an.

„Wozu?“, erwiderte Hendrik und sah sie sie erstaunt an.

Hannah schüttelte den Kopf. Warum konnte sie ihm nie böse sein? Erneut, verteilte sie Marmelade auf dem Gebäck und reichte es ihm dann.

„Jetzt schmeckt es bestimmt nicht mehr so gut“, sagte Hendrik trotzig. „Wer ist der Typ?“, fragte er dann.

„Du lässt wohl nie locker, stimmt's?“, meinte Hannah.

„Es ist mein Job, nicht locker zu lassen.“

„Er ist Geschichtsprofessor an der Uni.“

„Oh, so richtig mit Fliege und Cordhose?“

Das brachte ihm einen Faustschlag gegen den Oberarm ein.

„He, was soll das? Ich frag doch nur?“, empörte sich Hendrik.

„Okay, Papa, was willst du wissen? Wie viel er verdient? Was seine Eltern arbeiten? Wie seine Frau heißt ...?“

„Er ist verheiratet?“, fuhr Hendrik dazwischen.

„Nein. Aber er ist auch nicht der Grund, weshalb wir hier sind“, meinte Hannah und sah ihn an.

„Okay“, lenkte Hendrik ein. „Ich kann dir für deine Sendung nichts geben.“

„Das ist mir klar. Ich will nur sicherstellen, dass dir klar ist, dass ich darüber berichten werde. Die anderen Sender wissen noch nichts von der Vermissten. Wenn von euch keiner plaudert, wird diese Neuigkeit heute Abend einschlagen wie eine Bombe. Stell dich darauf ein.“

Er hatte sich längst darauf eingestellt. Sein Chef hatte ihm in der letzten Nacht achtzehn Minuten lang die Hölle heiß gemacht, als er ihn angerufen hatte. Während des gesamten Gesprächs hatte er der Anzeige auf seinem Apparat zugesehen, wie sie die Minuten hochzählte. Es würde nichts bringen, wenn er Hannah darum bat, noch einen Tag zu warten. Bis dahin hätte sich Melissas Verschwinden schon rumgesprochen. Warum ihr also den Ruhm verwehren?

„Ich könnte ihn etwas anstacheln, versuchen, ihn aus seinem Versteck zu locken“, schlug Hannah vor.

„Nein. Das wäre zu gefährlich für die Opfer. Außerdem passt es nicht zu dir und deiner Sendung.“

Hannah hatte seit ungefähr zwei Jahren ihre Sendung. Sie hatte auf Anhieb die Sendezeit bekommen, auf die andere ihr Leben lang warteten, für die andere alles geben würden. Entsprechend wurde sie von ihren Neidern beäugt. Nichts entging diesen Menschen. Hendrik fragte sich immer wieder, wie Hannah diesem Druck standhielt. Den ganzen Tag recherchierte sie ihre Berichte. Um acht Uhr ging sie live auf Sendung *Die Nacht auf Kanal Acht* war bei so ziemlich jedem Menschen dieses Landes bekannt. Hannah schaffte es, ihr Publikum zu begeistern, ohne hetzerisch und reißerisch zu moderieren. Sie spielte nicht mit dem Schicksal der Menschen, sie appellierte an das Mitgefühl ihrer Zuschauer, und die Einschaltquoten gaben ihr recht.

Jetzt nickte sie. „Das stimmt. Ich habe nur das Gefühl, so nutzlos zu sein.“

„Das bist du nicht“, sagte Hendrik und strich ihr leicht über die Wange.

9.

Er hatte die Ketten gelöst. Von allen Frauen. Dann hatte er sie in eine Ecke des Raumes gescheucht und ihnen einen Eimer hingestellt. Sie hatten sich gegenseitig abgeschirmt vor seinen Blicken. So hatte eine nach der anderen ihre Notdurft verrichtet. Melissa konnte sich nicht daran erinnern, in ihrem Leben schon einmal derart erniedrigt worden zu sein.

Ohne eine Miene zu verziehen, hatte er den Eimer vor den Raum gestellt. Dann hatte er einen Gartenschlauch geholt und sie abgeduscht. Sie hatten Duschgel und Shampoo bekommen, dazu gab es eine Zahnbürste und Zahnpasta. Zuerst hatte Melissa gedacht, dass er sie mit eiskaltem Wasser und einem harten Strahl abspritzen würde. Doch dann hatte sie verwundert festgestellt, dass der Strahl wie ein Regen und das Wasser angenehm warm war. Vielleicht lag das aber auch nur an der Tatsache, dass sie so durchgefroren war.

Während der Prozedur wagte sie es, immer wieder einen Blick auf ihren Peiniger zu werfen. Immer wieder überraschte sie sein Anblick. Was hatte sie erwartet, fragte sie sich ein ums andere Mal. Ein Monster? Denn das war er ganz sicher nicht. Tatsächlich sah er sogar ziemlich gut aus. Ein Mann, nach dem man sich auf der Straße umdrehen würde, wenn man an ihm vorbeiging.

Wütend über ihre Gedanken, wusch sie sich die Haare, bis ihr die Kopfhaut schmerzte. Dabei fielen ihr die leeren Blicke der anderen Frauen auf. Und was auch nicht zu übersehen war, die ausgemergelten Körper und die aschfahle, fast durchscheinende Haut. Man sah ihnen an, dass sie seit Langem kein Tageslicht mehr gesehen hatten.

Ganz sicher waren es alle einmal sehr schöne Frauen gewesen, doch die Zeit, hier in diesem Verlies, ließ sie in ihrem Aussehen schnell altern. Melissas Unterlippe begann zu zittern, als sie sich die Frage stellte, ob sie alle hier sterben würden und vor allem, wie lange es dauern würde.

Dann wurde das Wasser abgestellt. Jede bekam ein Handtuch gereicht. Melissa hätte sich am liebsten hineingekuschelt. Sie war vermutlich erst wenige Stunden hier und schon spendete ein Handtuch ihr mehr Geborgenheit, als es zuvor ein Mensch vermocht hätte. Wieder musste sie gegen die Tränen ankämpfen. Doch wenn eines sicher war, dann, dass sie vor diesem Scheißkerl keine Gefühle zeigen würde. Als er ihr das Handtuch wegnahm, blickte sie ihn zornig an, ohne dabei zu blinzeln. Dabei war sie stolz auf sich. Melissa schwor sich, dass sie nicht kampflos aufgeben würde.

Ohne, dass er etwas sagen musste, gingen alle Frauen zurück an ihre Plätze und legten sich die Fußfesseln an. Melissa fragte sich, ob sie im falschen Film war. Das konnte doch nicht sein! Warum gelang es ihnen nicht, diesen Typ einfach umzuhauen, ihn dann mit seinen eigenen Ketten zu fesseln und zu flüchten? Hatte keine von den Frauen je daran gedacht zu flüchten?

„Denk nicht einmal daran.“

Es war das erste Mal, dass sie seine Stimme gehört hatte. Erst jetzt wurde ihr bewusst, dass bislang keiner auch nur ein Wort gesprochen hatte. Stumm waren sie seinen unausgesprochenen Forderungen gefolgt. Wie Marionetten. Zornig starrte sie ihn an.

„Du wirst es noch lernen. Auf die eine oder andere Art“, fügte er in so ruhigem Ton hinzu, dass ihr ein Schauder über den Rücken jagte.

Doch obwohl sie völlig nackt und schutzlos war, erwiderte sie seinen Blick. Schließlich war er es, der sich von ihr abwandte und langsam, als hätte er alle Zeit der Welt, die Ketten prüfte.

„Lass es und setz dich“, forderte Sandra sie auf.

Melissa erschrak, als sie die Frau sah, die neben ihr gefangen gehalten wurde. Sandra war das erste Opfer, daran erinnerte sie sich jetzt wieder. Dennoch musste Melissa gegen die Übelkeit ankämpfen, als sie sah, wie schlecht die Frau aussah. Sie konnte nicht viel älter als sie selbst sein, doch ihre Augen lagen tief in den Höhlen und ihre Haut schimmerte fast grau. Sandra hatte schwarze Haare, an denen noch ein paar Wassertropfen hingen. Melissa schluckte schwer.

Ohne ein weiteres Wort setzte Melissa sich und drückte das schwere Schloss an ihrer Kette zu. Dabei stieß sie ihren Atem stoßweise aus. Was tat sie hier eigentlich? Vor Wut zitternd, biss sie so fest ihre Zähne zusammen, bis ihre Kiefer schmerzten. Ihren Blick hielt sie gesenkt, sie ertrug es einfach nicht, diese Frauen, die sich ihrem Schicksal so kampflos ergaben, anzusehen.

„Warum wehren wir uns nicht gegen ihn?“, fragte sie leise und starrte wütend zu der Frau hinüber, die gerade ein schweres Vorhängeschloss an der Kette, die um ihre Beine gewickelt war, einschnappen ließ.

„Glaub mir, das haben wir versucht. Wir alle. Einzeln und zusammen. Wir haben keine Chance gegen ihn. Jedes Mal, wenn eine von uns einen neuen Versuch startet, lässt er die anderen leiden. Tu uns das nicht an, bitte," antwortete Sandra genauso leise.

Der flehende Tonfall nahm Melissa ein wenig Wind aus den Segeln. Dennoch würde sie nicht einfach aufgeben. Sie stellte fest, dass alle Augen im Raum auf sie gerichtet waren. Es waren ausdruckslose Augen. Augen, die mehr gesehen hatten, als ein Mensch ertragen konnte oder sollte. Augen, die jede Hoffnung verloren hatten.

Melissa nickte und senkte ihren Blick wieder. Sie griff nach der verzinkten Kette und ließ die Glieder durch ihre Finger gleiten. Das Geräusch, das dabei entstand ließ die Härchen an ihren Armen aufstellen.

„Du kannst die Kette weglassen."

Melissa sah erschrocken auf. Sie hatte ihn nicht bemerkt. Er stand direkt vor ihr. Seine Schuhe glänzten in dem grellen Licht. Langsam hob sie den Kopf, doch nicht, um ihn anzusehen. Stattdessen sah sie zu den anderen Frauen im Raum. Doch keine erwiderte ihren Blick. Was hatte das zu bedeuten? Sie alle sahen angestrengt auf den grauen Betonboden, als wäre er etwas ganz Wunderbares, was genau betrachtet werden musste.

Ohne dass sie es bemerkt hatte, hatte der Mann Essen verteilt. Vor jeder Frau stand ein Pappteller, auf dem Brot und Käse lagen. Dazu gab es einen Plastikbecher, in dem vermutlich Wasser war. Vor Melissa stellte er nichts. Jetzt sah sie zu ihm auf.

„Du kommst mit“, sagte der Mann in einem Ton, der keinen Widerspruch duldete.

Noch immer sah sie keine der Frauen an. Melissa bekam eine Angst, die sie bis dahin noch nicht gekannt hatte. Es war ihr nicht mehr möglich, sich zu bewegen. Sie saß nur da und starrte ihn an. Im Raum herrschte Totenstille.

„Jetzt“, befahl er in seinem ruhigen Ton, der so unglaublich furchteinflößend war.

Melissa musste schier übermenschliche Kräfte mobilisieren, um nur die Kette loszulassen, die sie noch immer in der Hand hielt. Mit einem ohrenbetäubenden Krach polterte sie auf den Boden. Ganz plötzlich hörte sich alles im Raum lauter an. Es kam ihr so vor, als könnte sie jede Frau atmen hören. Selbst das Schlagen ihrer Herzen, hämmerte in ihrem Gehirn wider. Melissa wurde schwarz vor Augen. Sie senkte kurz ihren Blick. Doch dann sah sie, wie dieses Monster einen Schritt auf sie zumachte. Nein! Er durfte sie nicht anfassen. In der Hoffnung, dass ihre Beine sie tragen würden, rappelte Melissa sich vom Boden auf.

„Hier lang“, forderte der Mann sie auf.

Doch Melissa sah nicht, wohin er deutete, ihre Sicht war eingeschränkt und verschwommen. Sie folgte ihm, in der Hoffnung, das Richtige zu tun.

Nach einigen Schritten spürte sie einen anderen Belag unter ihren Füßen. Es musste sich um einen Holzboden handeln. Melissa schrie vor Schreck laut auf, als die Tür hinter ihr krachend ins Schloss fiel.

10.

„Ich habe sie schon eine ganze Zeit nicht mehr gesehen."

Harald sah den Mann an, der morgens um kurz vor elf, schon mit einem Bier vor sich, am Tresen einer Kneipe saß. Er war zusammen mit seinem Partner Tim bei Melissas zweitem Arbeitgeber. Die Kneipe öffnete schon um neun Uhr. Allem Anschein nach, um den Alkoholikern der Stadt eine Anlaufstelle zu bieten. Der Gestank nach kaltem Rauch und Alkohol ließ Harald erschaudern. Seinen Anzug würde er in die Reinigung bringen können, so viel stand fest. Er sah zu seinem Partner hinüber und stellte fest, dass auch er die Nase rümpfte.

„Was heißt ‚eine ganze Zeit' genau?", fragte er den Typ jetzt, dessen Atem nach Bier roch.

„Keine Ahnung, was wollen Sie eigentlich von mir?" Provozierend drehte der Mann sich weg. Der Barkeeper tat so, als würde ihn das alles nichts angehen. Mit ihm hatten sie schon gesprochen.

„Wir wollen Antworten auf Fragen, die so kompliziert nicht sind. Oder was verstehen Sie an der Frage, wann Sie sie zuletzt gesehen haben, nicht?" Mit einem festen Griff an der Schulter des Mannes drehte Harald ihn mitsamt dem Barhocker wieder so, dass er gezwungen war, den Beamten anzusehen.

„Nimm deine Pfoten von mir“, herrschte der Mann Harald an und versuchte, sich vor dem Beamten aufzubauen. Da er jedoch sofort ins Schwanken geriet, setzte er sich wieder.

„Wir können das alles auch auf dem Präsidium besprechen“, schlug Harald vor. „So eine Vernehmung dauert gut und gerne drei bis vier Stunden, wenn Ihnen das lieber wäre.“

„Scheiß Bullen“, knurrte der Mann.

„Das hab ich jetzt erst einmal überhört. Sollten Sie meine Fragen jedoch nicht zu meiner Zufriedenheit beantworten, werden wir den Papierkram, den diese Aussage mit sich zieht, doch noch auf der Dienststelle regeln.“

„Sie hat vorgestern Abend hier bedient“, sagte der Mann knurrend.

Harald legte den Kopf leicht schräg und lächelte ein wenig, womit er seinem Gegenüber signalisierte, dass es doch gar nicht so schwer war.

„Wann sind Sie gegangen?“, wollte er dann wissen.

„Mann, keine Ahnung.“

„Hat Melissa noch gearbeitet, als Sie gegangen sind?“, versuchte er die Erinnerung des Kerls aufzufrischen.

„Sie hat schon kassiert. Sagte, sie macht jetzt Feierabend. Ich habe noch mein Bier leergetrunken und bin dann auch weg.“

Soweit deckten sich die Angaben mit denen des Barkeepers, der in der Nacht vor Melissas Verschwinden gearbeitet hatte.

„Ich brauche noch Ihren Ausweis“, sagte Tim zu dem Gast und meldete sich damit zum ersten Mal zu Wort.

„Was? Wozu brauchst du Milchgesicht meinen Ausweis?“

Tim machte einen Schritt auf den Mann zu, sodass er dessen schalen Atem riechen konnte. „Ganz einfach, Schlaumann, du bist unser Hauptverdächtiger und wenn wir dich jetzt nicht erkennungsdienstlich behandeln sollen, um deine Identität zu klären, gibst du mir am besten ganz schnell deinen Ausweis, hast du verstanden?“ Er sagte die Worte ganz klar, als würde er zu einem kleinen Kind sprechen. Dabei wurde sein Ton nicht einmal laut.

Harald musste sich ein Grinsen verkneifen. Tim war alles andere als ein Milchgesicht. Obwohl er noch so jung war, strahlte er mehr Autorität und Selbstsicherheit aus, als manch alter Hase.

„Schon gut, kein Grund, laut zu werden“, antwortete der Gast. „Ich hab der Kleinen nichts getan. Wieso auch?“ Er zog seinen Geldbeutel aus der Gesäßtasche seiner schmutzigen Jeans und suchte darin nach seinem Ausweis. Als er ihn schließlich gefunden hatte, reichte er ihn Tim.

Der hob leicht eine Augenbraue. Geht doch, sagte er damit, ohne wirklich etwas zu sagen. Er notierte sich die Daten und gab den Ausweis wieder zurück. Dabei musste er sich zusammennehmen, um sich nicht die Hände an seiner Hose abzuwischen. Der Kerl war wirklich übel.

Warum arbeitete Melissa hier? Es gab sicher eine Menge Gaststätten, die Bedienungen suchten, warum hatte sie sich für diese Spelunke entschieden? In Gedanken ging er die Fixpunkte in ihrem Leben noch einmal gedanklich durch. Das Haus, in dem sie lebte, stand nur wenige Straßen entfernt, ebenso die Uni. War das vielleicht der Grund? So gesehen hätte sie alles bequem zu Fuß oder mit dem Fahrrad erreicht. Warum nahm sie also immer das Auto? Andererseits kam sie abends spät nach Hause, wenn sie noch arbeitete. Dass sie da nicht zu Fuß gehen wollte, war nachzuvollziehen.

Er warf noch einen letzten Blick auf den Zeugen und verließ dann mit Harald zusammen die Kneipe. Es würde nicht ihr letzter Besuch hier sein. Sie würden am Abend wiederkommen, um die anderen Stammgäste und die Kellner der Nachtschicht zu befragen.

Vor der Kneipe zog Tim sein Handy aus der Tasche.

„Wen rufst du denn jetzt an?“, fragte Harald genervt, weil er von dieser modernen Technik nichts hielt. Wozu musste man Tag und Nacht erreichbar sein?

Tim ignorierte das Gemecker seines Kollegen und tippte etwas ein. Nach einem kurzen Augenblick sagte er: „Der Typ wohnt direkt ums Eck von Melissa. Ich verwette meinen Arsch, dass er mehr weiß, als er uns sagt.“ Er hielt Harald das Handy unter die Nase.

Harald sah eine Stadtkarte mit roten Dreiecken darauf, die irgendwelche Stellen markierten. Jetzt war er doch neugierig geworden. Er holte seine Lesebrille aus der Innentasche seines Sakkos und studierte dann die Karte. In der Tat, die Wohnung des Typen, das Haus in dem Melissa wohnte und die Kneipe lagen alle nur einen Steinwurf auseinander. Vielleicht sind diese Handys doch nicht so übel, überlegte er.

„Wie heißt der Typ“, wollte Harald wissen.

„Frank Millek.“

„Wir werden Frank wiedersehen“, sagte Harald.

„Das werden wir“, antwortete Tim und lächelte seinem Partner zu.

„Und jetzt noch mal zur Uni?“, fragte Harald.

„Auf jeden Fall“, stimmte Tim zu und setzte sich hinter das Steuer.

Harald beobachtete, wie sein junger Kollege auf den Fahrersitz rutschte. Er selbst brauchte zum Einsteigen in ein Auto mittlerweile etwas länger. Seine Gelenke schmerzten bei solchen Bewegungen. Manchmal wünschte er sich, wieder jung zu sein oder zumindest ein wenig jünger. Er lächelte Tim zu, als der einen kurzen Blick zu ihm warf, bevor er den Motor startete und den Wagen aus der Parkbucht steuerte.

Dann hing Harald seinen Gedanken nach. Leonie und er waren seit über dreißig Jahren verheiratet. Fast so lange wie er schon Polizist war. Sie hatten keine Kinder. Ein Umstand, der sie immer stärker belastete, je älter sie wurden. Sie führten eine wunderbare Ehe, doch eine Krankheit hatte verhindert, dass Leonie Kinder bekommen konnte. Bis sie diese Diagnose verdaut hatten, waren viele Tränen geflossen. Doch irgendwie hatten sie es geschafft. Ihre Bindung zueinander war durch den Schicksalsschlag noch enger geworden. Harald war jetzt fünfundfünfzig Jahre alt. Er hatte mit Leonie erlebt, wie ihre Freunde Kinder bekommen hatten, jetzt mussten sie mitansehen, wie deren Kinder Kinder bekamen. Während die stolzen Großeltern an den Wochenenden mit ihren Enkeln etwas unternahmen, blieben Leonie und er oft alleine zu Hause.

Tim tat ihm gut. Es war eine Fügung gewesen, dass er im letzten Jahr zu ihnen ins Dezernat versetzt wurde. Tim hatte eigentlich andere Pläne gehabt. Doch Harald und er hatten sich sofort verstanden und eben auch ergänzt. Harald konnte dem jungen Beamten viel zeigen. Umgekehrt wäre das auch der Fall, dessen war Harald sich sicher, doch bislang schaffte er es nicht, diesen Schweinehund in sich, der sich so gegen die Neuerungen in der Technik sträubte, zu verscheuchen. Harald lehnte sich in seinen Sitz zurück und entspannte sich ein wenig. Tim war ein guter Autofahrer. Aus den Augenwinkeln sah er, wie Tim den rückwärtigen Verkehr im Spiegel im Auge behielt. Er nahm sich vor Leonie zu fragen, ob er ihn mal zum Essen einladen durfte.

Bert und Max befragten erneut Melissas Nachbarn. Im Großen und Ganzen hatte sich nichts Neues ergeben. Dennoch hatten sie an jedem Haus geklingelt. Ihre Liste war eigentlich abgearbeitet. Doch an einem Haus hatten sie weder heute noch am Vortag jemanden antreffen können. Der Briefkasten war geleert worden, sodass sie davon ausgehen konnten, dass der Bewohner zu Hause war. Von den Nachbarn, die sie darauf angesprochen hatten, konnte keiner etwas zu dem Mann sagen, der in dem Haus wohnte. Die meisten hatten ihn noch gar nicht gesehen. Mittlerweile wussten Bert und Max, dass er vor ungefähr einem Jahr eingezogen war. Ein Möbelwagen war nie gesehen worden. Sein Auto stellte er immer in die Garage. Auch jetzt klingelten sie wieder, doch niemand öffnete.

„Lass uns mal ums Haus herumgehen", schlug Max vor.

Das Gras war kniehoch, sodass sie sich einen Weg bahnen mussten, um das Gebäude zu umrunden. Max sah immer wieder an der Fassade aus rotem Backstein hoch. Die Fenster starrten regelrecht vor Dreck. Die

Gardinen waren löchrig. Wohnte hier wirklich jemand, fragte er sich.

„Ich will gar nicht daran denken, wie viel Ungeziefer in diesem Gras sitzt, das nur darauf lauert, sich an uns festzusaugen", grummelte Bert.

Max behagte dieser Gedanke genauso wenig. Misstrauisch sah er an seinen Hosenbeinen hinab und überlegte kurz, ob er sich die Hose in die Socken stecken sollte. Dann entschied er sich jedoch dagegen. Trotzdem würde er nachher gründlich prüfen, ob keine Zecke oder sonst etwas über seine Haut krabbelte. Schon spürte er das leichte Kitzeln an seiner linken Wade. Energisch schüttelte er sein Bein.

„Was tust du da?", fragte Bert.

„Viecher", war alles, was Max dazu sagte.

Bert staunte, wie groß das Haus war. Von der Straße wirkte es eher unscheinbar. Genaugenommen war es zwischen den großen Bäumen, die rechts und links der Einfahrt standen, fast gar nicht zu sehen. Das Haus fiel komplett aus dem Rahmen. Alle anderen Häuser in dieser Straße waren gewöhnliche Einfamilienhäuser. Doch dieses Haus war riesig. Es hatte zwei volle Stockwerke. Efeu wuchs an der Fassade empor, sodass an manchen Stellen vom Mauerwerk nichts mehr zu sehen war. Auch Teile der Fenster waren überwuchert. Bert fragte sich, wie dunkel es im Inneren wohl war.

Sie kamen an die Ecke des Gebäudes. Das Grundstück, um das Haus herum, war ebenfalls gewaltig, dachte Max. Allerdings wäre eine ganze Armee von Gärtnern mindestens ein Jahr beschäftigt, um diese Wildnis wieder zu einem Garten werden zu lassen. Er pfiff leise, als er die großen Bäume sah. Sie mussten schon sehr lange hier wachsen. Gerne hätte er gewusst, was sie schon alles gesehen und gehört hatten.

Ob jemand in letzter Zeit mal hier draußen war, ließ sich nicht erkennen. Das Grundstück wirkte so verlassen wie das Haus, das darauf stand.

Sie kamen jetzt an die Rückseite des Gebäudes. Eine Terrasse, die sicher so groß wie ein Sportplatz war, schloss sich an das Gebäude an. Die Möbel, die darauf standen, machten einen morschen Eindruck. Die große Glasfront war früher sicher das Schmuckstück des Hauses gewesen. Jetzt waren mehrere Scheiben jedoch gesprungen. Die anderen waren so dreckig wie die, die Max schon an der Vorderseite gesehen hatte. Er konnte sich beim besten Willen nicht vorstellen, dass hier jemand wohnte.

Ihr nächster Schritt wäre die Überprüfung bei der Meldestelle und den Stadtwerken. Zuvor lohnte es sich bestimmt aber noch, bei der alten Frau vorbeizusehen, die gegenüber wohnte. Sie schien über alles und jeden hier in der Straße Bescheid zu wissen, zumindest, wenn man den Nachbarn glauben konnte, ging es Max durch den Kopf, während er über die losen Steinplatten auf der Terrasse ging. Sie hatten sie am Vortag nicht zu Hause angetroffen, ein Besuch bei ihr stand also sowieso noch auf dem Plan.

Obwohl er beide Hände an die Scheibe legte, sah er nichts, als er ins Haus blickte. Er änderte seine Position, um einen anderen Winkel zu bekommen. Gerade, als er erneut mit zusammengekniffenen Augen durch die Scheibe sah, sprang im Haus direkt vor ihm eine Gestalt ans Fenster. Max erschrak fast zu Tode. Er schrie auf, machte einen Satz nach hinten und stolperte dabei über die verwitterte Sitzgruppe, die ihn völlig aus dem Gleichgewicht brachte. Das Holz barst laut unter ihm, als er mit seinem ganzen Gewicht hineinstürzte.

Bert war sofort bei ihm. „Was zum Teufel ist passiert?", fragte er. Sein Kollege hatte ihn mordsmäßig erschreckt.

„Scheiße, hilf mir mal hoch." Max streckte Bert seine Hand hin, der ihn mit einem Ruck wieder auf die Füße zog. „Da war jemand direkt hinter der Scheibe", rief er und deutete auf das Fenster, durch das er gerade noch ins Haus gesehen hatte.

„Erzähl keinen Scheiß", entfuhr es Bert. Er ging zu dem Fenster und versuchte ebenfalls einen Blick in den Raum zu erhaschen.

„Ich seh niemanden", sagte er und versuchte es noch mal aus einem anderen Winkel. „Bist du dir sicher?", fragte Bert nach, obwohl er eigentlich keine Sekunde daran zweifelte, was Max gesehen hatte. Sie kannten sich schon so lange, dass er genau wusste, wann Max ihn auf die Schippe nahm.

Max antwortete nicht. Auch er war mittlerweile wieder ans Fenster gekommen. Zwar raste sein Herz immer noch, doch das würde er sich nicht anmerken lassen. Schon gar nicht, wenn die Möglichkeit bestand, dass irgendein Psychopath hinter dem Fenster stand und sie beobachtete.

„Ich seh einfach nicht genug", sagte Bert. „Komm, wir klingeln noch mal." Er rüttelte noch an allen Türen. Keine ließ sich jedoch öffnen.

Mit zusammengepressten Lippen stimmte Max seinem Partner zu. Er würde in dieses Haus kommen. Zwar wusste er noch nicht genau wie, doch, wenn darin jemand wohnte, würde der sie hereinlassen. Das schwor er sich.

Alles Klingeln und Klopfen brachte nichts. Im Haus tat sich nichts.

„Lass uns noch mal zu der Nachbarin gehen“, schlug Max vor, dem seine Hand vom vielen Klopfen schon wehtat.

Wenig später wurde ihnen die Tür am Haus gegenüber geöffnet.

„Ich habe mich schon gefragt, wie lange Sie es dort drüben versuchen, bis Sie zu mir kommen“, sagte die alte Frau und ließ die Beamten eintreten.

11.

„Ein komischer Kauz ist das, kann ich Ihnen sagen.“ Emma Fischer goss ihrem Besuch Tee ein.

Aus dem Fernsehen wusste sie, dass Polizisten immer Kaffee tranken. Doch sie hatte keinen im Haus. Daher konnte sie nur Tee anbieten. Allerdings hatte sie heute Morgen schon Plätzchen gebacken und die mochten Polizisten schließlich auch, auch das wusste sie aus dem Fernsehen. Die beiden, die jetzt auf ihrem Sofa saßen, schienen da keine Ausnahme zu sein. Beide griffen ungeniert zu, stellte sie mit einem Lächeln fest. Es war lange her, seit sie jemanden im Haus hatte, den sie bewirten konnte. Was sie heute Morgen dazu bewogen hatte, dass sie anfing zu backen, wusste sie selbst nicht. Doch sie hatte schon immer auf ihr Bauchgefühl gehört. Das hatte sie noch nie im Stich gelassen. Auch jetzt, wo sie schon fast neunzig Jahre alt war, funktionierte es noch tadellos. Irgendwann hatte sie zum Fenster hinausgeblickt und am Haus gegenüber ein Auto stehen sehen. Schon am Vortag waren Polizisten von Haus zu Haus gezogen und hatten die Anwohner befragt. Leider war sie beim Arzt gewesen und hatte so erst am Abend von ihrer Nachbarin erfahren, was in ihrer Straße los war. Jedenfalls hatte ihr Bauchgefühl sie mal wieder nicht im Stich gelassen, dachte sie, als sie das heiße

Blech aus dem Ofen zog. Jetzt sah sie die beiden Männer an, die ihr gegenübersaßen.

„Wann haben Sie ihren Nachbarn zuletzt gesehen, und wie heißt der Mann eigentlich?“, fragte Max. Obwohl er gerne noch ein paar Kekse gegessen hätte, holte er sein Notizbuch hervor.

„Lassen Sie mich überlegen.“ Frau Fischers Blick glitt zum Fenster, durch das man das Grundstück gegenüber sehen konnte.

Hinter den dicken Gläsern ihrer Brille sahen ihre Augen riesig aus, stellte Max fest. Obwohl die Frau offensichtlich sehr schlecht sah, war ihr Haus in einem tadellosen Zustand. Kurz fragte er sich, ob sie eine Putzfrau hatte. Vielleicht sollte er sie danach fragen. Seiner Wohnung würde eine Grundreinigung auf keinen Fall schaden. Doch irgendwie schaffte er es einfach nicht richtig, ordentlich zu sein. Das war einer der Gründe, warum Tina ihm schließlich den endgültigen Tritt in den Hintern gegeben hatte. Aber irgendwie war er immer zu beschäftigt. Wenn er abends endlich heimkam, hatte er einfach keine Lust mehr, zu putzen. Unordnung zu machen, gelang ihm hingegen innerhalb kürzester Zeit. Und mitten in einem Fall brauchte er gar nicht daran zu denken, zu Hause klar Schiff zu machen. Dennoch fragte er sich, warum er nicht wenigstens morgens, wenn er zur Arbeit aus dem Haus ging, die leeren Pizzaschachteln mit zum Mülleimer nahm, die sich mittlerweile auf seinem Wohnzimmertisch stapelten. In den nächsten Tagen würden massig Überstunden anstehen, er musste sich etwas überlegen. So konnte es nicht weitergehen. Die Überstunden, sinnierte er weiter, waren ein weiterer Grund dafür gewesen, dass er eines Tages die

Scheidungsunterlagen in den Händen gehalten hatte. Bestimmt war Tina ohne ihn besser dran. Ob es umgekehrt genauso war, dessen war er sich nicht sicher. Trotzdem hatte er in die Scheidung eingewilligt. Er hatte seine Frau kampflos aufgegeben. Sie hatten damals gerade ein vermisstes Kind reinbekommen. Ein neuer Fall. Alles drehte sich um die Kleine. Tina hatte ihn zu einem schlechten Zeitpunkt erwischt. Bis er tatsächlich kapiert hatte, was er da eigentlich unterschrieb, war es schon zu spät gewesen. Sein Stolz hatte es ihm dann verboten, zu betteln. Und dieser Stolz war es sicher auch, dass er jetzt jeden Abend in ein kaltes Bett legen musste.

„Ich glaube vorgestern." Die Stimme von Frau Fischer holte Max wieder aus seinen Gedanken. Er musste kurz überlegen, was er überhaupt gefragt hatte, fand den Faden aber schnell wieder.

„Zu welcher Tageszeit?", hakte er nach.

„Es war morgens. Ich habe die Zeitung hereingeholt, als ich sah, wie er in seine Garage fuhr. Ich wundere mich immer darüber, dass an dem alten Tor ein elektrischer Antrieb ist, wo doch alles andere an dem Haus so marode ist." Emma merkte sofort, dass das, was sie eben gesagt hatte, wichtig war. Der Blick, den die beiden Polizisten sich zugeworfen hatten, war ihr nicht entgangen.

Max blickte von seinem Block auf und seinen Partner an. Auch Bert war dieser Fakt nicht entgangen.

„Wie er heißt, kann ich Ihnen leider nicht sagen. Er hat sich nie vorgestellt. Ich bin ihm auch nie wirklich begegnet. Wenn überhaupt, sehe ich ihn, wenn er aus der Garage hinaus- oder wieder in sie hineinfährt."

„Haben Sie noch nie ein Paket für ihn angenommen oder so?“, wollte Bert wissen.

„Nein. Ich habe mit dem Briefträger schon einige Male darüber gesprochen, wie seltsam es ist, dass an diese Adresse nicht einmal ein Werbebrief geschickt wird. Der Briefträger nennt es sein Phantomhaus. Wir machen immer Witze darüber. Vielleicht lässt er seine Post an ein Postfach schicken. Das vermutete zumindest Hardy.“

„Wer ist Hardy?“

„Na, der Briefträger, natürlich.“

„Natürlich“, stimmte Max zu.

Bert schnalzte mit der Zunge und schüttelte langsam den Kopf. Eine Geste, die bedeuten sollte, dass es ja wohl nicht angehen konnte, dass Max Hardy nicht kannte. Max zog die Nase in Falten und deutete eine herausgesteckte Zunge an. Dann notierte er sich, dass sie den Briefträger auf die Liste der zu vernehmenden Personen setzen mussten.

„Bekommt Ihr Nachbar häufig Besuch?“, fragte Bert.

„Ich habe, seit der Mann dort wohnt, noch nie jemanden durch die Haustür ins Haus gehen sehen“, antwortete Frau Fischer.

Sie konnten wohl sicher sein, dass dann auch noch niemand durch diese Tür gegangen war. Denn sie bezweifelten keine Sekunde, dass der alten Dame das entgangen wäre. Wenn dieser Typ also jemals Besuch hatte, dann brachte er ihn mit dem Auto über die Garage ins Haus.

Bert überlegte, was sie bisher hatten. Ein Typ ohne Namen, der keinen Besuch und keine Post bekam und der nicht öffnete, wenn die Polizei an seiner Tür klingelte. Das war definitiv zu wenig für einen

Durchsuchungsbeschluss. Sie würden sich mit Hendrik besprechen müssen, ob sie das Haus observieren sollten. Eigentlich waren sie dazu zu wenig, andererseits war das ihr erster Verdächtiger, den sie vorweisen konnten.

„Wissen Sie, ob er im Moment zu Hause ist?", fragte Max.

„Nein. Wie gesagt, ich habe gesehen, wie er vorgestern nach Hause kam. Seitdem habe ich ihn nicht mehr gesehen. Es kann sein, dass er wieder weggefahren ist. Ich kann ja schlecht die ganze Zeit am Fenster stehen und meine Nachbarn beobachten, stimmt's?", meinte Frau Fischer und sah die beiden Beamten eindringlich durch die dicken Gläser ihrer Brille an.

„Natürlich nicht", stimmten Bert und Max gleichzeitig zu.

Wieder sah sie aus dem Fenster, hinüber zum Nachbarhaus. Max folgte ihrem Blick, stand auf und ging zum Fenster. Von hier aus konnte man vom Haus so gut wie gar nichts sehen. Es stand weit nach hinten versetzt auf dem Grundstück. Wie weit, wurde einem erst aus dieser Perspektive richtig klar. Die gewaltigen Bäume nahmen einem fast die ganze Sicht darauf. Einzig das Garagentor war gut erkennbar.

„Hat in den letzten Nächten Licht gebrannt?", wollte er wissen. Dabei ließ er das Gebäude nicht aus den Augen.

„Hmm. Wenn Sie mich so fragen, könnte ich nicht einmal sagen, dass ich jemals Licht in dem Haus gesehen habe", murmelte Frau Fischer. Man konnte förmlich hören, wie sie über die Frage nachdachte. „Kann das sein? Ich könnte wirklich schwören, dass das Haus immer in völliger Dunkelheit liegt, wenn es Nacht ist", fügte sie dann hinzu.

Warum war ihr das nicht selbst schon mal aufgefallen, fragte sie sich. Doch je länger sie darüber nachdachte, desto sicherer war sie sich, dass sie nie Licht in dem Haus gesehen hatte, seit dieser komische Vogel eingezogen war. Verwundert schüttelte sie den Kopf. Sie würde in Zukunft, bevor sie zu Bett ging, darauf achten. Außerdem würde sie genauer kontrollieren, ob ihre Tür und die Fenster fest verschlossen waren. Wer weiß, wozu der Kerl fähig war.

„Welche Hausnummer hat es?“, setzte Max seine Befragung fort.

„Siebzehn.“ Emma Fischer war froh, dass der Beamte sie mit seinen Fragen von ihrer Grübelei abhielt. Den Namen des netten Beamten hatte sie leider schon wieder vergessen, mit ihrem Gedächtnis war das manchmal so eine Sache, doch ihre Fantasie, die konnte schon mal leicht mit ihr durchgehen.

Wenigstens nicht dreizehn, dachte Max. Dann holte er sein Handy aus der Halterung an seinem Gürtel. Er drückte die Kurzwahltaste und lauschte dem Klingelton. Während er darauf wartete, dass am anderen Ende abgehoben wurde, fiel sein Blick auf sein Spiegelbild in der Scheibe. In diesem Jahr würde er fünfundvierzig Jahre alt werden. Im Vergleich zu anderen Männern seines Alters, hatte er noch volles Haar. Lediglich an den Schläfen waren ein paar graue Strähnchen in seinem ansonsten blonden Haar zu erkennen, vielleicht sollte er mal darüber nachdenken, sie zu färben, überlegte er weiter. Seit Tina ihn verlassen hatte, machte er, wann immer es sein Dienstplan zuließ, Sport, was man seinem Körper mittlerweile auch ansah. Wo sich in den letzten

Jahren kleine Pölsterchen breit gemacht hatten, waren jetzt Muskeln.

Warum ging Camilla denn nicht ran, fragte er sich und sah wieder zu dem mit Efeu bewachsenen Haus hinüber. Er musste wieder unter Menschen. Der Gedanke schoss ihm wie ein Blitz durch den Kopf. Und dann musste er sich eingestehen, dass er tatsächlich einsam war.

„Max, was gibt's?" Die atemlose Stimme von Camilla, riss ihn aus seiner Trübsinnigkeit.

„Camilla, kannst du für mich eine Überprüfung machen?", fragte er.

12.

Es war noch drei Minuten vor neunzehn Uhr, dennoch war sein Team vollständig in seinem Büro zusammengekommen, stellte Hendrik mit einem Blick auf die Uhr, die über der Tür hing, fest. Harald und Tim kamen als letzte herein. Nachdem jeder einen Stuhl gefunden und sich gesetzt hatte, fragte Hendrik: „Was habt ihr herausgefunden?"

Bert berichtete von dem Haus in der Straße, in der Melissa wohnte. In allen Häusern konnten die Bewohner angetroffen und befragt werden, nur in diesem öffnete niemand. Er erzählte von der Tatsache, dass Max hinter der Scheibe jemanden im Haus gesehen hatte, dabei ließ er den Umstand, dass dabei die Terrassenmöblierung kaputtging, aus. Das konnten sie Hendrik später noch unter sechs Augen beichten.

Dann sah er zu Camilla. Sie waren noch nicht dazugekommen, sie zu fragen, ob sie etwas über den Bewohner herausgefunden hatte. Wenn jemand dazu in der Lage war, dann sie.

Camilla hatte auf ihren Einsatz gewartet. Als Bert ihr zunickte, berichtete sie: „Gemeldet ist in dem Haus niemand. Die von der Meldestelle hassen uns jetzt übrigens auch", fügte sie schmunzelnd hinzu. „Ich habe die Liste mit den Bewohnern, die vorher in dem Haus gewohnt haben“, setzte sie ihren Bericht fort. „Das Ehepaar, das bis vor fünf Jahren dort lebte, ist im Abstand von einer Woche gestorben. Er im Alter von hundertdrei Jahren, sie war ein junger Hüpfer im Vergleich zu ihm. Sie war einundneunzig Jahre alt.“

Tim musste kurz auflachen, verstummte aber gleich wieder, als Hendrik ihn ansah.

„Sie hatten zwei Töchter, die beide geheiratet und wiederum drei beziehungsweise zwei Kinder bekommen haben. Die Töchter und deren Ehemänner sind ebenfalls tot. Wenn man so alt wird, überlebt man wohl die meisten Menschen. Die Enkel sind soweit überprüft und sauber. Allerdings leben alle fünf im Ausland, könnt ihr euch das vorstellen?“ Da sie keine Antwort erwartete, fuhr sie gleich fort: „Der Pfarrer hat mir gesagt, dass bei der Beerdigung keine Angehörigen vor Ort waren. Er hat mir gesagt, dass es keinerlei Kontakt mehr gab. Beim Notariat habe ich erfahren, dass die Enkel ihr Erbe ausgeschlagen haben. Unfassbar! Offensichtlich wollte keiner sich eine solche Bruchbude ans Bein binden. Daran konnte der Notar sich noch erinnern. Wer das Haus letztendlich bekommen hatte, wusste er aus dem Kopf aber auch nicht mehr. Jedenfalls hat die Notariatssekretärin im Keller in den alten Akten gewühlt. Wie ihr euch vorstellen könnt, war sie alles andere als begeistert. Wenn ihr in nächster Zeit zu einem Notar müsst, sucht ihr euch vielleicht besser einen anderen ... Jedenfalls hat sie mich nach einer Ewigkeit zurückgerufen. Samuel Berg hat das Haus geerbt. Offensichtlich war er im Testament benannt worden, falls die Enkelkinder ihr Erbe nicht antreten würden. Die

Großeltern hatten diese Möglichkeit also schon im Vorfeld in Betracht gezogen."

„Wer ist dieser Berg?", fragte Max. Wieder einmal staunte er, wie viele Informationen Camilla in der Kürze der Zeit herausgefunden hatte.

„Er ist vierzig Jahre alt. Von Beruf ist er Altenpfleger. Drei Jahre lang hat er die Kowatskis, so hießen die ehemaligen Besitzer, in deren Haus versorgt. Er ist dann von der Bildfläche verschwunden. Von heute auf morgen hat er keine Sozialleistungen mehr abgeführt. Ich habe unsere Datenbanken glühen lassen, bin aber nicht fündig geworden. Schließlich habe ich das Zeitungsarchiv durchforstet." Camilla sah von ihren Akten auf und stellte fest, dass alle Kollegen an ihren Lippen hingen. Sie lächelte kurz und fuhr dann fort: „Ob ihr es glaubt oder nicht, er war ins Visier von Ermittlungen geraten, als sich in dem Pflegeheim, in dem er arbeitete, die Todesfälle unter den Bewohnern häuften. Am Ende stellte sich heraus, dass die Bewohner tatsächlich eines natürlichen Todes gestorben waren. Eine Kollegin, die es auf seine Stelle abgesehen hatte, hatte ihn zuerst bei der Heimleitung, und als die nichts unternommen hatte, bei der Polizei angeschwärzt.

Obwohl nichts an der Sache dran war, hat er seinen Job verloren, seine Ehe ging in die Brüche und er verlor sein Haus. In dem wohnt übrigens die Exfrau, während er quasi unter der Brücke gelebt hat. Dann kam das Erbe. Seitdem wohnt er wohl in dem Haus, hat sich aber nie dort angemeldet. Die Post wird ihm noch zu seiner alten Anschrift geschickt, wo er sie einmal im Monat abholt. Die Exfrau hat übrigens kein gutes Wort an ihm gelassen. Sie hat ihn geschröpft, wo es nur ging. Von dem Haus weiß sie nichts. Sie geht davon aus, dass er immer noch obdachlos ist und findet das auch völlig in Ordnung so. Ich habe sie in dem Glauben gelassen."

„Was ist mit seinen Eltern?"

„Leben nicht mehr. Der Vater hat die Mutter bei einem Fall von häuslicher Gewalt erwürgt. Samuel war damals noch ein Kind. Laut der Exfrau hat er dabei zugesehen. Der Vater hat ihm dann erklärt, dass ein Mann handeln muss, er könne sich nicht alles gefallen lassen. Ein Grundsatz, den der Sohn wohl vom Vater angenommen hat, das hat zumindest die Frau angedeutet. Der Vater ist im Gefängnis gestorben."

„Er scheint im Leben kein Glück mit den Frauen gehabt zu haben", überlegte Max laut.

„Da hast du recht", antwortete Camilla.

„Ein Motiv?", sprach Tim die Frage aus, die alle bewegte.

„Sieht ganz danach aus", stimmte Hendrik zu. „Bringt das nachher zu Papier, dann holt euch einen Durchsuchungsbeschluss", fügte er hinzu.

„Keine Hinweise über Gewalt in seiner Ehe?", fragte Harald. Er hatte seine Stirn in Falten gelegt und sah Camilla neugierig an.

„Wie gesagt, er taucht in keinem System von uns auf. Da ich mir diese Frage aber auch gestellt habe, habe ich mal die Krankenhäuser abtelefoniert. Frau Berg war in keinem als Patientin. Ich glaube, sie steht einfach drauf, der Mittelpunkt zu sein. Da passt ein gewalttätiger Ehemann einfach besser ins Konzept. Ich habe bei den Nachbarn nachgefragt, sie beschreiben ihn als netten Mann. Immer hilfsbereit. Die Frau hingegen kam nicht so gut weg."

Die anderen nickten.

„Was habt ihr?“, fragte Hendrik nach einer kurzen Pause an Tim und Harald gerichtet.

„In der Kneipe, in der Melissa arbeitet, haben wir einen Stammgast, Frank Millek, angetroffen. Ein Säufer“, fügte Harald seinem Bericht hinzu. „Er behauptet, Melissa am Abend vor ihrem Verschwinden das letzte Mal gesehen zu haben, als sie ihm sein letztes Bier serviert hat und seitdem nicht mehr. Wir haben aber mittlerweile die Aussage des Barkeepers von dieser Nacht. Er sagt, dass die beiden nahezu zeitgleich die Gaststätte – seine Wortwahl, nicht meine – verlassen haben. Ihr Weg muss sich also auf jeden Fall noch mal gekreuzt haben, zumal sie fast Nachbarn sind. Warum verschweigt er uns das?“

„Ja, das ist die Frage. Geht ihr nach“, forderte Hendrik Harald und Tim auf. Die beiden nickten zustimmend.

„Was wissen wir über Millek?“

Tim schlug seinen Block auf. „Neunundvierzig Jahre alt, Berufskraftfahrer. Seit vier Jahren arbeitslos. Kommt jeden Morgen in seine Stammkneipe. Mittags geht er für ein paar Stunden, vermutlich nach Hause. Abends kommt er wieder zurück und bleibt dann meistens bis zur Sperrstunde. Von was er lebt, weiß keiner so genau. Die Sozialhilfe, die er bezieht, reicht auf keinen Fall aus, um täglich in eine Kneipe zu gehen.

„Er saß schon ein paar Monate wegen Körperverletzung. Wo immer eine Schlägerei ist, unser Frankie scheint in der Nähe zu sein. Das ist alles“, fügte Tim hinzu und blickte in die Runde.

„Was meinst du damit, dass er und Melissa quasi Nachbarn sind?“, hakte Camilla nach. „Wo wohnt der Typ?“

Tim ging zu dem Stadtplan, der an Hendriks Tafel hing. Dort waren die Wohnungen der Vermissten markiert. „Sieh's dir an." Er tippte an eine Markierung. „Da wohnt Melissa. Und hier," sein Finger berührte eine andere Stelle, „also nur zwei Straßen weiter, wohnt unser Frankie."

13.

Seine Leute hatten gute Arbeit geleistet, dachte Hendrik und lehnte sich in seinem Stuhl zurück. Obwohl sie alle seit zwölf Stunden im Dienst waren, war jeder wieder an seinen Schreibtisch zurückgekehrt. Jeder hatte etwas zu tun, das keinen Aufschub duldete. Und doch war es nur Harald, der zu Hause anrief, um Bescheid zu geben, dass es spät werden würde. Bei keinem der anderen wartete jemand zu Hause. Was waren sie nur für ein armseliger Haufen, fragte er sich.

Sein Blick streifte die Tafel, der sie heute zwei Fotos hinzugefügt hatten. Eines davon war stark verpixelt, weil es aus einer Zeitung heraus fotokopiert und vergrößert worden war, auf ihm war Samuel Berg abgelichtet, als er gerade aus einem Polizeirevier herauskam. Trotz der Unschärfe erkannte man seinen erschrockenen Gesichtsausdruck. Der Fotograf hatte ihn offensichtlich überrascht. Das andere Bild war gestochen scharf. Es zeigte Millek, stammte aus dessen Akte und war bei seiner letzten erkennungsdienstlichen Behandlung vor knapp zwei Jahren, aufgenommen worden.

Sie hatten zwei Personen, von denen sie nicht wussten, wie sie mit Melissa in Zusammenhang standen. Was sie ebenfalls nicht wussten, war, wie diese beiden Männer mit den anderen vermissten Frauen in Zusammenhang zu bringen waren.

Hendrik sah auf die Uhr über seiner Bürotür. Fünf Minuten vor acht. Er schaltete den Fernseher in seinem Büro ein und zappte durch, bis er auf Kanal Acht kam. In wenigen Minuten würde Hannah auf Sendung gehen. Er wettete darauf, dass ihr erster Bericht sein aktueller Vermisstenfall sein würde. In spätestens fünfzehn Minuten also, würde sein Telefon klingeln und der Leiter der Kriminalpolizei würde ihn zur Schnecke machen. Warum also nicht die verbleibende Zeit nutzen und entspannen, dachte Hendrik. Er nahm seine Kaffeetasse in die Hand, dabei bemerkte er, dass der Kaffee drin bestenfalls als lauwarm durchgehen würde. Dann legte er seine Beine auf die Schreibtischplatte und stellte den Ton lauter.

Hannah füllte den Bildschirm. Sie hatte sich umgezogen. Lächelnd sah er sie an. Der dunkelgraue Blazer, den sie jetzt trug, passte wie angegossen und zusammen mit der hellgrauen Hose, ließ er ihre Augen geradezu strahlen. Hendrik legte den Kopf schräg und beobachtete Hannah. Sein Blick ruhte auf ihren Lippen. Dabei verspürte er ein Kribbeln im Körper. Der Typ von der Universität fiel ihm schlagartig ein. Ohne es wirklich zu bemerken, biss er die Zähne zusammen, bis seine Kieferknochen weiß hervortraten. Dann stellte er fest, dass Hannah schon mitten in ihrer Reportage war, ohne dass er auch nur ein Wort mitbekommen hatte. Er fragte sich, was das sollte? Was brachte ihn so aus der Fassung? Er hatte kein Recht, eifersüchtig zu sein. Schließlich hatte er seine Chance gehabt und sie verstreichen lassen. Die nächsten Minuten sah er zu, wie

Hannah Fotos der vermissten Frauen zeigte, ohne zu hören, was sie sagte.

Als der Bericht vorbei war, griff er zur Fernbedienung und schaltete den Fernseher aus. Im selben Moment klingelte sein Telefon. Schwer atmend, nahm er seine Füße vom Schreibtisch und wappnete sich für das bevorstehende Gespräch, das ganz sicher ein Monolog seitens seines Vorgesetzten werden würde.

Nach ihrer Sendung hatte Hannah eigentlich noch tausend Dinge zu erledigen. Außerdem hatte sie sich mit ihrer neuesten Errungenschaft verabredet. Finn, Doktor der Geschichte. Sie würde ihm unrecht tun, wenn sie behaupten würde, dass er langweilig war. Trotzdem fehlte ihr etwas in ihrer Beziehung. Was genau das war, konnte sie gar nicht sagen. Bevor sie richtig wusste, was sie tat, hatte sie schon seine Nummer gewählt. Als sie ihm für den Abend absagte, tat er ihr leid. Er hatte sich enttäuscht angehört. Doch irgendwie kam es ihr falsch vor, sich mit ihm zu treffen, wo sie doch schon den ganzen Tag über nur an einen Menschen dachte. Wenn sie richtiglag, und das tat sie meistens, dann brauchte dieser Mensch jetzt dringend einen Freund.

Aus dem großen Schrank in ihrem Büro, holte sie eine Flasche Wein und zwei Gläser aus Plastik, und bevor sie jemand aufhalten konnte, schlüpfte sie durch den Notausgang hinaus. Mit schnellen Schritten huschte sie über den Parkplatz. Die Luft war warm. Hannah liebte den Sommer, besonders die langen Abende. Im Winter kam sie stets in völliger Dunkelheit aus dem Sender heraus. Während des Sommers schaffte sie es, zumindest an manchen Tagen, noch vor Einbruch der

Nacht herauszukommen. Morgen würde es sich rächen, dass sie heute so früh Feierabend gemacht hatte. Doch was kümmerte sie heute schon morgen? Lächelnd stieg sie in ihr Auto ein und fuhr die kurze Strecke bis zu ihrem Ziel. Unterwegs überlegte sie sich eine Ausrede, wie sie an dem Empfangsdrachen vorbeikam, ohne dass sie angemeldet wurde.

Wenig später drückte sie die Ruftaste des Aufzugs. Das hatte ja prima geklappt. In Gedanken klopfte sie sich auf die Schulter. Wobei sie sich trotzdem fragte, wie es sein konnte, dass in einem solchen Gebäude derart lasche Sicherheitsvorkehrungen getroffen wurden. Es hatte sie zwei Sätze gekostet, bis sie bekommen hatte, was sie wollte – freien Aufenthalt im Gebäude. Lediglich einen Besucherausweis musste sie gut sichtbar an ihrem Revers tragen. Wahrscheinlich hatte ihr die Tatsache, dass der Pförtner gleich Feierabend machen konnte und das Gebäude dann eh abschloss, ein wenig dabei geholfen, überlegte sie.

Die Etage, in der sie ausstieg, war menschenleer. Dass er dennoch hier war, wusste sie. Die Neonröhren an der Decke waren noch nicht eingeschaltet worden und das wenige Licht, das von draußen noch durch die Fenster hereinkam, reichte kaum aus, um den Flur zu beleuchten. Trotzdem machte Hannah sich nicht die Mühe, auf einen der vielen Lichtschalter zu drücken, sondern ging schnurstracks zu dem Büro, zu dem sie wollte.

Durch die Glasfenster rechts und links der Bürotür konnte sie sehen, dass in seinem Büro ein gedimmtes Licht brannte. Das Großraumbüro war leer. Der gläserne

Kasten, in dem sich sein Büro befand und der quasi mitten in dem Großraumbüro stand, wirkte derart fehl am Platz, dass Hannah sich fragte, ob der Architekt betrunken gewesen war, als er diesen Plan entworfen hatte. Die Schreibtische wirkten verwaist. Teilweise waren sie ordentlich, auf anderen stapelten sich Akten. Jemand hatte vergessen, den Rechner herunterzufahren, sodass das Licht des Bildschirmschoners im Raum umherflackerte.

Im gesamten Stockwerk war es totenstill. Vor der geschlossenen Bürotür verharrte Hannah. Bislang war sie nie ohne sein Wissen hier gewesen. Wie würde er reagieren? Er hatte die Jalousien an den Fenstern geschlossen. Bisher hatte sie gar nicht gewusst, dass er überhaupt Jalousien hatte. War er überhaupt alleine? Dieser Gedanke pflanzte sich in ihr Gehirn. Was tat sie hier eigentlich, fragte sie sich. Wie konnte sie davon ausgehen, dass er sie überhaupt sehen wollte? Sie ließ die Hand, die sie schon ausgestreckt hatte, um zu klopfen, wieder sinken. Unschlüssig drehte sie sich um und ließ ihren Blick erneut durch den großen Raum schweifen. Seine Leute waren alle daheim. War er vielleicht doch auch schon gegangen und hatte nur vergessen, seine Schreibtischlampe auszuschalten?

Es half alles nichts, sie würde es erst erfahren, wenn sie in dieses Büro ging und dazu musste sie nun mal anklopfen. Bevor sie es sich anders überlegen konnte, hämmerte sie, viel lauter als beabsichtigt, gegen das Türblatt.

„Ja?"

Sie hörte die Überraschung in seiner Stimme und hatte sofort vor Augen, wie sein Gesichtsausdruck aussah.

Während sie die Tür öffnete, warf sie ihre Bedenken über Bord. Durch den kleinen Türspalt streckte sie ihren Kopf und fragte: „Störe ich?“ Das Erste, was ihr auffiel war, das er alleine war. Warum sie das so erleichterte, begriff sie selbst nicht, nahm sich aber vor, sich später damit auseinanderzusetzen.

„Hannah! Was machst du denn hier?“ Mit wenigen Schritten war er um seinen Schreibtisch herum und bei ihr.

„Ich dachte, das könntest du jetzt gut gebrauchen“, antwortete sie und hielt die Flasche Wein hoch.

„Da hast du verdammt richtig gedacht“, sagte Hendrik und spürte, wie die Last des Tages von seinen Schultern rutschte. Als er sah, dass sie sich noch nicht gerührt hatte, sah er sie fragend an. „Warum kommst du nicht rein?“

„Darf ich?“

Nach einer kurzen Pause sagte Hendrik: „Klar, es gibt nichts, was du nicht schon weißt.“

Damit meinte er offensichtlich, dass sie mit ihren Ermittlungen noch immer keinen Schritt weiter waren. Hannah schloss die Tür hinter sich, stellte die Flasche und die Plastikgläser auf seinen Schreibtisch und schloss ihn dann in ihre Arme.

Das war genau das, was er brauchte, dachte Hendrik, als er die Umarmung erwiderte. Sie fühlte sich einfach großartig an und duftete so wunderbar. Mit dem letzten Gedanken vergrub er seine Nase noch ein Stückchen tiefer in ihrem Haar.

„Ist das Telefonat so schlecht verlaufen, wie ich denke?“, fragte sie leise, ohne sich zu bewegen.

„Ich glaube schlimmer.“

„Oje."

„Ja, ein neuer Rekord. Er zweifelt an meiner Kompetenz als Dezernatsleiter."

„Er mochte dich noch nie. Du hast die Karriereleiter schneller erklommen als er. Ich weiß nicht, ob es überhaupt schon mal jemanden gab, der mit dreißig Jahren die Leitung eines Dezernates übernommen hat. Er versucht seit vier Jahren, dich abzusägen und ist bisher daran gescheitert." Obwohl sie eigentlich gerne noch länger an ihn geschmiegt im Raum stehen geblieben wäre, löste sich Hannah ein Stück von Hendrik, um ihm in die Augen sehen zu können. Was sie sah, gefiel ihr überhaupt nicht. Er sah so müde aus.

„Stimmt schon. Aber dieses Wissen macht es nicht leichter. Außerdem hat er recht. Seit über einem Jahr habe ich in dieser Sache nichts vorzuweisen. Überhaupt nichts. Ich weiß immer noch nicht, ob wir überhaupt Fälle haben, die miteinander in Verbindung stehen oder nicht. Ich verschwende Ressourcen – seine Worte, nicht meine, obwohl ich ihm nicht widersprechen kann."

„Uuh. Ist ja nett", sagte Hannah und fügte dann hinzu: „Selbstmitleid steht dir nicht. Lass uns die Flasche entkorken und dann erzähl mir, was du hast."

Hendrik hielt sie noch einen Augenblick in seinen Armen und lächelte. Sie hatte es schon wieder geschafft, ihn aus einem Loch zu ziehen. Zum Dank hauchte er ihr einen winzigen Kuss auf die Nasenspitze.

Auf ihre kokette Art, drehte Hannah sich zur Seite und sah ihn von unten herauf an: „Wofür war der denn?" Auf die Frage folgte wieder das Klimpern ihrer langen Wimpern.

„Pass auf, sonst kriegst du mehr“, drohte Hendrik an. Für einen Sekundenbruchteil sah er etwas in ihren Augen aufblitzen. Doch dann war der Augenblick vorbei, und er war sich nicht sicher, ob er es sich nicht nur eingebildet hatte. Und dann hatte sie sich auch schon umgedreht und machte sich am Verschluss der Flasche zu schaffen.

Ihre Hände zitterten. Für einen kurzen Moment hatte er sie aus dem Gleichgewicht gebracht. Sie konnte nur hoffen, dass ihr Entschluss, hierherzukommen, der richtige war. Während sie den Schraubverschluss an der Flasche aufdrehte – so viel zum Thema entkorken – tauchte vor ihrem geistigen Auge Finn auf. Schnell verscheuchte sie ihn wieder aus ihrem Kopf. Sie konnte sich unmöglich mit zwei Männern zugleich befassen. Dann reichte sie Hendrik eins von den Gläsern.

„Oh, Plastik, wie stilvoll“, sagte Hendrik, stieß dann aber trotzdem mit ihr an.

„Warum bist du alleine hier?“, fragte Hannah, nachdem sie an ihrem Glas genippt hatte.

„Es hat keinen Sinn, wenn die ganze Truppe sich die Nacht um die Ohren schlägt. Sie haben heute viel geleistet.“

Hannah nickte und setzte sich dann auf die Ledercouch, die einen großen Teil der Wand neben der Tafel ausmachte. Bislang hatte sie es vermieden, auf die Tafel zu blicken. Ihr lagen die Bilder der Vermissten vor. Sie hatte sie oft genug in der Hand gehalten. Wie so oft fragte sie sich, wie Hendrik es schaffte, jede Minute, die er in seinem Büro verbrachte auf diese Tafel blicken zu müssen.

„Und warum bist du dann nicht zu Hause?“, fragte Hannah weiter.

Hendrik ließ sich neben sie fallen. Er steckte seine langen Beine von sich und gönnte es sich, für einen winzigen Moment die Augen zu schließen.

Hannah tat es ihm nach. Sie streifte sich die Schuhe von den Füßen und streckte die Beine aus. Vor Freude zappelten ihre Zehen förmlich. Jetzt wo sie saß, merkte sie erst, wie müde sie war. Jeden Morgen stand sie um halb sechs auf. Spätestens um sieben Uhr war sie dann im Sender. Sie bekam kaum je mehr als fünf Stunden Schlaf. An solchen Tagen wie heute fragte sie sich, wie lange ihr Körper das noch mitmachen würde. Offenbar war das das Los, wenn man eine Sendung hatte, die täglich ausgestrahlt wurde.

„Was hast du gefragt?“, wollte Hendrik wissen.

Hannah zuckte zusammen. Ohne es zu merken, war sie einen Moment eingenickt. Obwohl sie eigentlich nur am Wein genippt hatte, fühlte sie, wie ihre Beine schwer wurden. Vermutlich lag es daran, dass sie seit Stunden nichts mehr gegessen hatte. „Weiß nicht mehr“, murmelte sie.

„Na, du bist mir ja eine tolle Gesprächspartnerin“, sagte Hendrik. Er musste lächeln. Ihm selbst war es ähnlich ergangen, wie ihr. Um ein Haar wäre auch er eingeschlafen. Vorsichtshalber nahm er ihr Plastikglas und stellte es, zusammen mit seinem, auf den Tisch neben sich.

„He, ich bin noch gar nicht betrunken“, beschwerte sich Hannah. Doch ihr Widerstand war sehr schwach.

„Bist du hergekommen, um dich zu betrinken?“, neckte Hendrik sie.

Hannah sah Hendrik ins Gesicht. Ihr Blick blieb auf der kleinen Narbe über seiner linken Augenbraue hängen. Sie ließ ihn verwegen aussehen. Besonders in Augenblicken wie diesem, wo er seine Krawatte gelockert und den obersten Hemdknopf geöffnet hatte. Sein Haar war leicht verstrubbelt, doch seine Augen erwiderten ihren Blick.

„Eigentlich wollte ich dich betrunken machen und dann Bilder von dir in meiner Sendung morgen Abend zeigen. Dann hätte dein Chef einen Grund, dich ins Jenseits zu befördern." Hannah kicherte, als sie nun den Ausdruck in seinen Augen sah.

„Ich wusste, dass man euch Reportern keine Sekunde über den Weg trauen kann." Mit einem Ruck richtete er sich auf und sah ihr tief in die Augen. „Welches Wahrheitsserum hast du mir in den Wein gekippt, Hexe?", fragte er.

„Von jedem etwas", meinte Hannah und schrie auf, als er sich rittlings auf sie setzte. Dabei packte er ihre Arme und drückte sie über ihrem Kopf gegen die Lehne des Sofas, sodass sie völlig handlungsunfähig war.

„Wo ist das Gegenmittel?", setzte er das Spiel fort.

„Ein Gegenmittel wäre nett, würde dir aber nichts bringen."

„Nett? Nett! Brennen sollst du, Rotschopf!"

Kichernd wand Hannah sich unter ihm, hatte aber nicht den Hauch einer Chance.

„Warum nur hab ich dich gehen lassen?", fragte Hendrik plötzlich und hätte sich am liebsten sofort die Zunge abgebissen.

Hannah sah zu ihm auf. Ihr Kichern erstarb und Stück für Stück wurde ihr Gesichtsausdruck ernster.

„Entschuldige. Das hätte ich nicht sagen sollen. Obwohl es zu dem Scheißtag super passt“, fügte er leise hinzu.

„Du brauchst dich nicht zu entschuldigen“, sagte Hannah. „Wir waren jung und sehr dumm.“

Hendrik setzte sich wieder neben sie. Dann trank er mit einem Schluck seinen Wein leer. „Das waren wir“, stimmte er ihr zu.

„He, willst du dich ohne mich besaufen?“, fragte sie empört und leerte auch ihren Becher in einem Zug. Barfuß stapfte sie zum Schreibtisch und holte die Flasche. Ohne zu fragen, füllte sie beide Gläser wieder auf. „Und jetzt erzähl mir endlich, was ihr in dem Fall alles zusammengetragen habt.“

So war Hannah eben. Es gab keine peinliche Situation. Sie machte einfach weiter. Hendrik fuhr sich durch die Haare, nickte und berichtete dann. Nicht ein einziges Mal dachte er daran, dass er Hannah gegenüber Insider-Wissen verbreitete oder dass er in Teufelsküche kommen würde, wenn nur etwas, was in diesem Raum gesprochen wurde, an die Öffentlichkeit drang.

„Bevor du gekommen bist, habe ich versucht, die beiden Männer, mit denen wir es heute zu tun hatten, mit den anderen Vermissten in Zusammenhang zu bringen.“

„Und?“

„Ich kam nicht über den Versuch hinaus.“ Wieder fuhr er sich mit der Hand durch die Haare, kratze sich dann am Kopf und sah schließlich ratlos auf die Tafel.

„Vielleicht hat er sich die Opfer bislang wahllos ausgesucht und macht es jetzt persönlich?“, fragte Hannah.

Hendrik zuckte zusammen. Das Wort Opfer versuchte er immer zu vermeiden. Es hatte so etwas Endgültiges an sich. Und doch war er sich sehr wohl der Zahl der Fälle bewusst, die er in den letzten vier Jahren an das Morddezernat abgeben musste. Zahlen, die sich, wie mit Säure gegossen, in sein Gedächtnis gebrannt hatten.

„Ja, daran habe ich auch schon gedacht. In den meisten Fällen ist es so einfach. Ein Streit, eine Laune, ein anderer Partner und schon bricht einer aus dem Trott heraus und verschwindet. Dann findet man sie, wenn sie sich finden lassen wollen. Und dann sind da noch Fälle wie dieser." Hendrik war immer leiser geworden. Er wandte sich wieder von der Tafel ab und sah Hannah an.

Sie zog eine Augenbraue hoch und fragte: „Noch einen Schluck Wein?" Dabei hob sie die Flasche in die Höhe.

„Warum nicht?", meinte Hendrik und reichte ihr seinen Plastikbecher, als wäre er aus feinstem Kristall.

14.

Camilla hatte zusammen mit Tim das Dezernat verlassen. Sie hatten sich beide auf eine lange Nacht eingestellt. Als Hendrik sie dann aber plötzlich heimgeschickt hatte, standen sie etwas ratlos vor dem Präsidium.

„Wollen wir noch was trinken gehen oder bist du zu müde?“, fragte Tim vorsichtig.

„Ich bin immer müde, so kommt es mir zumindest vor. Es spricht also nichts dagegen, wenn wir noch irgendwohin gehen“, antwortete Camilla.

Sie schlenderten durch die Straßen und genossen den lauen Abend. Vor einem Pub hielt Tim an. „Wie wär's hier?“, wollte er wissen und deutete mit dem Kinn in Richtung Tür.

„Super.“ Camilla ging vor ihm die beiden Stufen hoch und öffnete die Tür. Ein Schwall drückender Luft, erfüllt von Musik, schlug ihnen entgegen. Zum Glück nicht so laut, dass man sich nicht mehr unterhalten konnte, dachte Camilla. Sie mochte es nicht, ihre Gesprächspartner anzuschreien. Obwohl es unter der Woche war, war der Laden gut besucht, stellte sie fest, als sie ihren Blick schweifen ließ. Im hinteren Teil sah sie einen freien Tisch und steuerte darauf zu.

„Und wie denkst du über die Sache“, fragte Tim, nachdem sie sich gesetzt hatten.

„Ich habe keine Ahnung“, gestand Camilla. „Ich weiß nur, dass ich nicht in Hendriks Haut stecken möchte. Ich glaube, der große Chef hat ihm ganz schön den Rost runtergelassen.“

„Der Chef ist ein großes Arschloch. Soll er doch Vorschläge bringen, die uns weiterhelfen und nicht nur kritisieren.“

„Wahre Worte.“ Sie bestellten beide Bier und sahen der Bedienung nach, die dem Barmann ihre Bestellung zurief, bevor sie zum nächsten Tisch ging.

„Hunger?“, fragte Tim, dessen Magen plötzlich auf dem Boden zu hängen schien.

„Allerdings“, sagte Camilla und griff sich eine der kleinen Speisekarten, die auf dem Tisch lagen.

Tim nahm die andere. Nach kurzer Zeit sah er auf. „Hört sich alles gut an.“

„Bestellen wir es in der Reihenfolge, in der es auf der Karte steht“, meinte Camilla.

Lachend gab Tim der Kellnerin ein Zeichen.

„Haben Max und Bert noch was erreicht?“, fragte Camilla, nachdem sie bestellt hatten.

„Sie haben mit dem Richter gesprochen und rechnen fest damit, dass sie morgen einen Durchsuchungsbeschluss auf dem Tisch liegen haben. Wir werden sehen.“ Er selbst war da nicht so zuversichtlich, doch er hatte schon davon gehört, dass Max ein gewaltiges Überzeugungspotenzial hatte. Morgen würde er es wissen. Er nahm sein Bierglas, das die Kellnerin gerade vor ihm auf den Tisch stellte in die Hand und prostete Camilla zu.

Bert war direkt nach Hause gefahren. Max hatte ihn gefragt, ob sie noch zusammen etwas unternehmen wollten, doch dazu hatte er keine Lust. Er brauchte einen klaren Kopf und den bekam er nicht, wenn er sich volllaufen ließ. Nach seiner Scheidung hatte er sich eine kleine Wohnung genommen. Da er keinen Besuch empfing, störte es ihn nicht, dass er immer noch keine Möbel hatte. Er lebte nach wie vor aus Umzugskartons. Die Wohnung hatte ihm vom ersten Mal an, als er sie gesehen hatte, nicht gefallen. Was ihn dazu getrieben hatte, sie trotzdem zu mieten, begriff er bis heute nicht. Sie war nicht mal billig. Na ja, es lag an ihm, wieder auszuziehen. Doch dann machte er sich klar, wie geschickt die Wohnung lag, und das hinderte ihn schließlich immer daran, zu kündigen.

Als er die Tür aufschloss, roch er die abgestandene Luft und rümpfte die Nase. Es lohnte sich nicht, zu lüften. Er würde sich nur kurz umziehen und dann wieder verschwinden, dachte er und ging ins Schlafzimmer, um vom Wäscheständer einen Trainingsanzug zu holen, den er sich im Badezimmer anzog. Er achtete drauf, dass er seinen Anzug ordentlich auf einen Bügel hängte, um zu verhindern, dass er Falten bekam. Sein Hemd stopfte er in den Sack, den er zwei Mal im Monat zur Reinigung brachte. Während er in die Sporthose schlüpfte, fiel sein Blick in den großen Spiegel, den ein Vormieter an die Tür geklebt hatte. Die Eitelkeit musste es ihm lassen, dachte er, aber er sah verdammt gut aus. An seinem Körper hatte er kein Gramm Fett.

Wut keimte in ihm auf, als er sich einmal mehr fragte, was Jenny, seine bescheuerte Exfrau geritten hatte, als sie ihm einfach so die Tür vor der Nase zugeschlagen hatte. Genaugenommen hatte sie nicht einmal das getan. Sie hatte, feige wie sie war, einfach die Schlösser ausgetauscht. Mitten in der Nacht, hatte er vor seinem eigenen Haus gestanden und war nicht mehr hineingekommen. Er hatte geklingelt und geklopft, weil er zunächst gar nicht kapiert hatte, was los war. Erst als eine Polizeistreife vorbeikam und die Kollegen ihm erklärt hatten, dass es wohl besser sei, wenn er sich eine andere Unterkunft für die Nacht suchen würde, hatte er es begriffen.

Da stand er nun, sechsundvierzig Jahre alt, in einer Wohnung, die er hasste, einer Exfrau, die nur über ihren Anwalt mit ihm kommunizierte und zwei Kindern, die er über alles liebte, die ihn aber nicht sehen wollten oder durften. Die blöde Kuh hatte das alleinige Sorgerecht bekommen. Was ihm blieb, waren die Zahlungen, die er jeden Monat leisten durfte. Scheiße, so hatte er sich sein Leben nicht vorgestellt! In was für einer Welt lebte er eigentlich?

Keine fünf Minuten später, hatte Bert die Wohnung wieder verlassen.

Nur wenige Meter vor seiner Wohnung wendete Max. Er wollte nicht nach Hause. Noch nicht. Nach diesem frustrierenden Tag war es ihm nicht danach, alleine auf dem Sofa zu sitzen und durch sinnlose Fernsehprogramme zu zappen und wieder nur eine Pizza zum Abendessen. Zudem würde es in der Wohnung sicher so heiß wie in einem Backofen sein. Obwohl die große Hitze des Sommers noch bevorstand, war es in seiner winzigen Dachgeschosswohnung schon jetzt unvorstellbar heiß. Schade, dass er Bert nicht mehr hatte überreden können, mit ihm einen trinken zu gehen. In den letzten Monaten hatten sich ihre Wege privat nicht mehr so oft gekreuzt, wie früher. An manchen Tagen kam es Max so vor, als würde er seinen Partner gar nicht mehr kennen. Als er ihn heute die Vernehmungen bei der Universität, die noch anstanden, alleine hatte machen lassen, hatte Bert ihm nicht mal den Grund dafür genannt. Er hatte nur gesagt, dass er noch etwas zu erledigen hatte und war dann verschwunden. Später war er einfach wieder aufgetaucht, als sei nichts gewesen. Dabei war Bert über zwei Stunden weggewesen. Klar, würde er ihn decken, doch früher hätte es das einfach nicht gegeben. Überhaupt stahl Bert sich in den letzten Wochen immer häufiger davon. Offenbar hatte Bert seine Scheidung mehr aus dem Gleichgewicht gebracht, als Max vermutete. Vielleicht hatte er sich mit einer Frau getroffen, überlegte er weiter, während er durch die belebten Straßen fuhr. Oder sein Partner hatte ein Alkoholproblem. Er nahm sich fest vor, ihn im Auge zu behalten.

Vor einer Kneipe fand er einen freien Parkplatz und wertete das als Fügung des Schicksals. Wie lange war es her, seit er zum letzten Mal ausgegangen war? Er konnte sich nicht mehr daran erinnern. Tina, seine Exfrau, war ständig ausgegangen. Sie hatte nie ein Geheimnis daraus gemacht, dass ihr ihre Freiheit und Unabhängigkeit wichtiger waren, als alles andere auf dieser Welt. Wichtiger, als ihre Ehe. Kaum hatte Max einige Male angedeutet, dass es doch schön wäre, langsam mal daran zu denken, eine Familie zu gründen, hatte sie das Weite gesucht. Sicher, bei seinen Arbeitszeiten wäre sie oft mit dem Baby alleine zu Hause, aber andere schafften es doch auch. Aber nein, nicht mit Tina. Er holte tief Luft und versuchte, seine düsteren Gedanken zu verdrängen. Dann stieg Max aus seinem Wagen aus und ging in die Kneipe.

Der Laden gefiel ihm sofort. Max fragte sich, warum er nicht schon früher hierhergekommen war. Die Einrichtung konnte man zwar bestenfalls als rustikal bezeichnen, dafür war die Musik gut. Das Publikum war bunt gemischt. Zwischen herumstehenden Gästen erspähte er noch einen freien Hocker an der Bar.

Nicht lange, nachdem er bestellt hatte, stellte die Bedienung, die gleichzeitig wohl auch die Barkeeperin war, den Bierkrug vor ihn auf den Tresen. Dabei lächelte sie ihn offen an. Ganz automatisch lächelte er zurück und war erstaunt darüber, wie gut sich das anfühlte. Wann hatte er das letzte Mal gelacht oder auch nur gelächelt, fragte er sich. Er sah ihr noch einen Augenblick länger in die Augen und prostete ihr dann zu, bevor er den ersten Schluck des kalten Biers genoss.

„Zum ersten Mal hier?“, fragte sie, während sie weitere Getränke einschenkte.

„Ja, das stimmt“, antwortete Max.

Die Bedienung nickte, belud sich ein Tablett mit Gläsern und Flaschen und trug es zu einem Tisch.

Max sah sich weiter um. Im hinteren Teil der Kneipe sah er eine kleine Bühne, die gerade von einigen Pärchen zum Tanzen benutzt wurde. Er sah ihnen eine Weile zu und wurde dann wieder von der Bedienung abgelenkt, die weitere Getränke auf ihr Tablett stellte.

„Arbeiten Sie ganz alleine hier?“, fragte er.

„Sieht so aus, als hätte Josh vergessen, dass er arbeiten muss. Ist nicht das erste Mal bei ihm. Nur leider trifft es mich am häufigsten, da ich ständig mit ihm eingeteilt bin", antwortete sie und lächelte ihn erneut an. Dann war sie auch schon wieder weg.

Max sah ihr hinterher und schüttelte grinsend den Kopf.

„Wie heißt du?"

Max zuckte zusammen. Er hatte nicht bemerkt, dass sie von hinten an ihn herangetreten war.

„Max und du?"

„Melanie", sie streckte ihm die Hand entgegen. Max schlug ein, ließ dabei aber nicht ihr volles Tablett aus den Augen. Sie hatte es fest im Griff, stellte er fest. Und schon wieder war sie hinter dem Tresen verschwunden. Sie räumte gebrauchte Gläser in die Spülmaschine und zapfte gleichzeitig Bier.

Ihre Wangen waren gerötet, stellte er fest, was ihn aber auch nicht verwunderte. Die Tabletts waren sicher unglaublich schwer, so voll, wie sie sie belud. Er trank einen weiteren Schluck, und ehe er so richtig wusste, was er da eigentlich tat, ging er hinter den Tresen und nahm ihr das Glas ab, das sie gerade befüllte.

„Danke", sagte Melanie erstaunt. „Suchst du 'nen Job?", fragte sie dann und grinste ihn an.

„Bis gerade eben nicht. Aber ein zweites Standbein schadet sicher nicht." Er stellte das volle Glas vor sie auf den Tresen. „Was noch?"

Sie rasselte eine Bestellung herunter, die er sich ganz sicher nicht merken konnte, doch er würde sein Bestes geben.

15.

Melissa wachte von ihrem eigenen Stöhnen auf. Ihr Körper brannte. Nein, nur eine Stelle an ihrem Körper brannte wie Feuer. Sie war schon gar nicht mehr überrascht, als sie die Tränen auf ihren Wangen spürte. Tränen waren mittlerweile ihr ständiger Begleiter.

Doch es war besser, hier in diesem dunklen Verlies zu sein, als bei ihm. Nicht besser, aber sicherer, verbesserte sie sich in Gedanken. Bei dem Gedanken an ihn lief ihr ein eiskalter Schauer über den Rücken und erzeugte eine Gänsehaut an ihrem ganzen Körper. Dieser Mann hatte überhaupt gar nichts menschliches mehr an sich. Nein, diese Kreatur glich einem Monster. Um sie herum unterhielten sich die anderen Frauen leise. Sie war nicht einbezogen worden, doch sie hatte auch nicht das Bedürfnis mit ihnen zu sprechen. Sie hatten nichts getan, um sie auf das vorzubereiten, was sie erwartet hatte. Warum hatten sie ihr nicht gesagt, was passieren würde? Er hatte sie aus dem Verlies geführt. Sie hatte die Blicke der anderen förmlich auf sich gespürt. Doch gehört hatte sie gar nichts. Keine hatte etwas zu sagen gewagt. Erst jetzt wurde ihr tatsächlich bewusst, dass sie nicht einmal das Atmen der Frauen wahrgenommen hatte. Im Nachhinein kam es ihr vor, als hätten alle den

Atem angehalten. Klar, alle hatten gewusst, was jetzt mit ihr geschehen würde.

Das Haus, in dem sie sich befand, war alt. Obwohl er sie am Arm gepackt und fast hinter sich hergerissen hatte, sah sie sich um. Sie musste jeden Winkel in sich aufnehmen. Die anderen würden ihr keine Hilfe sein. Das hatte sie schon kapiert. Sie würde aber auf keinen Fall kampflos aufgeben. Das nächste was sie verwundert hatte war, dass sie keine Treppe hochgingen. Warum auch immer, war sie die ganze Zeit davon ausgegangen, dass sie in einen Keller gesperrt worden war. Sie kamen durch eine Art Wohnzimmer. Die Einrichtung stammte aus dem vorigen Jahrhundert und zwar aus der Zeit, als das erst angebrochen war. Wahrscheinlich waren viele der Möbel mittlerweile Antiquitäten. Ohne etwas zu sagen, schubste der Mann sie in einen Flur. Sie kamen an mehreren Räumen vorbei, die allesamt eingerichtet waren. Und doch hatte Melissa das Gefühl, dass hier schon lange niemand mehr wohnte. Sie schrie auf, als er sie noch fester packte.

Mit seinem Fuß stieß er eine Tür auf, die sie gar nicht als solche wahrgenommen hatte. Sie war tapeziert und unterschied sich nicht von der Wand, in die sie eingelassen war. Es hing sogar ein Bild daran. Das Motiv hatte sie nicht erkennen können, weil alles zu schnell gegangen war. Noch immer schweigend, schob er Melissa in dem Raum hinein und stieß mit seinem Fuß die Tür wieder zu.

Der Raum, in dem sie sich nun befand, hatte keine Fenster. Sofort stellten sich Melissas Härchen im Nacken auf. Das Rauschen in ihren Ohren wurde stärker, ihre Sinne feiner. Ihr ganzer Körper war auf Flucht gepolt.

Mitten im Raum stand eine Liege, wie man sie beim Physiotherapeuten oder für eine Massage benutzte. Sie war mit dicken Schrauben in den Boden gedübelt worden.

Melissa versuchte sich loszureißen. Doch der Griff um ihren Arm glich einem Schraubstock.

„Vergiss es", flüsterte der Mann direkt an ihrem Ohr.

Melissas Herz raste schneller, Schweiß brach ihr am ganzen Körper aus. Diese Stimme würde sie ihr Leben lang nicht mehr vergessen, das konnte sie jetzt schon sagen.

Ehe sie sich recht versah, lag sie auf der Liege. Das tat er nicht zum ersten Mal, schoss es ihr durch den Kopf. Er hatte sie auf den Bauch gedreht und nur Augenblicke später legte er Gurte an ihren Armen, Beinen und ihrer Hüfte an. Er zog sie dermaßen straff, dass sie sich keinen Millimeter mehr bewegen konnte.

Schließlich fixierte er ihren Kopf, sodass sie durch das Loch der Liege auf den blanken Boden sah. Der Raum war gefliest, dachte Melissa und fragte sich, warum ihr dieses Detail auffiel. Immer wieder sah sie einen Schuh, wenn der Mann dicht an ihr vorbeiging. Sie konnte nicht erkennen, was er tat. Er schien jedoch genau zu wissen, was er wollte. Irgendwann bemerkte sie, dass im Raum wohl ein Kamin war, in dem ein Feuer brannte. Zum ersten Mal seit einer Ewigkeit war es ihr nicht mehr kalt. Dennoch drehten sich ihre Gedanken einzig um die Frage, was er mit ihr vorhatte. Sie betete darum, dass er sich nicht an ihr vergehen würde. Einzig die Tatsache, dass ihre Beine zusammengebunden waren, gab ihr einen Funken Hoffnung. Trotzdem beherrschte sie das

Gefühl, dass, was immer er tun würde, vielleicht noch viel schlimmer war.

Melissa hörte, wie er in der Glut der Feuerstelle herumstocherte. Dann ging er wieder durch den Raum. Er zog eine Schublade auf und nahm etwas heraus. Wenige Augenblicke später sprühte er eine kalte Flüssigkeit auf ihren Hintern. Sie erschrak und zuckte zusammen. Der Raum füllte sich mit dem Geruch nach Desinfektionsmittel. Was machte er da bloß? Die Schublade wurde wieder geschlossen.

Obwohl ihr klar war, dass es nichts half, versuchte Melissa sich aus den Gurten, die sie an die Liege fesselten, zu befreien. Sie zog und zerrte, doch die Fesseln saßen fest. Nicht ein kleines bisschen konnte sie sich bewegen. Der Schweiß ließ ihre Haare am Kopf kleben. In der kleinen Kuhle am Ende ihrer Wirbelsäule sammelte sich der Schweiß genauso, wie unter ihren Achseln. Vor Angst schlugen ihre Zähne hart aufeinander. Ihre Stimme war noch zu schwach, als dass sie um Hilfe hätte rufen können. Zudem zweifelte sie keine Sekunde daran, dass er dafür gesorgt hatte, dass niemand sie hören konnte.

Und dann, als sie dachte, dass ihre Angst nicht mehr größer werden konnte, drückte er ihr ein heißes Eisen in die Haut, was alle Angst, die sie bisher erlebt hatte, übertraf. Sie roch verbranntes Fleisch. Ihr verbranntes Fleisch. Mit aller Kraft stemmte sie sich in die Gurte und brach dann bewusstlos zusammen.

Jetzt lag sie hier an ihrem Platz. Leise lachte sie auf. Ja, es war offensichtlich ihr Platz und sie würde nichts dagegen tun können. Dieser Mann würde sie niemals lebend hier rauslassen.

Um sie herum waren die Gespräche verstummt. Sie lag in der Dunkelheit und starrte ins Nichts. Ihre Lippen zitterten. Am liebsten hätte sie sich in den Schlaf geweint. Doch dieser Schlaf würde keine Erlösung bringen. Wenn sie aufwachte, wäre sie immer noch hier. Und weil sie es immer noch nicht begriff, flüsterte sie die eine Frage, die sie so bewegte in die dunkle Stille hinein: „Was hat er mit mir gemacht?“

16.

Sie näherten sich dem Gebäude aus drei Richtungen. Hendrik ging in gebückter Haltung vor Camilla auf den Eingang des Hauses zu. Ihre Kollegen konnten sie nicht sehen, standen aber über Funk mit ihnen in Verbindung. Alle waren auf ihren Posten.

Hendrik hämmerte so laut gegen die Tür, dass Camilla zusammenzuckte.

„Polizei, machen Sie die Tür auf!", schrie er.

Ganz sicher wusste jetzt die halbe Nachbarschaft Bescheid, dachte Camilla, die immer wieder fasziniert davon war, wie laut Hendrik werden konnte, obwohl er für gewöhnlich seine Stimme nicht erhob.

Gespannt warteten sie ab. Nach einigen Sekunden schlug Hendrik erneut gegen die Tür. Camilla hoffte, dass er sich nicht verletzen würde. Sie spürte den Schmerz in ihrer Hand förmlich.

„Polizei, machen Sie auf, sonst verschaffen wir uns gewaltsam Zutritt", brüllte Hendrik.

Das würden sie nicht tun. Doch das wusste ja außer ihnen keiner. Sie hatten zwar einen Durchsuchungsbeschluss, doch er beinhaltete nicht, dass sie die Türen oder Fenster einschlagen durften. Trotzdem, guter Schachzug, überlegte Camilla. Und allem Anschein nach, ein taugliches Mittel, denn jetzt konnte sie hören, wie sich im Haus jemand an der Tür zu schaffen machte. Gleich darauf wurde die Tür einen Spalt geöffnet. Das reichte Hendrik, um sie sofort und mit komplettem Körpereinsatz nach innen zu schlagen. Wer immer hinter der Tür stand, bekam das Türblatt mitten ins Gesicht. Aua, dachte Camilla und versuchte ein Grinsen zu unterdrücken. Kurz überlegte sie, wann sie so makaber geworden war. Sie gab den anderen über Funk Bescheid, dass sie im Objekt waren und folgte Hendrik zugleich ins Haus hinein.

Am Boden saß ein Mann, der sich seine blutende Nase hielt. „Sie haben mir die Nase gebrochen“, sagte er. Seine Stimme klang dabei, als leide er unter einer furchtbaren Erkältung.

„Ich hole Ihnen einen Rettungswagen, dann sind Sie aber nicht hier, wenn wir Ihr Haus auf den Kopf stellen werden, was bedeutet, dass jemand von Ihren Nachbarn stattdessen hier sein müsste. Die Entscheidung liegt bei Ihnen“, klärte Hendrik den Mann auf.

„Wieso wollen Sie mein Haus durchsuchen?“

„Sind Sie Samuel Berg?“, mischte sich nun Camilla ein.

„Ja, verdammt noch mal, das wissen Sie doch sicher schon längst. Was ist hier los? Schickt Sie meine Ex? Wie hat sie mich gefunden?“

„Keine Sorge, Ihre Ex hat sie noch nicht gefunden. Ob wir ihr allerdings einen kleinen Tipp geben werden, hängt von Ihrer Kooperationsbereitschaft ab“, fügte Hendrik hinzu.

Berg ließ die Schultern hängen. „Hab ich eine Wahl?“, fragte er und wischte sich die Nase am Ärmel seines T-Shirts ab.

„Man hat immer eine Wahl“, antwortete Camilla.

Berg schnaubte laut. „Fühlen Sie sich wie zu Hause“, sagte er schließlich.

Die anderen Beamten waren mittlerweile ums Haus herumgekommen und betraten jetzt den Flur.

„Oje“, entfuhr es Tim, als er Bergs Gesicht sah. „Da sollten Sie Eis draufpacken“, fügte er dann hinzu.

Berg rappelte sich auf und nahm das Schriftstück in die Hand, das Hendrik ihm hinhielt und hinterließ sofort blutige Flecken darauf.

„Sagen Sie mir wenigstens, wonach Sie suchen?“, fragte Samuel Berg.

„Sicher, sobald wir es gefunden haben“, antwortete Bert. Er hatte sich bereits Einweghandschuhe angezogen und war auf dem Weg zur Treppe, die ins Obergeschoss führte. „Ich fang oben an“, rief er den anderen zu und nahm immer zwei Stufen auf einmal.

„Ich helfe dir“, sagte Max und folgte seinem Partner, allerdings langsamer, viel langsamer. In der letzten Nacht hatte er nur wenig Schlaf abbekommen. Bis weit nach Mitternacht hatte er ein Getränk nach dem anderen ausgeschenkt. Als endlich der letzte Gast gegangen war, hatte er Melanie noch beim Aufräumen geholfen. Und dann hatte eins zum anderen geführt. Heute Morgen hatte er sich aus seinem Schlafzimmer geschlichen und ihr eine kurze Nachricht neben der Kaffeemaschine hinterlassen. Obwohl er hundemüde war, hätte er die ganze Zeit vor sich hin pfeifen können. Wie bescheuert war das denn, fragte er sich, während er sich am Geländer hochzog. Als er seine Wohnung verlassen hatte, hatte er einen Stapel leerer Pizzaschachteln mit zum Müll genommen. Auch sonst hatte er ein wenig aufgeräumt. Es sollte sie nicht gleich der Schlag treffen, wenn sie nachher aufstand. Dass sie gestern Abend viel von ihrer Umgebung wahrgenommen hatte, bezweifelte er und musste bei der Erinnerung daran grinsen.

Das Lächeln gefror ihm jedoch im Gesicht, als er den Treppenabsatz erreichte und er den langen Flur hinunterblickte, der vor ihm lag. Wenn irgendwo die Zeit stehen geblieben war, dann ganz sicher hier, in diesem Haus. Die Tapete war vom Anfang des vorigen Jahrhunderts, zumindest stellte Max sich vor, dass die Tapeten damals so ausgesehen haben mussten. Sie waren aus Stoff, vermutete er. Doch auf ihnen lag eine dicke Staubschicht, sodass sich die ursprüngliche Farbe nicht einmal mehr erahnen ließ. Stattdessen waren sie grau und duster. Erst jetzt fiel ihm auf, wie dunkel es hier oben war. Max holte eine Taschenlampe aus der Tasche seines Sakkos. Sofort wurde es hell um ihn herum. Er zählte vier Türen auf der rechten und fünf auf der linken Seite des langen Gangs. Dazwischen standen Kommoden, die höchstwahrscheinlich so alt wie das Haus selbst waren. Sie mussten einen beträchtlichen Wert haben, doch um das beurteilen zu können, müsste man erst einmal die dicken Staubschichten entfernen. Der Teppichboden war von Motten zerfressen. Löcher klafften an zahlreichen Stellen und gaben den Blick frei auf die darunterliegenden Holzdielen.

Die Decke war mit dunklem Holz verkleidet. Nirgendwo entdeckte Max eine Lampe. Er fragte sich, ob es hier drinnen überhaupt Elektrizität gab. Über ihm knarzte das Gebälk. Er schrak zusammen und leuchtet an die Stelle, von der das Geräusch kam. Außer Spinnenweben sah er jedoch nichts Besonderes.

Das erstaunte Pfeifen von Bert sorgte dafür, dass Max schnell den Flur entlangging. Er fand seinen Partner im letzten Zimmer auf der linken Seite des Gangs. Und dieses Zimmer passte so gar nicht zu dem, was Max bisher von dem Haus gesehen hatte.

Er sog geräuschvoll Luft ein und betrat dann den Raum. Eine fast sterile Ordnung empfing ihn. Der Holzboden war, allem Anschein nach, frisch abgeschliffen und versiegelt worden, die Wände waren verputzt worden und leuchteten weiß. Selbst das Fenster war so strahlend sauber, dass Max zuerst dachte, die Scheibe fehlte. Max trat neben seinen Partner, um sich anzusehen, was er entdeckt hatte. Er pfiff leise auf.

17.

Das Gesicht tat ihm höllisch weh. Doch Samuel Berg ließ es sich nicht anmerken. Er hatte sich in die Küche gesetzt. Dort würde er warten, bis sie fertig waren. Bis sie gefunden hatten, wonach sie suchten. Man hatte ihm angeboten, sie zu begleiten. Doch was brachte es, wenn er mit ansah, wie sie in seinen Sachen wühlten. Wie sie in seine Privatsphäre eindrangen, ohne Rücksicht auf seine Gefühle zu nehmen. Viel würden sie eh nicht entdecken. Sein Leben bestand aus nur noch wenigen Dingen. Er hatte nicht mehr in dieses Haus gebracht, als in den Kofferraum seines Wagens gepasst hatte.

Sie hatten ihm einen Wisch unter die Nase gehalten, der amtlich aussah. Großzügiger weise durfte er einen Durchschlag davon behalten. Er legte das Blatt vor sich auf den Küchentisch. Das fettgeschriebene Wort *Beschluss* stach ihm ins Auge. Wieder und immer wieder las er es. Er musste ein Zittern unterdrücken. Was wussten sie, fragte er sich eins ums andere Mal und vor allem, wer hatte ihn verpfiffen?

So viel er darüber nachdachte, immer wieder führten seine Gedanken zu seiner Exfrau. Doch das konnte nicht sein. Sie wusste nichts über das Leben, das er jetzt führte, oder etwa doch? Sie hatte schon einmal versucht, sein Leben zu zerstören, hatte ihn bezichtigt, dass er gewalttätig sei. Er wusste, wie schwer man als Mann aus so einer Nummer wieder herauskam. Warum man einer Frau, die solche Vorwürfe erhebt, bedingungslos Glauben schenkte, würde er nie begreifen.

Das T-Shirt klebte ihm am Rücken. Gestern war er zu Tode erschrocken, als er ins Wohnzimmer gegangen war und plötzlich jemand am Fenster hatte stehen sehen. Er hatte sich dermaßen erschreckt, dass er in sein Schlafzimmer gerannt war und die Zimmertür verbarrikadierte. Den Typ, der da in sein Haus geglotzt hatte, hatte er sofort wiedererkannt. Er war auch heute dabei. Dass es Polizisten waren, hatte er gestern nicht gewusst. Warum sie nicht einfach geklingelt hatten, verstand er nicht. Oder hatten sie es und er hatte es nur nicht gehört? Das Haus war groß. Es gab Bereiche, in denen man die altersschwache Glocke nicht hörte.

Wieder fragte er sich, was sie von ihm wollten. Handelte es sich nur um eine Verwechslung? Scheiße, seine Nase war sicher gebrochen. Er erhob sich mühsam und ging zum Kühlschrank. Im Eisfach fand er eine Packung Fischstäbchen, sonst herrschte dort gähnende Leere. Nichts Ungewöhnliches. Er schüttelte ein Stäbchen aus der Packung und drückte es sich auf die Nase. Verdammt, das tat weh. Außerdem stank das Fischstäbchen erbärmlich. Warum aß er so etwas überhaupt? Nun ja, zumindest funktionierte die Nase noch, auch wenn sie sicher ab sofort krumm wäre.

Als er an sich hinabblickte, sah er das Blut auf seinem T-Shirt. Das war ruiniert, so viel stand fest. Aber vermutlich war ein ruiniertes T-Shirt gerade seine geringste Sorge. Wieder setzte er sich an den Küchentisch. Seit seiner

Scheidung ging es bergab mit ihm. Das stand fest. Den Job, den er liebte, hatte er aufgegeben, weil er es nicht einsah, dass er seiner Frau einen derart unverschämten Unterhalt zahlen sollte. Dieses Miststück hatte noch nie in ihrem Leben gearbeitet. Während er schwer kranke und hilflose Menschen rund um die Uhr pflegte, gab sie sein hart verdientes Geld mit vollen Händen aus. Zumindest nach der Scheidung sollte damit Schluss sein. Daher sein Entschluss, alles an den Nagel zu hängen. Zudem kam, dass er kein Vertrauen mehr zu seinen Kollegen hatte, nachdem die eine ihm eine Mordserie angehängt hatte, um seine Stelle zu bekommen. Wieder ein Beweis dafür, dass Frauen es unter Justitia einfacher hatten. Dass er das Haus geerbt hatte, war wie ein Geschenk des Himmels gewesen. Er hatte schon befürchtet, in seinem Auto leben zu müssen. Einen Job hatte er schnell wieder gefunden, doch von dem Geld, das er dort verdiente, konnte er keine großen Sprünge machen, zumal seine Ex ganz schnell wieder ihre Hand aufgehalten hätte, wenn sie davon Wind bekäme. Daher war er ganz froh, dass sein Chef ihn beim Finanzamt nicht so angemeldet hatte, wie er tatsächlich auch arbeitete.

Obwohl die neue Arbeit gar nichts mit seinem erlernten Beruf gemeinsam hatte, hatte er sie zu schätzen gelernt. Die vielen Stunden, die er auf der Straße verbrachte, nutzte er, um mit sich selbst ins Reine zu kommen. Beim Essen in den Raststätten entlang seiner Routen, kam er mit seinen Kollegen ins Gespräch. Sonst war er alleine. Bei so einem Essen war es dann auch, wo man ihm das Angebot gemacht hatte. Er hätte es ablehnen sollen. Der Kerl war zwielichtig gewesen. Doch die Versuchung war zu groß gewesen. Noch während er in die ihm gereichte Hand eingeschlagen hatte, hatte er geahnt, dass es ein großer Fehler war. Schon damals hatte er sich gefragt, wie lange er dieses Spiel würde spielen können. Offensichtlich war nun Schluss damit. Und wenn er ehrlich mit sich selbst war, war er froh darüber.

Er warf das halbaufgetaute Fischstäbchen in den Mülleimer und wusch sich vorsichtig das Gesicht ab. Weil er nicht mehr sitzen wollte, lehnte er sich an die Arbeitsplatte und sah zum Fenster hinaus in den Garten. Er träumte davon, wie es hier einmal aussehen würde, wenn er alles wieder auf Vordermann gebracht hatte. Doch dann überlegte er, ob es dazu überhaupt jemals kommen würde. Das Haus war alt. Es gab so viel zu tun. Er hatte schon einiges geleistet, doch die Liste der Dinge, die noch anstanden, war unendlich lang. In der Scheibe sah er sein Spiegelbild. Lange Zeit betrachtete er sich, während er hörte, wie im Haus Schubladen und Türen geöffnet wurden. Er fragte sich, ob das alles war, auf das er im Leben zurückblicken konnte? Eine gescheiterte Ehe, keinen richtigen Job und ein Haus, das so marode war, wie er sich fühlte. Rein äußerlich sah man ihm das Alter nicht an. Er machte, wann immer es ging Sport, sein Haar war so voll wie vor zwanzig Jahren und hatte auch noch die gleiche Farbe. Zumindest in dieser Hinsicht hatte es Mutter Natur gut mit ihm gemeint.

Samuel wünschte sich, noch mal die Zeit zurückdrehen zu können. Er würde manches anders machen.

„Wir sind fertig.“

Samuel erschrak, als er die Stimme hörte. Er hatte nicht gemerkt, dass der Polizist in die Küche gekommen war.

Er sah dem Mann in die Augen und wartete ab, was jetzt kommen würde.

18.

Samuel Berg war eindeutig ein seltsamer Kauz. Doch ihr Täter war er, aller Wahrscheinlichkeit nach, nicht. Hendrik nahm das Foto, auf dem Berg abgelichtet war, von der Tafel in seinem Büro und hängte es an den äußersten Rand. Man konnte nie wissen, vielleicht rutschte der Kerl noch einmal tiefer in den Kreis der Verdächtigen, doch nach derzeitigem Stand der Ermittlungen, sah es nicht danach aus.

Hendrik schüttelte sich, als er daran dachte, was sie in dem Zimmer in Bergs Haus gesehen hatten. Berg hatte es sich offensichtlich zur Lebensaufgabe gemacht, seine Exfrau zu hassen. Er hatte ihr eine Art Opfertisch gebaut. Auf dem schlichten Holztisch stand ein Kreuz, an das er das Foto der Frau gepinnt hatte. Mit rotem Filzstift hatte er auf dem Bild herumgekritzelt, sodass es den Anschein hatte, die Frau wäre schwer verletzt. Zusätzlich hatte er das Bild mit einem Küchenmesser, das die Brust der Frau durchstach, an das Holz geheftet.

Unzählige Fotos lagen auf dem Tisch verstreut, alle zeigten Bergs Exfrau, alle waren mit dem Stift bearbeitet worden. Weiß der Henker von wo, doch irgendwoher hatte er sich eine Voodoo-Puppe besorgt und sie mit so vielen Nadeln durchstochen, dass Hendrik sie nicht hatte zählen können.

Kein Zweifel, Berg hegte einen Hass, doch nur gegen eine Frau. Und zwar gegen die, die er einmal geheiratet hatte. Es hatte sich schnell herausgestellt, dass Berg seine Brötchen damit verdiente, dass er einer geregelten Arbeit nachging. Es war kein Traumjob, doch er hatte eine Anstellung bei einer Spedition bekommen. Berg fuhr die Stecken, die keiner mochte. Es waren diese Strecken, die ihn oft tagelang von zu Hause fernhielten. Deshalb war er bei seinem Arbeitgeber beliebt. Der hatte dann auch bereitwillig Auskunft darüber gegeben, wo Berg zum Zeitpunkt des Verschwindens der Frauen war. Berg war nie auch nur in der Nähe gewesen. Vermutlich hatte er noch etwas zu verbergen, es war nur allzu offensichtlich, dass er froh war, als die Polizisten wieder von seinem Grund und Boden verschwanden. Doch Hendrik tippte eher auf Schwarzgeldaktionen als auf Entführungen. Und für diesen Bereich war die Zollfahndung zuständig und nicht er.

„Er ist wieder auf freiem Fuß“, sagte Camilla und betrat leise Hendriks Büro.

Hendrik sah zu seiner Kollegin hinüber. Sie hatte Berg mit zur Dienststelle gebracht, ihn vernommen und mittlerweile wieder nach Hause geschickt. Hendrik hatte sich mehr von dem Tag versprochen. Auf einmal fühlte er sich erschöpft. Er setzte sich auf die Ecke seines Schreibtisches und sah von Camilla wieder zur Tafel. Den ganzen Tag hatten sie damit zugebracht, dieses Haus auf den Kopf zu stellen und etwas aus Berg herauszubekommen. Ein ganzer Tag und nichts vorzuweisen. Was für eine Scheiße, dachte er.

Camilla lehnte sich neben ihn gegen den Tisch und folgte seinem Blick. Ein Gedanke schoss ihr durch den

Sinn, war dann aber wieder weg, bevor sie ihn zu fassen bekam. Verärgert darüber, schüttelte sie den Kopf.

„Was ist los?“, fragte Hendrik.

„Nichts“, antwortete sie. „Ich hatte gerade einen Geistesblitz, der aber schneller verschwunden war, als er da war.“

„Ja, das kenne ich“, sagte Hendrik und lachte. Dann rieb er sich mit beiden Händen über das Gesicht. „Hier kommen wir nicht weiter“, meinte er schließlich. „Wo sind die anderen?“

„Max und Bert sind eben nach Hause gegangen. Harald und Tim wollten diesem Säufer aus der Bar, in der Melissa arbeitet, noch mal auf den Zahn fühlen.“

Hendrik nickte. Nach einer Weile sagte er dann: „Lass uns für heute Schluss machen.“ Er schlug sich auf die Oberschenkel und schwang sich von seinem Schreibtisch.

„Feierabend? Du meinst, ich muss nach Hause? Was soll ich denn jetzt schon zu Hause machen? Ich war weniger als vierzehn Stunden hier! So viel Freizeit hatte ich ja schon ewig nicht mehr. Was tut man in seiner Freizeit eigentlich noch mal?“

Hendrik lachte und fühlte sich plötzlich viel besser. Trotzdem musste er zugeben, dass Camilla recht hatte. Lange Arbeitstage waren mittlerweile zu ihrem Alltag geworden. Ihr Überstundenkonto wuchs ständig und alle waren sich darüber im Klaren, dass sie die vielen Stunden nie würden freinehmen können. Ihr Vaterland würde es ihnen danken. Kurz überlegte er, wann er so zynisch geworden war.

„Mach, was du nicht lassen kannst, aber geh!“, sagte er in strengem Ton.

Lachend verließ Camilla sein Büro und ließ es sich dabei nicht nehmen, die Tür sperrangelweit offen stehen zu lassen. Es gab nur wenig, mit dem man Hendrik auf die Palme bringen konnte, doch das gehörte eindeutig dazu.

Den Kopf schüttelnd, sah Hendrik seiner Kollegin hinterher. Er sah, wie sie sich ihre Lederjacke über die Schulter warf und gleichzeitig ihr Handy aus der Hosentasche zog. Noch bevor sie auf dem Flur war, hörte er sie lachen. Offensichtlich hatte Camilla nicht die Absicht, nach Hause zu gehen.

Hendrik sah auf seine Uhr. Es war noch nicht einmal sieben Uhr, und tatsächlich war es so, dass auch er keine Ahnung hatte, was er mit dem Abend anfangen sollte. Dann hellte sich seine Miene auf. Wenn er sich beeilte, würde er es noch schaffen. Während er im Laufschritt das Büro verließ, schlüpfte er in sein Sakko. Er entschied sich gegen den Fahrstuhl und für das Treppenhaus. So würde er sein Ziel schneller erreichen.

Wenige Minuten später saß er in seinem Auto. Die Reifen quietschten auf dem Belag der Tiefgarage, als er um die erste Kurve fuhr. Zufrieden stellte er fest, dass der Verkehr nicht besonders dicht war. So würde er auf jeden Fall noch rechtzeitig ankommen. Das Glück war auf seiner Seite. Hendrik fand einen Parkplatz direkt vor dem Haupteingang. Auch am Empfang kam er schnell vorbei. Er war hier kein Unbekannter mehr, stellte er fest. Als er an einer großen Wanduhr vorbeikam, klopfte er sich in Gedanken auf die Schulter. Es blieb ihm noch über eine halbe Stunde. Schnell ging er den langen Flur entlang. Dabei ignorierte er sämtliche Türen, an denen er vorbeikam. Der Raum, zu dem er wollte, lag im hinteren Bereich des Gebäudes. Schon immer regte er sich darüber auf, dass die Beleuchtung schlechter wurde, je weiter man über die Gänge lief. Doch außer ihm schien das niemandem aufzufallen.

Er hörte die lauten Stimmen, noch bevor er sein Ziel erreicht hatte. Die Tür stand einen Spalt offen. Unschlüssig überlegte er, ob er vielleicht anklopfen oder einfach so den Raum betreten wollte. Dann verharrte er mitten in der Bewegung und sah durch die Öffnung in das Zimmer hinein. Wer immer da bei Hannah im Büro war, hatte einen handfesten Streit mit ihr. Die beiden schrien sich zwar nicht an, hatten ihre Stimmen jedoch so weit gesenkt, dass man anhand ihrer Tonlage deutlich hören konnte, dass sie keine Freundlichkeiten miteinander austauschten.

Wer war der Kerl, fragte Hendrik sich. Er sah ihn nur von hinten, trotzdem war er sich sicher, dass er den Typ noch nie gesehen hatte. War der neu hier beim Sender? Hannah hatte nichts von einem neuen Kollegen erzählt, überlegte er weiter. Obwohl er ihn nicht einmal richtig sehen konnte, mochte er den Typ nicht. Woher diese Abneigung kam, konnte er sich nicht erklären. Vielleicht lag es an dem Anzug, der maßgeschneidert sein musste. Hendrik konnte sich nicht vorstellen, dass der Kerl einen Anzug von der Stange kaufen konnte. Dazu war er zu lang und zu dünn. Sein Blick blieb an Hannah hängen. Ihre Wangen waren leicht gerötet. Der Kerl musste sie aufregen. Nur dann bekam Hannah rote Wangen. Während er die Szene, die sich vor ihm abspielte weiter beobachtete, zog er unbewusst seine Augenbrauen zusammen und legte den Kopf leicht schief. An der Art, wie Hannah dastand, erkannte er, dass sie um Fassung rang. Doch der Kerl schien das entweder nicht zu bemerken oder es war ihm schlichtweg egal. Wut machte sich in Hendrik breit. Es brach ihm fast das Herz, Hannah so dastehen zu sehen. Trotz ihres eleganten Kostüms, das sie trug, trotz der perfekt frisierten Haare und der Schminke, wirkte sie wie ein verschüchtertes Hündchen. Worum ging es in ihrem Gespräch, fragte sich Hendrik. Und warum warf Hannah den Typ nicht einfach raus. Es war nicht ihre Art, so kurz vor der Sendung mit jemandem zu sprechen, erst recht nicht mit jemandem, der sie so durcheinanderbrachte. Jetzt sah Hendrik, wie der Kerl beide Arme in die Luft warf, dabei erhob er seine Stimme. Es war eine Geste der Hilflosigkeit, trotzdem riss Hannah die Augen auf und wich zurück. Das reichte, beschloss Hendrik. Ohne weiter darüber nachzudenken, stieß er die Tür auf und betrat den Raum.

„Alles in Ordnung?“, fragte er Hannah, ließ den Mann dabei aber keine Sekunde aus den Augen.

Der erschrak sichtbar, wollte offenbar noch etwas sagen, winkte dann aber selbst ab und erwiderte zornig Hendriks Blick.

„Vielleicht ist es besser, wenn Sie jetzt gehen“, schlug Hendrik in einem Tonfall, der keinen Widerspruch duldete, vor.

„Vielleicht sollten Sie sich besser um Ihre eigenen Angelegenheiten kümmern“, stieß der Mann mit zusammengepressten Lippen hervor.

„Genau das tu ich gerade“, antwortete Hendrik, ohne seinen Tonfall zu ändern. Dabei zog er Hannah schützend in seine Arme. Er beobachtete, wie der Kerl seinen Blick von ihm, zu Hannah wechselte und dann wieder zurück zu ihm. Als er Hannah ein weiteres Mal ansah, fragte er leise: „Hast du nichts mehr zu sagen?“

Hannah erwiderte zwar seinen Blick, sagte jedoch nichts.

„Verstehe", sagte der Mann und nickte mehrere Male. Dann verließ er, ohne ein weiteres Wort, den Raum.

Hendrik schloss die Tür hinter ihm und drehte den Schlüssel im Schloss herum. Dabei überlegte er noch einmal, wer der Kerl war. Wieder dachte er daran, dass Hannah so kurz vor ihrer Sendung keine Menschen mehr in ihrem Büro haben wollte. In der letzten Stunde, bevor sie auf Sendung ging, schloss sie sich für gewöhnlich ein und ging noch einmal alles durch, was in der Sendung drankommen würde.

Während Hendrik Hannah genau musterte, legte er unbewusst die Stirn in Falten. Die Tränen in ihren Augen entgingen ihm nicht. Doch er wusste zu gut, wenn er jetzt darauf eingehen würde, würde sie weinen müssen und mit verquollenen Augen wäre es ein Albtraum, auf Sendung zu gehen.

„Wer war der Typ?", fragte er stattdessen.

„Finn."

Angestrengt überlegte Hendrik, wo er diesen Namen schon einmal gehört hatte. Doch es wollte ihm nicht einfallen. Deshalb sah er fragend Hannah an, doch die wandte sich von ihm ab, ging zu ihrem Schminktisch und überprüfte ihr Makeup. Es irritierte ihn, dass er den Namen nicht zuordnen konnte. Normalerweise vergaß er weder einen Namen, noch ein Gesicht. Das war eine Eigenschaft, die ihm oft zugutekam in seinem Beruf. Offensichtlich war er überarbeiteter, als er vermutet hätte. Noch während er sich darüber ärgerte, dass er mit dem Namen nichts anfangen konnte, fiel ihm ein, dass sie ihn erst vor Kurzem ihm gegenüber erwähnt hatte. Doch in welchem Zusammenhang?

Solange er weiterüberlegte beobachtete er, wie Hannah mit einem Pinsel, den sie vorsichtig in einen kleinen Topf tauchte, ihre Wangen betupfte. In derselben Sekunde war der Name bedeutungslos geworden und vergessen.

„Du siehst toll aus“, sagte er leise.

Hannah suchte im Spiegel Blickkontakt mit Hendrik. Wie kam es eigentlich, dass er immer zur Stelle war, wenn sie ihn brauchte? Sofort füllten sich ihre Augen wieder mit Tränen. Schnell schluckte sie einige Male und versuchte krampfhaft, an etwas Lustiges zu denken.

„Und du bist ein miserabler Lügner“, antwortete sie und sagte damit zum ersten Mal mehr als nur ein Wort, seit er in ihr Büro gekommen war.

„Deshalb arbeite ich ja für die Gegenseite“, erwiderte Hendrik und brachte Hannah damit zum Lachen. Dann fiel es ihm schlagartig wieder ein. Finn, der Geschichtsprofessor. Finn war ihr Freund. In Gedanken schlug er sich mit der Hand auf die Stirn.

„Ärger im Paradies?“, fragte er und legte dabei seinen Kopf schräg.

Hannah sprang darauf an. „Freut dich das, ja?“, fauchte sie kampflustig.

Es freute ihn keinesfalls, aber es war besser sie kämpfend, als traurig zu haben.

„Kommt drauf an, was für mich dabei rausspringt. Sollte es mich denn freuen?“

Hannah stützte sich mit den Fäusten an ihrem Schminktisch ab. Noch immer musterte sie sein Spiegelbild. So entging ihr auch nicht, wie er lässig eine

Augenbraue hob, als er ihr die letzte Frage stellte. Gerade als sie sich umdrehen und ihn zum Teufel jagen wollte, begriff sie, was er getan hatte. Mit nur wenigen Worten hatte er verhindert, dass sie wie ein Häuflein Elend zusammenbrach.

Ohne ihn aus den Augen zu lassen, richtete sie sich wieder auf und drehte sich dann langsam zu ihm um. Angriffslustig stand er ihr gegenüber.

„Ich habe mit ihm Schluss gemacht“, sagte Hannah dann und sorgte damit dafür, dass Hendrik sie mit offenstehendem Mund anstarrte.

19.

Hendrik kannte die Abläufe ganz genau. Er hatte irgendwann aufgehört zu zählen, wie oft er Hannah während ihrer Sendung zugesehen hatte. Trotzdem faszinierte ihn das geschäftige Treiben, bevor sie auf Sendung ging und die absolute Stille währenddessen, jedes Mal aufs Neue. Wie immer stand er im Hintergrund. Außerhalb des Rampenlichts in den tiefen Schatten des Studios. Er lehnte sich gegen eine Wand, während er beobachtete, wie die Maskenbildnerin ein letztes Mal mit einem Pinsel über Hannahs Gesicht tupfte. Trotz der Distanz, die zwischen ihnen lag, konnte er erkennen, dass sie ihre professionelle Miene aufgesetzt hatte. Kein Mensch konnte sehen, was sich noch vor wenigen Minuten in ihrem Inneren abgespielt hatte. Keiner, außer ihm. Die kleine Falte, die sich zwischen ihren Augen gebildet hatte, zeigte ihm, dass sie noch nicht darüber hinweg war.

Es war keine Zeit mehr gewesen, sich mit ihr zu unterhalten. Obwohl sie ihm gesagt hatte, dass er gehen solle, dass sie alleine klarkommen würde, war er geblieben. Er hatte zwar ihr Büro verlassen, nicht aber das Studiogebäude. Dass er jetzt hier war, wusste sie nicht. Ein Countdown wurde heruntergezählt. Menschen huschten herum und dann stand Hannah alleine da. Mit dem Einspielen der Melodie für die Nachrichtensendung ging auch ein Scheinwerfer an, und Hannah begrüßte ihre Zuschauer.

Stolz erfüllte Hendrik, als er sie da so alleine stehen sah. Er bewunderte ihre professionelle Art und fragte sich wieder einmal, wie sie es schaffte, so ruhig zu bleiben, wo sie doch wusste, dass Millionen von Menschen ihr jetzt an den Lippen klebten, dass jeder Versprecher am nächsten Tag diskutiert werden würde. Er hasste Pressekonferenzen mehr, als er in Worte fassen konnte. Doch Hannah blühte förmlich auf. Schon bevor sie das zweite Thema ansprach, war die Falte zwischen ihren Augen verschwunden.

Kurz vor Beginn der Sendung hatte er eine Nachricht von Tim erhalten. Sie hatten sich den Gast aus der Bar noch einmal zur Brust genommen. Dabei waren sie wohl nicht weitergekommen. Genaueres würde er am nächsten Morgen bei der Besprechung erfahren. Seine Gedanken drifteten ab. Wie es aussah, standen sie wieder am Anfang. Sie waren keinen Schritt weitergekommen. Alle Spuren die sie hatten, lösten sich nacheinander in Luft auf. Es war zum Verzweifeln. Die Bilder der Frauen zogen vor seinem geistigen Auge vorbei. Dann drang Melissas Name in sein Bewusstsein und Hendrik konzentrierte sich wieder auf Hannah. Hatte sie gerade den Namen ausgesprochen? Er hörte, wie Hannah noch einmal die Fakten aufzählte. Sie nannte die Namen der Frauen, die in den letzten Monaten verschwunden waren und bat um Hinweise aus der Bevölkerung. Eine Telefonnummer, unter der Zeugen sich melden konnten, wurde eingeblendet. Hendrik erkannte die Nummer des Präsidiums, die immer bei Fahndungsaufrufen freigeschaltet wurde. Mit einem ernsten Blick in die Kamera, verabschiedete Hannah sich von ihren Zuschauern. Binnen Sekunden war das Studio wieder erhellt, und das rege Treiben hatte erneut eingesetzt.

Hendrik trat aus dem Schatten hervor und machte einige Schritte auf Hannah zu. Sie sortierte ihre Unterlagen. Dann sah sie auf und ihre Blicke trafen sich. Zuerst sah Hendrik die Überraschung, die in ihrem Blick lag, dann huschte ein zaghaftes Lächeln über ihre Lippen, und sie kam auf ihn zugelaufen. Hendrik ging ihr entgegen und zog sie in seine Arme. „Du warst gut“, sagte er leise.

„Ich war nicht bei der Sache“, widersprach Hannah.

„Außer uns hat das keiner bemerkt, und du hast die Kurve schnell gekriegt.“

Es war ihm also nicht entgangen, dachte Hannah, natürlich nicht. Er kannte sie einfach zu gut. Es überraschte sie nicht wirklich, dass er hier war, obwohl sie gesagt hatte, dass das nicht nötig sei. Und wenn sie ehrlich zu sich selbst war, war sie froh, dass er so ein Sturkopf war.

Max stieß die Tür auf. Laute Musik schlug ihm entgegen. Im Inneren war es nahezu dunkel, stellte er fest, als er einen Blick in den Gastraum warf. Er drückte die Tür zu und wartete, bis sich seine Augen an das Dämmerlicht gewöhnt hatten. Wie schon am Abend zuvor, war die Kneipe gut besucht. Lediglich die Band, die auf der kleinen Bühne im hinteren Bereich spielte, stand im hellen Rampenlicht. Zudem brannten über der Theke einige Lampen.

Die Band war nicht schlecht, ging es ihm durch den Kopf. Doch wegen der Musik war er nicht gekommen. Max ließ seinen Blick durch den Raum schweifen. Den Typ an der Bar kannte er nicht. Doch schon nach wenigen Augenblicken hatte Max für sich beschlossen, dass er ihn nicht mochte. Was zog der Kerl da für eine Show ab? Er kniff die Augen leicht zusammen und musterte den Barkeeper weiter, während der mit zwei Mixbechern jonglierte. Dabei, so beobachtete Max, achtete der Kerl genau drauf, dass die weiblichen Besucher ihn gut sehen konnten. Das T-Shirt, das dieser Affe trug, hatte mehr Löcher, als ein Schweizer Käse. Offenbar hatte der Typ ein ernsthaftes Mottenproblem.

Und dann sah er Melanie. Max' Herzschlag beschleunigte sich leicht. Sie kam mit einem Tablett, auf dem sich gefährlich hoch leere Flaschen türmten, hinter die Theke. Der Typ rief ihr etwas zu, woraufhin sie lachen musste. Spätestens jetzt hatte der Kerl in Max' Augen verspielt. Max lehnte sich an einen der Holzbalken und beobachtete, wie Melanie die Flaschen ins Regal räumte. Als sie sich streckte, um ans oberste Fach zu gelangen, rutschte ihr Shirt hoch. Max sah ein Stück nackte Haut. Er wusste noch genau, wie es sich anfühlte. Für einen Moment verharrte sie, weil das Glas nicht richtig stand. Sie schubste es noch mal an und wartete offensichtlich ab, ob es stehen blieb oder doch herunterfallen würde. Den ganzen Tag über hatte er an sie gedacht. Zu gerne hätte er ihre Stimme gehört. Das war allerdings nicht möglich, weil er ihre Nummer nicht hatte. Er war sich wie in einem schlechten Film vorgekommen, als er das bemerkt hatte. Wohl oder übel hatte er sich eingestehen müssen, dass er komplett aus der Übung war.

Dann drehte sie sich um und fing seinen Blick auf.

Immer wieder hatte sie sich schon gefragt, ob sie sich wiedersehen würden. Dass sie seine Nummer nicht hatte, war ihr ziemlich schnell aufgefallen. Doch da war es schon zu spät gewesen. Sie hatte nicht mitbekommen, wie er aufgestanden war. Zuerst war sie enttäuscht gewesen, dass er sich aus seiner eigenen Wohnung geschlichen hatte. Nachdem sie ausgiebig geduscht hatte, hatte sie dann aber den Zettel an der Kaffeemaschine gefunden, den er ihr geschrieben hatte. Sie hatte grinsen müssen, über diese schlichte und doch so nette Geste. Noch immer steckte die Notiz in ihrer Jeans. Sie tastete danach, um sich zu vergewissern, dass sie sie nicht verloren hatte. Nein, sie konnte sie noch fühlen. Als sie an die Unordnung dachte, die in der Wohnung herrschte, musste sie schmunzeln, eine typische Männerbude. Fehlten eigentlich nur noch leere Pizzaschachteln und Unmengen leerer Bierflaschen sowie überquellende Aschenbecher. Sie tippte darauf, dass der die Pappkartons morgens entsorgt hatte. Bier schien er nicht übermäßig zu trinken und rauchen hatte sie ihn noch nie gesehen. Neugierig war sie durch die Wohnung geschlendert, doch die Besichtigung war recht schnell beendet gewesen. Die Wohnung war klein. Er hatte keine Bilder an den Wänden und auch sonst waren die wenigen Regale, die er wohl seine Möbel nannte, fast leer. Melanie fragte sich, wie er sich hier drin wohlfühlen konnte. Für sie wäre das auf Dauer nichts.

Immer wieder hatte sie überlegt, ob sie nach Feierabend einfach bei ihm klingeln sollte. Andererseits wusste er ja auch, wo sie arbeitete, wenn ihm etwas daran liegen würde, könnte er sie ja hier treffen. Ganz sicher hatte sie tausend Mal zur Tür gesehen. Doch er war nicht gekommen. Sie kannte seinen Dienstplan nicht, wusste nicht, wie lange seine Schicht ging. Überhaupt wusste sie fast gar nichts von ihm. Und dann, ganz plötzlich hatte sie eben das Gefühl gehabt, dass jemand sie beobachtete. Sie hatte sich umgedreht und da stand er nun. Lässig lehnte er an einem der Pfosten und beobachtete sie. Melanie konnte nicht anders, sie lächelte und ging auf ihn zu.

Max sah, wie ein Lächeln ihre Lippen umspielte. Er hielt ihren Blick mit seinem gefangen, während sie auf ihn zugelaufen kam. Dabei ignorierte sie offensichtlich, dass der Affe hinter dem Tresen und einige der Gäste ihr etwas zuriefen. Max' Herz schlug noch einen Takt schneller. Er lehnte immer noch an dem Balken und ließ sie nicht aus den Augen. Nur noch wenige Schritte trennten sie voneinander. Kurz bevor sie bei ihm war, bahnte er sich geschickt einen Weg durch die Menge. Dann stand sie direkt vor ihm. Max sah, wie sie nervös auf ihrer Unterlippe kaute. Er versuchte erst gar nicht, gegen die Lautstärke anzuschreien. Stattdessen formte er mit den Lippen ein Hallo, das sie schüchtern erwiderte. Ohne weiter darüber nachzudenken, zog er sie in die Arme und küsste sie. Er spürte, wie sie sich unter seiner Berührung entspannte. Obwohl es ihm schwerfiel, beendete er den Kuss und sah sie an. Dabei entging ihm auch nicht der Blick, mit dem der Typ an der Bar ihn bedachte. Er beugte sich zu Melanie hinunter und schrie ihr zu, dass er sich an die Bar setzen würde, bis sie Feierabend hatte. Melanie nickte und zog ihn an der Hand hinter sich her. Da kein Barhocker mehr frei war, stellte er sich ans äußere Ende der Theke und bestellte sich eine Cola.

Die Band spielte noch über eine Stunde. Max war überrascht, wie gut die Gruppe war. Er hatte noch nie von ihnen gehört, nahm sich aber vor, sie zu Hause einmal zu googeln. Als sie ihre Instrumente zusammenpackten, leerte sich die Kneipe recht schnell. Max' Ohren dröhnten. Er konnte nur hoffen, dass er sich hier sein Gehör nicht ruinierte. Melanie kam mit einem voll beladenen Tablett an ihm vorbei. Wie jedes Mal in der letzten Stunde, lächelte sie ihn dabei an.

„Möchtest du noch etwas zu trinken?“, fragte sie.

„Ein Bier wäre nicht schlecht“, antwortete er.

„Kommt sofort.“

Während Melanie das Glas unter den Zapfhahn hielt, fragte der Typ sie etwas. Max konnte nicht verstehen, was er sagte. In seinen Ohren rauschte es einfach zu laut. Er nahm sich vor, beim nächsten Mal, wenn er hierherkam, Ohrstöpsel mitzunehmen. Was wollte der Kerl von Melanie? Auch ihre Antwort konnte er nicht verstehen. Trotzdem wusste Max, dass der Typ über ihn sprach. Denn immer wieder sah er in Max' Richtung. Dann schaute Melanie wieder zu ihm und lächelte dabei. Als das Glas voll war, stellte sie es vor Max ab und räumte das Cola-Glas zur Seite.

„Was hat er gesagt?“, fragte Max und war selbst von seinem Tonfall überrascht.

„Er wollte wissen, wer du bist.“

Da sie nichts mehr sagte, hakte er nach. „Und was hast du geantwortet?“

„Ich hab ihm gesagt, dass du der Typ bist, mit dem ich schlafe.“

Mit offenem Mund starrte Max sie an. „Das hast du nicht“, sagte er langsam, war sich dabei aber nicht sicher, ob er die Antwort wirklich hören wollte.

Melanie blieb sie ihm schuldig. Stattdessen hob sie die rechte Augenbraue und machte sich wieder an die Arbeit.

Als sie das nächste Mal an ihm vorbeikam, grinste sie ihn frech an. Max war sprachlos, kam aber nicht umhin, ihr Lächeln zu erwidern.

20.

Camilla traf sich mit Tim in der Pizzeria, die sich in der Nähe ihrer Dienststelle befand. Für gewöhnlich bestellten sie dort ihr Essen immer und ließen es sich liefern, wenn der Feierabend mal wieder nicht absehbar war.

„Bist du schon mal hier drin gewesen?“, fragte Camilla, als Tim sich zu ihr setzte.

„Nein, normalerweise esse ich das Zeug von hier aus Pappschachteln.“

Camilla lachte.

„Gut, dass du angerufen hast. Ich hab’ schon überlegt, was ich mit dem Abend anfangen könnte“, sagte Tim und griff nach der Speisekarte.

„Oh Mann, wir sind alle gestört“, entfuhr es Camilla.

„Wie meinst du das?“, wollte Tim wissen und sah sie neugierig über den Rand seiner Karte hinweg an.

„Hendrik war völlig planlos, als er mich heimgeschickt hat, und du bist mein Notfallplan, weil ich auch keine Ahnung hatte, was man abends so macht.“ Camilla grinste Tim an.

Sie überlegte, dass sie vermutlich Manuel angerufen hätte. Aber ihr Kumpel war im Urlaub. Sie wusste gar nicht genau, wann er wieder zurückkäme, doch sie war sich sicher, dass er sie anrufen würde, wenn er wieder daheim wäre. Sie wandte ihre Aufmerksamkeit wieder Tim zu.

„Da bin ich aber froh, dass ich dir helfen konnte", meinte er und grinste zurück.

Nach einer Weile sagte er: „Harald war ganz außer sich vor Freude, endlich mal wieder früh nach Hause zu kommen. Er hat gleich seine Frau angerufen und hat ihr gesagt, dass sie ihren Lover heimschicken kann."

„Das hat er nicht getan", sagte Camilla und lachte wieder.

„Wenn ich es dir sage."

Camilla legte ihre Speisekarte zur Seite. Dann meinte sie nachdenklich: „Er ist der Einzige von uns, auf den zu Hause jemand wartet."

„Das stimmt. Andererseits komme ich lieber in eine leere Wohnung, als dass mich so ein Drache empfängt, wie Max und Bert welche hatten."

„Ich weiß fast gar nichts von den beiden. Sie reden nicht viel über ihr Privatleben", gab Camilla zu.

„Für mich die Pizza mit Lachs", sagte Tim zu dem Kellner, der gerade an ihren Tisch kam.

„Für mich auch, bitte."

Tim bestellte Rotwein dazu. Als der Kellner wieder weg war, meinte Tim: „Das stimmt", und knüpfte damit an Camillas Bemerkung an. „Das meiste, was ich weiß, hab ich von Harald. Wusstest du zum Beispiel, dass beide am selben Tag geschieden wurden? Ist doch unheimlich, oder?"

„Keine Ahnung, wahrscheinlich verschicken die vom Gericht nur einmal in der Woche ihre Briefe. Dann sind an diesem Tag vermutlich fünfzig weitere Ehen geschieden worden."

Sie wickelte ihr Besteck aus der Serviette und begann damit, an einer Ecke herumzuziehen. Als sie Tim wieder ansah, sagte sie: „Der Tag heute war völlig vergeudet, findest du nicht?“

„Keine Ahnung, was ich überhaupt von diesem Fall halten soll. Wir haben quasi gar nichts. Dieses Dezernat ist an manchen Tagen sehr frustrierend“, stimmte Tim ihr zu. „Beim Morddezernat hast du wenigstens eine Leiche, beim Raubdezernat gibt es auch Opfer. Aber wir? Wir haben nichts. In den meisten Fällen haben wir es mit Ausreißern zu tun, die gar nicht gefunden werden wollen. Und die man dann auch nicht finden kann. Außer einer Menge Papierkram, haben wir echt nichts.“

„Na, du bist heute Abend ja schlecht gelaunt“, erwiderte Camilla.

Der Kellner stellte die Karaffe mit dem Wein auf den Tisch und zog sich wieder zurück, ohne ihnen eingeschenkt zu haben. Camilla sah Tim an, der zuckte mit den Schultern, griff nach der Karaffe und goss ihnen selbst ein. Dann nahm er sein Glas in die Hand, hob es hoch und wartete, bis Camilla nach ihrem gegriffen hatte.

„Du hast recht. Damit ist jetzt Schluss. Auf den Erfolg“, stimmte er ihr zu und stieß mit ihr an. Als sie ihre Gläser wieder auf den Tisch gestellt hatten, fragte er: „Warum bist du bei den Vermissten?“

Camillas Blick schweifte in die Ferne. Bislang war sie dieser Frage immer mit einer unverfänglichen Antwort ausgewichen. Doch heute Abend würde das nicht so sein, das spürte sie. Verwundert über ihre Reaktion, sah sie Tim an. Der erwiderte ihren Blick, sagte jedoch nichts. Wieder sah sie an ihm vorbei.

Nach einer Weile begann sie: „Meine Eltern ließen sich scheiden, als ich sechs Jahre alt war. Meine Schwester war damals knapp zehn. Unsere Mutter hatte einen anderen Mann. Es wurde eine hässliche Scheidung und dabei bin ich sicher, dass wir Kinder gar nicht alles mitbekommen haben. Warum sie überhaupt fremdgegangen ist, weiß ich nicht. Im Nachhinein, jetzt wo ich erwachsen bin und alles mit anderen Augen sehe, würde ich sagen, dass der Alkohol Schuld war, den mein Vater gerne trank. Er konnte echt fies werden, wenn er betrunken war. Das, in meinen Augen, Schizophrene an der Geschichte ist nur, dass der neue Kerl von meiner Mutter, den sie übrigens ganz schnell geheiratet hat, noch mehr trank. Und der wurde richtig aggressiv. Keine Ahnung, wie oft er meine Mutter vermöbelt hat. In regelmäßigen Abständen zogen wir damals um. Beide lebten finanziell völlig über ihre Verhältnisse. Zu den Schulden kam der Alkohol. Irgendwann reichte es unserem Stiefvater nicht mehr, zu warten, bis unsere Mutter am Abend von der Arbeit nach Hause kam, und da fing er an, uns Kinder zu verprügeln. Er drosch auf uns ein, dass alles zu spät war.“ Camilla machte eine Pause und trank einen Schluck Wein, um ihre Kehle wieder zu befeuchten. Dabei wunderte sie sich, wie sie es schaffte, die Geschichte so emotionslos zu erzählen. Es fühlte sich an, als wäre es gar nicht ihr Leben, gar nicht ihre Kindheit, über die sie sprach.

Tim sagte nichts. Er wollte sie nicht unterbrechen. Einige Male war er jedoch nah dran, einzuhaken. Er wollte wissen, was das für ein Scheißkerl war, der kleine Kinder verprügelte. Und vor allem wollte er wissen, warum ihre Mutter bei diesem Typ geblieben war. Er hob sich seine Fragen jedoch auf.

„Eines Abends begleitete ich ihn, als er meine Mutter von der Arbeit abholte. Ich saß hinten im Auto. Meine Mutter fragte mich, was mit meinem Gesicht passiert sei. Ich sagte ihr, dass Herbert mich geschlagen hatte. Er meinte nur, dass das nicht stimmen würde. Damit war der Fall abgeschlossen. Dieses Thema wurde nie wieder angesprochen. Nie hat unsere Mutter uns gefragt, wie es den Tag über so läuft mit Herbert. Irgendwann hatte ich die Nase voll. Es waren mittlerweile einige Jahre vergangen. Mein Stiefvater arbeitete wieder und schlug uns nicht mehr, das übernahm stattdessen unsere Mutter. Von ihr haben wir schon immer Prügel bekommen. Für sie war das von jeher ein Mittel, das ihr bei der Vorstellung der Umsetzung ihrer Erziehung behilflich war. Sie schlug uns mit allem, was sie in die Finger bekam, bevorzugt jedoch mit Kochlöffeln." Camilla sah Tim direkt an. „In meiner Küche findest du nicht einen von diesen Scheißteilen, sag ich dir." Tim erwiderte ihr Grinsen, obwohl ihm eigentlich nicht nach Lachen zumute war.

„An einem Abend hatte ich dann genug davon. Ich war zehn Jahre alt und hatte die Küche nicht ihren Ansprüchen entsprechend aufgeräumt, bis sie von der Arbeit kam. Sie ist mit ihrem Hausschuh auf mich losgegangen. In dieser Nacht bin ich abgehauen. Ich habe meine Sachen gepackt und bin durch die Stadt zu meiner Freundin gegangen. Blöderweise war genau in ihrer Straße ein Polizeieinsatz. Ich bin aufgefallen wie ein bunter Hund. Ehe ich mich versah, saß ich auf der Rückbank eines Streifenwagens und wurde nach Hause zurückgebracht. Die Polizisten nahmen meiner Mutter das Versprechen ab, mich zumindest in dieser Nacht nicht mehr zu schlagen, da ich sonst sicher wieder abhauen würde. Auch diese Sache wurde nie wieder angesprochen. Sechs Jahre später, ich war gerade sechzehn geworden, bin ich von zu Hause ausgezogen. Allerdings hat meine Schwester wenige Tage nach meinem Ausreißversuch ihre Tasche gepackt. Auch sie ist mitten in der Nacht gegangen. Bis heute weiß ich nicht, wo sie ist."

21.

Nach dem Essen beschlossen Tim und Camilla, noch einen Spaziergang zu machen. Sie gingen nebeneinander her in Richtung der Fußgängerzone. Zwar hatten die Läden dort geschlossen, doch der Abend war herrlich warm, und vielleicht fanden sie noch eine Eisdiele.

„Weißt du, ich krieg den Typ nicht aus meinem Kopf“, meinte Camilla.

„Wen meinst du?“, hakte Tim nach, in Gedanken war er noch immer bei ihrem Stiefvater. Er wunderte sich, wie jemand, der so eine Kindheit hatte, so ein Leben führen konnte. Und dabei ahnte er, dass er nur einen winzigen Einblick in ihr Leben bekommen hatte.

„Diesen Berg. Das Haus wirkt so unbewohnt, findest du nicht? Der Raum mit dem Opfertisch ist super hergerichtet, doch der Rest? Da kann doch keiner wohnen. Meinst du, er hat irgendwo noch eine Wohnung, von der wir nichts wissen?“

„Wir haben schon ganz andere Häuser gesehen, das weißt du“, gab Tim zu bedenken.

„Schon, aber irgendetwas an dem Typ stört mich einfach. Ich kann dir nicht sagen, was es ist. Hendrik hat sein Bild schon an die Seite der Tafel gerückt. Doch für mich ist der noch nicht abgehakt.“

Der Kerl tat Tim schon jetzt leid. Wenn Camilla jemanden auf ihrer Liste hatte, dann Gute-Nacht demjenigen. Innerhalb weniger Stunden gab es nichts mehr, was sie von so einem Kerl nicht wusste. Bisher war die Mappe recht ansehnlich, die sie in der kurzen Zeit schon über ihn zusammengetragen hatte. Doch im Laufe der nächsten Tage würde sie einen ganzen Ordner füllen.

„Wenn du meinst“, sagte Tim. „Da wir sonst nicht viel haben, schadet es wohl nicht, wenn du ein bisschen Zeit in den Kerl investierst.“

Den ganzen Nachmittag und Abend schon hatte Camilla das Gefühl gehabt, etwas übersehen zu haben. Doch immer, wenn sie dachte, den Gedanken greifen zu können, verpuffte er wieder. Der Abend mit Tim war schön gewesen. Es hatte ihr gutgetan, sich mit ihm auszutauschen. Im Laufe ihrer Gespräche hatte sie feststellen müssen, dass sie seine Meinung sehr interessierte. Es machte Spaß zu erfahren, wie ihre Kollegen tickten, was sie dachten. Sie und Hendrik waren ein eingespieltes Team. Tim brachte frischen Wind in die Truppe.

Es war schon spät, als sie endlich nach Hause kam. Dann hatte sie sich stundenlang im Bett herumgewälzt, bis sie endlich eingeschlafen war. Doch schon kurze Zeit später war sie wieder hochgeschreckt. Was sie geweckt hatte, konnte sie nicht sagen. In ihrer Wohnung war kein Geräusch zu hören. Und obwohl ihr Schlafzimmerfenster geöffnet war, drang auch von der Straße kein Laut in ihr Zimmer. Jetzt lag sie im Bett und starrte die Decke an. Der Mond erhellte den Raum so weit, dass sie die Konturen ihrer Möbel erkennen konnte. Normalerweise fand sie es beruhigend, im schwachen Licht des Mondes einzuschlafen, doch heute nervte es sie.

Camilla überlegte, ob sie das Zimmer abdunkeln sollte. Vielleicht würde ihr das beim Einschlafen helfen. Andererseits wusste sie auch so schon, dass nicht der Mond der Grund für ihre Unruhe war. Wenn sie doch nur diesen Gedanken wiederaufnehmen könnte, der ihr heute schon ein paar Mal durch den Kopf geschossen war, ohne dass sie ihn hatte greifen können.

Sie dachte wieder an ihre letzte Besprechung vom Abend. Neutral betrachtet, musste sie zugeben, dass keiner aus dem Team mit einem Ergebnis aufwarten konnte. Wieder einmal war ein Arbeitstag zu Ende gegangen, ohne dass die Ermittlungen vorangekommen wären. Ihre Gedanken kreisten um ihr Gespräch mit Tim in der Pizzeria. Noch nie hatte sie jemandem die ganze Geschichte ihrer Kindheit erzählt. Allerdings hatte sie auch Tim nur einen kleinen Teil davon preisgegeben.

Wieder drifteten ihre Gedanken weiter. Vielleicht musste sie einfach noch einmal zu der Tafel. Dort hatte sie schließlich das erste Mal den Gedankenblitz gehabt. Camilla sah auf die roten Leuchtziffern ihres Weckers. Shit, es war noch vor fünf Uhr und an Schlaf war nicht mehr zu denken. Da sie keine bessere Idee hatte, strampelte sie wütend ihre Decke ans Fußende des Bettes und stand auf.

22.

Sein Plan funktionierte. Andererseits hatte er daran nie wirklich Zweifel gehabt. Schließlich hatte er sich lange genug damit auseinandergesetzt. Schon seit über einem Jahr führte er sie an der Nase herum. In der letzten Zeit hatte er mehrfach das Bedürfnis nach mehr Anerkennung verspürt. Er wollte die Welt an seiner Perfektion teilhaben lassen. Er wollte allen zeigen, wie genial er war. Es war ihm bisher jedoch immer gelungen, dieses Bedürfnis zu unterdrücken, doch seit gestern gelang es ihm einfach nicht mehr. In der letzten Nacht hatte er sich stundenlang im Bett herumgewälzt. Wenn er mal in den Schlaf gefunden hatte, dann nur kurz, und wenn er wieder aufgewacht war, war die Sehnsucht nach Anerkennung noch ein bisschen größer gewesen. Sehnsucht. In vielen Bereichen verspürte er eine tiefe Sehnsucht. Sie war schuld, dass diese Leere in ihm immer tiefer wurde. An manchen Tagen und besonders in Nächten wie dieser, malte er sich aus, wie er langsam das Leben aus ihr rauswürgte. Er stellte sich vor, wie sie ihn mit weit aufgerissenen Augen anstarrte. Ihn wortlos anflehte, aufzuhören. Wortlos deshalb, weil er ihre Kehle so fest umklammert hielt, dass sie nicht mehr sprechen konnte. Immer fester und fester würde er zudrücken. Sie hätte es, weiß Gott, verdient. Doch er war nicht dumm. Der Verdacht würde sofort auf ihn fallen. Deshalb mussten die anderen herhalten. Tatsächlich hatte er schon bemerkt, dass sie ein schlechter Ersatz waren, solange er aber keine andere Idee hatte, mussten sie ihm genügen. Die letzten Bilder, die er in seiner Fantasie sah, war seine Frau, deren Körper leblos in sich zusammensackte.

Um drei Uhr hatte er die Hoffnung auf Schlaf aufgegeben. Trotz der Dunkelheit war er laufen gegangen. Normalerweise half ihm das, einen klaren Kopf zu bekommen. Doch auch das war dieses Mal nicht der Fall gewesen. Fast zwei Stunden war er durch die menschenleeren Straßen gerannt. Er würde es mit einer kalten Dusche versuchen, beschloss er, während er die Treppen zu seiner Wohnung hinaufsprintete.

Den Wasserstrahl stellte er so hart ein, wie es ging, und die Temperatur drehte er auf kalt. Als ihn der erste Strahl traf, hätte er fast aufgeschrien. Eiskalt prasselte das Wasser auf seine Schultern herab. Nachdem der erste Schock überwunden war, schloss er die Augen, doch die innere Unruhe blieb. Mit zusammengebissenen Zähnen richtete er sein Gesicht direkt in den kalten Wasserstrahl der Brause. Vor Wut begann seine Unterlippe zu zittern. Irgendwann spürte er die Temperatur des Wassers gar nicht mehr, stattdessen kochte die Wut in ihm immer höher. Weil er nicht mehr wusste, wohin mit all dem Zorn, hieb er mit beiden Fäusten auf die Fliesen ein. Das Krachen, das die Keramik beim Zerspringen verursachte, jagte ihm wohlige Schauer durch den Körper. Dabei verschaffte ihm der Schmerz, der durch seine Hände fuhr, eine Befriedigung, wie er sie schon lange nicht mehr erlebt hatte.

Völlig außer Atem, lehnte er sich schließlich gegen die Wand und hoffte, dass der Schmerz noch eine Weile andauern würde.

Irgendwann griff er dann nach dem Duschgel und seifte seinen Körper ein. Dabei stellte er zufrieden fest, dass er wirklich sehr gut aussah. Vielleicht sogar noch besser, als vor einem Jahr. Ja, keine Frage, die letzten Monate hatten ihm in vielerlei Hinsicht gutgetan. Weder das Alter, noch diese Schlampe, konnten ihm etwas anhaben. Die Lust stieg schneller in ihm auf, als er dagegen ankam. Andererseits, wozu sollte er dagegen etwas unternehmen? Er wusste, was ihm in einer solchen Situation half.

Später, als er seinen kalten Körper abtrocknete, pfiff er gut gelaunt vor sich hin. In ein paar Minuten würde es ihm noch besser gehen. Mit einem Lächeln auf den Lippen ging er ins Schlafzimmer und wählte sich sorgfältig die Kleidung aus, die er heute tragen würde. Wieder einmal überlegte er, ob es nicht einfacher wäre, in das alte Haus zu ziehen. Er wäre dann soviel näher am Geschehen. Doch das Gebäude war eine Ruine und er hatte nicht die Zeit, das zu ändern. Zwar hatte er in dem einen oder anderen Raum schon angefangen und war auch stolz, auf das, was er geleistet hatte, doch um den Kasten so bewohnbar zu machen, dass es seinen Ansprüchen genügte, bräuchte er einen Haufen Geld und noch mehr Zeit. Beides hatte er nicht. So war es zwar umständlicher, doch die Vorfreude, die er jedes Mal auf der Fahrt zu dem Haus verspürte, war ihm Entschädigung genug. Zumindest noch.

Wenig später verließ er, leise vor sich hin pfeifend, seine Wohnung.

23.

Auch die ausgiebige Dusche änderte nichts an Camillas Laune. Wie sollte sie den Tag überstehen, wenn sie nicht geschlafen hatte? Kurz überlegte sie, den Tag frei zunehmen, verwarf den Gedanken aber rasch wieder. Vielleicht überstand sie ihn ja mit einer großzügigen Menge Kaffee, und warum nicht sofort damit anfangen, dachte sie. Als der Kaffee in die Tasse lief, inhalierte sie den Duft. Dann ging sie in ihr Schlafzimmer und zog sich an.

Wenig später saß sie an dem kleinen Tisch in ihrer Küche und nippte vorsichtig an der Tasse. Dabei öffnete sie die Nachrichten-App an ihrem Handy; sie hatte eine Nachricht von ihrem Kumpel bekommen. Manuel hatte ihr ein Bild von einem herrlichen Sonnenuntergang am Meer geschickt, das Fernweh in ihr weckte. Sie tippte ihm eine Antwort und begann zu lesen, was auf der Welt passiert war, während sie versucht hatte zu schlafen. Obwohl sie jeden Artikel las, war es erst halb sechs, als sie fertig war. Zum Aufräumen hatte sie keine Lust, und sonst fiel ihr nichts ein, was sie um diese Zeit tun könnte.

Deshalb schnappte Camilla sich ihre Handtasche und machte sich auf den Weg zur Dienststelle.

Außer ihr war niemand im Gebäude. Selbst der Pförtner würde erst in einer halben Stunde seinen Dienst beginnen. Sie schaltete das Licht im Flur ein und zuckte zusammen, als die Eingangstür hinter ihr ins Schloss fiel. Auf keinen Fall würde sie den Aufzug benutzen, überlegte sie und steuerte direkt auf das Treppenhaus zu. Diese Kiste war ihr schon bei Tag unheimlich. Wie konnte man auch etwas trauen, das doppelt so alt war wie man selbst? Und warum waren alle Gebäude unheimlich, wenn sie leer waren? Die Sonne war schon aufgegangen, zudem hatte sie ja alle Lichter angeschaltet. An der Dunkelheit konnte es also nicht liegen. Unbewusst tastete sie nach ihrer Waffe, die sie am Gürtel trug. So schnell sie konnte sprintete sie die Treppen nach oben. Wenn es etwas gab, was gruseliger als ein leer stehendes Haus war, war das ganz sicher das Treppenhaus in einem leer stehenden Haus.

Endlich erreichte sie den sechsten Stock. Wieder drückte sie als erstes auf den Lichtschalter. Es dauerte eine gefühlte Ewigkeit, bis die Neonröhren flackerten und schließlich angingen. An der Tür zu ihrem Dezernat gab sie den Code ein. Ein grünes LED Licht am Bedienfeld leuchtete auf und Camilla zog die Tür auf. Sobald der Pförtner kommen würde, würde dieses System deaktiviert werden. Camilla hatte sich oft gefragt, warum nachts, wenn eh keiner hier war, stärkere Sicherheitsvorkehrungen herrschten, als bei Tag, wenn sie es mit teilweise echt durchgeknallten Menschen zu tun hatten. Nachts sorgte die Elektronik für Sicherheit, tagsüber ein Pförtner, willkommen beim Staat.

Sie konnte sich nicht daran erinnern, schon einmal ganz alleine hier gewesen zu sein und überlegte, warum

Hendrik abends oft noch blieb, nachdem sie alle schon gegangen waren und morgens immer der Erste war, der hier war. Obwohl auch hier die Deckenleuchten alles in helles Licht tauchten, blieb ein seltsames Gefühl in Camilla zurück. Wieder bewegte sie ihre Hand wie von selbst in Richtung ihrer Waffe. Bevor sie in Hendriks Büro ging, vergewisserte sie sich mit einem Blick zurück, dass die Tür zum Treppenhaus ordnungsgemäß ins Schloss gefallen war.

Der Teppich des Großraumbüros dämpfte ihre Schritte. Sie arbeitete jetzt schon seit zwei Jahren hier, war schon tausende Male darüber gelaufen, doch bislang war ihr nie bewusst aufgefallen, wie schäbig er aussah. Das dunkle Grau war übersät mit Flecken von über Jahrzehnte hinweg verschüttetem Kaffee und weiß der Himmel, was sonst noch allem.

Zwar waren die Wände erst im vorigen Jahr frisch gestrichen worden, doch die Farbe war schon wieder vergilbt. Vermutlich waren der Grund dafür die Nikotinablagerungen in der Tapete. Seit bestimmt zehn Jahren, durfte in den Diensträumen nicht mehr geraucht werden. Doch der Gestank von kaltem Rauch hing genauso in den Wänden wie das Nikotin. Auch in der Decke und dem Boden saß der Geruch fest. Dazu kam die Mischung von Kaffee und Schweiß.

Für gewöhnlich störte sie das nicht. An manchen Tagen gab ihr der Geruchsmix sogar das Gefühl nach Hause zu kommen. Doch heute Morgen verursachte er ihr Übelkeit. Mit großen Schritten ging Camilla durch den Raum, kam an ihrem Schreibtisch vorbei, ohne ihn zu beachten und steuerte direkt auf Hendriks Büro zu. Sie schaltete das Licht an und blickte sofort in die Gesichter der vermissten Frauen.

Camilla stellte sich an die Stelle, an der sie auch am Nachmittag bei der Besprechung gestanden hatte.

In den nächsten Minuten studierte sie erneut die Bilder, Zahlen und Fakten auf der Tafel. Und dann machte es plötzlich klick in ihrem Kopf und ein Puzzleteilchen ums nächste rutschte an seinen Platz. An Camillas Armen bildete sich eine Gänsehaut. Ein Schauder nach dem anderen jagte ihren Rücken hinunter. Das konnte doch nicht wahr sein, dachte sie. Wieder und wieder prüfte sie, auf was sie gestoßen war, doch das Ergebnis blieb dasselbe. Warum hatten sie das nicht schon vorher erkannt? Mit zitternden Fingern holte sie sich einen Stapel Blätter. Zweimal fiel ihr der Stift aus der Hand, als sie hastig auf ein Blatt kritzelte. Kaum war sie fertig, stopfte sie das Blatt und den Stift in ihre Handtasche und stürmte aus dem Büro.

Noch auf dem Weg zum Treppenhaus, tippte sie Tim eine Nachricht ins Handy, *bin gleich bei dir, bringe Kaffee mit*. Sie brauchte jetzt sofort jemanden, mit dem sie teilen konnte, worauf sie gerade gestoßen war. Bis der erste ihrer Kollegen ins Büro käme, würde noch über eine Stunde vergehen. Außerdem würde das vermutlich Hendrik sein und den wollte sie erst mit ins Boot holen, wenn noch jemand anderes ihre Entdeckung bestätigt hatte. Sie wollte auf keinen Fall alles scheu machen, bevor sie nicht ganz sicher war. Während sie auf die Straße rannte, sandte sie ein Stoßgebet zum Himmel. „Hoffentlich verschwand nicht bald eine weitere Frau in dieser Stadt.“ Zudem fragte sie sich, was ihr das neue Wissen wirklich brachte.

24.

Melissa wusste nicht, wie viel Zeit vergangen war. Sie hatte ihre Frage in den Raum geworfen, doch bislang noch keine Antwort erhalten. Warum sagte ihr niemand, was da draußen in diesem Zimmer mit ihr geschehen war? Was diese Kreatur ihr angetan hatte? Hatte sie die Frage überhaupt laut ausgesprochen? „Was?“, fragte sie leise und zuckte beim Klang ihrer Stimme zusammen.

„Er hat dich markiert.“

Sie hätte Sandra beinahe nicht verstanden, so kaum hörbar war ihre Stimme.

„Was meinst du damit?“, hakte Melissa nach. Ihre Stimme klang schrill in dem Raum und hallte ihr in den Ohren nach. „Was soll das heißen, er hat mich markiert?“ Soweit es ihre Fesseln zuließen, kauerte Melissa sich zusammen. Wieder und wieder, schmetterten Sandras Worte durch ihren Kopf.

„So nennen wir das hier. Er hat dir ein Brandzeichen aufgedrückt.“

Melissa kreischte auf. Ihr Körper bebte unkontrolliert. Und mit einem Mal entwich alle Kraft aus ihr. Wie geschlagen kauerte sie, während ihr Körper noch immer schlotterte, auf dem kalten Betonboden. Sie war nicht mehr in der Lage, einen vernünftigen Gedanken zu fassen. Einzig diese vor Schmerz wütende Stelle an ihrem

Körper signalisierte ihr, dass sie noch am Leben war. Der Rest von ihr fühlte sich taub an. Fast kam es ihr vor, als wäre ihr Körper lediglich eine leere Hülle, auf die sie von oben herabblickte.

„Wir wissen nicht, warum er das macht."

Melissa erkannte die Stimme nicht. Vielleicht war es ihr aber auch einfach nur völlig egal, wer mit ihr sprach. Tatsächlich verstand sie nicht einmal richtig was, gesprochen wurde. „Melissa, du musst mir zuhören." Die Stimme wurde lauter, eindringlicher. Doch Melissa schaffte es nicht, aus ihrer Lethargie herauszukommen. Sie wollte schlafen. Einfach nur einschlafen und nie wieder aufwachen. Verschiedene Bilder zogen vor ihrem geistigen Auge vorbei, aber Melissa blieb unbeeindruckt. Sie sah ihre Mutter, ihre Freunde, ja sogar ihren Bruder. Er schien ihr etwas sagen zu wollen. Zumindest öffnete er seinen Mund immer wieder und sah sie eindringlich an, doch Melissa rührte das nicht. Sie starrte weiter mit offenen Augen in die Dunkelheit.

„Verdammt, Melissa! Reiß dich zusammen!"

Melissa blinzelte einige Male, dann drehte sie langsam den Kopf. „Lass mich", murmelte sie.

„Einen Teufel werde ich tun. Du kriegst dich jetzt wieder ein, hast du verstanden?"

„Wer glaubst du, wer du bist? Meine Mutter?" Melissa verstand nicht, warum man sie nicht einfach in Ruhe ließ. Was brachte es, wenn sie irgendjemandem zuhörte? Es würde sie hier nicht rausbringen, so viel stand fest.

„Ich bin nicht deine Mutter, aber im Moment bin ich alles, was du hast."

Melissa schloss ihre Augen und öffnete sie wieder. Fast hätte sie gelacht. Wo gab es denn so etwas, dass es egal war ob du wach bist oder schläfst, es war immer gleich dunkel. Wieder entwich ihr ein Wimmern. Dann wusste sie auch wieder, wer da mit ihr sprach. Es war Eva. Die Frau links von ihr. Eva war die zweite Frau, die er sich geholt hatte.

„Ich möchte schlafen", bat Melissa. Warum kapierte Eva nicht, dass sie einfach nichts mehr hören, nichts mehr fühlen und nichts mehr sehen wollte. Ha, sehen konnte sie ja eh schon nichts mehr.

In diesem Moment ging das Licht an. Beißende Helligkeit durchflutete den Raum. Einige der Frauen stöhnten auf. Melissas Augen tränten und schmerzten, doch sie hielt sie geöffnet, ohne auch nur zu blinzeln. Auch als die Verriegelung geöffnet und die Tür aufgezogen wurde, regte sie sich nicht. Die Beine ihres Peinigers kamen in ihr Blickfeld, aber nicht einmal das kümmerte sie mehr. Sollte er doch mit ihr machen, was er wollte. Er ging vor ihr in die Hocke und sah ihr in die Augen. Melissa blickte einfach durch ihn hindurch. Selbst als er an ihr rüttelte, ließ sie es teilnahmslos über sich ergehen. Die Flüche, die er ausstieß, blendete sie schlicht aus. Sie spürte, dass er ihr eine Salbe auf die Verletzung strich. Mit einem Mal sah sie rot. Was bildete dieser Scheißkerl sich eigentlich ein, fragte sich Melissa und wunderte sich zugleich, wo diese unbändige Wut in ihr so plötzlich herkam. „Nimm deine Dreckspfoten von mir weg, du jämmerliches Stück Scheiße", stieß sie durch zusammengebissene Zähne hindurch.

„Oh, ist die Dame wieder ansprechbar", sagte der Mann kühl.

„Hast du damit ein Problem?“, fauchte Melissa zurück.

„Ganz und gar nicht. Ich mag es, wenn Frauen aufmüpfig sind.“

„Du scheinst ja Erfahrung damit zu haben. Immerhin musst du dir welche gefangen halten. Wahrscheinlich würdest du sonst keine abbekommen, habe ich recht?“

Irgendjemand im Raum sog laut Luft ein.

So fest er konnte, schlug er ihr mit der flachen Hand auf die verbrannte Stelle. So konnte sie mit ihm nicht reden. Das würde er ihr schon noch beibringen. Beim Aufstehen verpasste er ihr einen Tritt in die Rippen. Das Knacken, das er dabei hörte, ignorierte er.

„Bist ja ein ganz toller Hecht. Schaffst du das auch bei einer Frau, die nicht in Ketten gefesselt vor dir liegt?“ Melissa konnte nicht mehr aufhören. Obwohl sie wusste, dass es besser wäre, die Klappe zu halten, provozierte sie ihn einfach weiter.

Der Tritt, den er ihr gegen den Kopf verpasste, ließ sie Sterne sehen. „Halt dein bescheuertes Maul, du blödes Stück“, brüllte er.

„Und wenn nicht, trittst du mich dann tot? Gott, bist du jämmerlich!“

Er sah rot. Wenn sie nicht sofort ihr blödes Maul hielt, würde er dafür sorgen, dass sie es für immer tat. Er konnte sich nicht daran erinnern, jemals derart aus der Fassung geraten zu sein. Doch diese Schlampe löste etwas ihn ihm aus, das bislang keine geschafft hatte. Sein Atem ging stoßweise und sein Hemd klebte ihm am Körper. Eigentlich sollte er einfach gehen. Die Tür hinter sich zuzuwerfen und sie alle im Dunkeln zurücklassen. Doch dann erinnerte er sich dran, dass er noch etwas anderes hier drin zu erledigen hatte. Eigentlich hatte er dafür jemand anderes ausgewählt gehabt. Andererseits sprach nichts dagegen, seine Pläne etwas abzuändern und sie den neuen Begebenheiten anzupassen. Er beugte sich leicht vor und griff Melissa ins Haar. Mit einem Ruck hatte er ihr eine dicke Strähne herausgerissen. Bevor er sich von ihr abwandte, lächelte er sie noch einmal von oben herab an. Sie erwiderte seinen Blick, ohne die Miene zu verziehen. Ein bisschen Bewunderung empfand er nun doch für sie. Sie musste irrsinnige Schmerzen haben, doch sie ließ sich nichts anmerken. Mit einem letzten Blick in den Raum hinein, wandte er sich ab und warf die Tür hinter sich ins Schloss.

„Du bist echt lebensmüde!“, rief Eva erschrocken auf.

Das Licht ging aus, der Raum lag wieder in altbekannter Dunkelheit. Melissa schloss ihre Augen und ließ ihren Tränen freien Lauf. Wenigstens waren die Schmerzen von der Verbrennung nicht mehr das Schlimmste. Das Stechen, in ihrer Brust, bei jedem Atemzug war bei Weitem schlimmer. Hinzu kam noch die Übelkeit, gegen die sie jetzt ankämpfen musste. Obwohl es ihr eigentlich egal sein konnte, hoffte sie doch, dass sie keine Gehirnerschütterung hatte. Der Tritt gegen den Kopf hatte sie voll erwischt. Was sie sich dabei gedacht hatte, ihn so gegen sich zu bringen, konnte sie nicht mal sagen. Ebenso wenig, woher ihre Kampfeslust kam.

Himmel, der Raum drehte sich um sie herum. Ihre Übelkeit wurde schlimmer. Es gelang ihr schier nicht mehr, den Würgereiz zu unterdrücken.

„Atme langsam. Tief ein und wieder aus. Ein und wieder aus.“ Maries Stimme klang so gleichmäßig und beruhigend. Melissa fiel in den Takt ein, den Marie ihr vorgab. Obwohl sie mit der Frau bisher fast nichts gesprochen hatte, erkannte sie ihre Stimme sofort. Sie hatte einen Klang, den man nicht so schnell wieder vergaß, das war ihr zuvor schon aufgefallen. Während Melissa atmete, überlegte sie, was Marie für ein Mensch gewesen war, bevor sie hier eingesperrt wurde.

Endlich ließ die Übelkeit nach. Maries Stimme lullte sie ein, und wenig später schlief Melissa ein.

„Was hat sie sich nur dabei gedacht?“, fragte Marie flüsternd.

„Wir haben alle unterschiedlich reagiert hier drinnen. Das war ihre Art, damit fertig zu werden“, antwortete Rebecca, die neben Marie lag, leise.

„Außer den Brandwunden, hat er bislang keiner von uns Schaden zugefügt“, sagte Ella.

„Das ist wahr“, stimmte Marie zu. „Was hat das zu bedeuten?“, fragte sie nach einer kurzen Pause.

„Ich weiß nicht. Ich hoffe nur, dass er wiederkommt, wenn es Zeit zum Essen ist. Eigentlich dachte ich, dass er deshalb gekommen ist. Ich habe so großen Hunger“, meinte Sandra.

Irgendjemand im Raum wimmerte leise vor sich hin.

„Ich frage mich die ganze Zeit, warum er ihr die Haare ausgerissen hat. Als er rausging, hat er sie wie eine Trophäe angesehen“, sagte Rebecca.

„Das ist mir auch aufgefallen“, meinte Marie und nickte in der Dunkelheit.

„Wozu braucht er die?“, fragte Rebecca, der diese Sache keine Ruhe ließ.

„Ich weiß nicht, ob wir das jemals erfahren werden“, antwortete Sandra und schüttelte sich bei dem Gedanken, der ihr kam.

25.

Es war schon acht Uhr vorbei, als Camilla zusammen mit Tim zum zweiten Mal an diesem Morgen das Büro von Hendrik betrat. Sie spürte sofort, dass etwas nicht stimmte.

„Was ist los?“, fragte sie und sah der Reihe nach ihre Kollegen an. Hendrik saß an seinem Schreibtisch. Vor ihm stand eine Tasse Kaffee, der dem Anschein nach schon kalt war. Harald saß auf dem kleinen Sofa, das in der Ecke gegenüber des Schreibtisches stand, Max und Bert standen vor dem Fenster. Keiner sprach ein Wort. Sie drehte sich zu Tim um, der hinter ihr stand. Der zuckte fast unmerklich mit den Schultern.

Hendrik räusperte sich kurz. Als Camilla ihn ansah, fiel ihr auf, dass er Latexhandschuhe trug. Verdammt, was für ein Spiel wurde hier gespielt? Sie kniff die Augen zusammen und legte die Stirn in Falten.

„Das lag heute Morgen auf meinem Schreibtisch“, sagte Hendrik und schob ihr einen Spurensicherungsbeutel über den Tisch hinweg zu. Camilla kam näher heran und beugte sich hinunter. Was immer es war, es war verpackt, sie hätte es anfassen können. Dennoch ließ sie die Tüte liegen, wo sie war und betrachtete deren Inhalt. Sie beugte sich noch ein Stück runter, um es besser sehen zu können. Neben ihr tat Tim genau dasselbe.

Er pfiff leise, als er erkannte, um was es sich bei dem Inhalt handelte. „Kam es in einem Umschlag?“, fragte er und blickte kurz zu Hendrik auf. In dem Umschlag befand sich ein Büschel Haare. Es waren blonde Haare. Vier ihrer Opfer waren blond. Tim zweifelte keinen Augenblick dran, dass es die Haare von einer der Frauen waren, deren Bilder hinter ihm an der Tafel hingen.

„Ja“, antwortete Hendrik und schob einen weiteren Plastikbeutel über den Tisch. Darin steckte ein vergilbter Umschlag, der sicher irgendwann einmal weiß gewesen war.

Auch er war darauf konditioniert, keine Spuren zu vernichten, dachte Camilla, als sie beobachtete, wie Tim aus seiner Hosentasche ein Paar Handschuhe fischte, diese anzog und erst dann nach der Tüte griff. Er drehte sie um, sodass er auch die Rückseite des Umschlages sehen konnte. Mit krakeliger Schrift war Hendriks Name darauf geschrieben worden.

„Was war sonst noch drin?“, fragte Camilla an Hendrik gewandt.

Wieder schob Hendrik eine Tüte in ihre Richtung. Sie sah ihm kurz in die Augen. In seinem Blick konnte sie lesen, dass die ganze Sache hier an ihm nagte. Obwohl es noch so früh am Morgen war, wirkte er unglaublich müde. Camilla blickte auf das Blatt Papier, das in der Tüte steckte. Sie erkannte die gleiche Handschrift wie auf dem Umschlag. Da sie davon ausging, dass das von keinem Fünfjährigen geschrieben wurde, konnte sie nur vermuten, dass der Urheber mit ihnen ein Spiel spielen wollte.

„Was soll das denn sein?“, fragte Tim und las erneut, was auf dem Zettel stand.

Nur, weil ich es will, liegt dieser Umschlag hier.
Nur, weil ich es will, bekommt ihr diese Nachricht.
Nur, weil ich es will, sind alle vierzehn noch am Leben.
Nur, weil ich es will, sind sie in meiner Gewalt.
Nur, weil ich es will, werde ich weitermachen.
Nur, weil ich es kann, kann mich keiner stoppen.

„Der Typ ist total durchgeknallt.“ Tim sah von dem Blatt auf und in die Runde.

Camilla nahm ihm den Beutel weg und las die Botschaft selbst noch einmal leise. Sie schüttelte den Kopf. Wie konnte jemand so etwas schreiben? Mit wem hatten sie es hier zu tun, fragte sie sich und las erneut Zeile um Zeile.

„Tim du bringst die Sachen gleich ins Labor. Die Jungs dort wissen schon Bescheid. Zuerst will ich aber noch wissen, warum ihr zu spät gekommen seid“, sagte Hendrik und sah Tim und Camilla streng an.

„Das werde ich dir gleich sagen, vorher möchte ich noch wissen, wie du zu dem Umschlag gekommen bist“, bat Camilla.

„Er lag hier auf meinem Schreibtisch.“

„Einfach so?“

Das hatte ihm auch schon Kopfzerbrechen bereitet. „Sieht so aus. Die Post wird erst ab neun Uhr verteilt.“

Im Raum hätte man eine Stecknadel fallen hören können. Man hörte nicht einmal jemanden atmen. Max sprach aus, was alle dachten: „Wie ist der Scheißkerl hier hereingekommen?“

Sie würden eine Antwort auf diese Frage finden, soviel war sicher, nahm Hendrik sich vor.

Nach ein paar Minuten holte Camilla das Blatt Papier, das sie nur wenige Stunden zuvor hier im Büro vollgekritzelt hatte, aus ihrer Handtasche. Dann fing sie an zu berichten.

„Ich konnte nicht schlafen. Die ganze Zeit über hatte ich das Gefühl, etwas übersehen zu haben. Also habe ich beschlossen, noch einmal herzukommen. Ich war gegen halb sechs Uhr heute Morgen hier und habe mir noch mal alle Fakten angesehen.“ Sie machte eine Pause und sah Hendrik dabei an. „Ich kann dir nicht sagen, ob der Umschlag da schon auf deinem Tisch lag. Ich würde gerne sagen, dass er es nicht tat, kann es aber nicht beschwören, da mein Hauptaugenmerk auf der Tafel lag.“

Hendrik nickte. Camilla schluckte noch einige Male, dann fuhr sie fort: „Jedenfalls bin ich hierauf gestoßen.“ Sie legte das Blatt vor Hendrik auf den Schreibtisch und strich es noch einmal glatt.

Ihre Kollegen kamen näher. „Ihr braucht euch die Seite erst mal nicht anzusehen, ich zeige es euch an der Tafel.“ Sie ging zur Tafel hinüber und stellte sich vor das Bild der ersten verschwundenen Frau.

„Sandra. Sie ist am fünften August verschwunden. Der fünfte Tag des achten Monats. Die Quersumme ergibt dreizehn. Eva. Das zweite Opfer. Verschwunden am zweiundzwanzigsten September. Der zweiundzwanzigste Tag des neunten Monats. Wenn ich hier die neun von der zweiundzwanzig abziehe, komme ich auf dreizehn. Das dritte Opfer ist Lili. Dritter Oktober. Addiere ich die beiden Zahlen, kommt wieder dreizehn raus. Yvonne, die fünfte Frau. Der vierundzwanzigste November, wieder eine Minusrechnung, wieder eine Dreizehn.“ Camilla wandte sich ihren Kollegen zu. Sie alle hingen an ihren Lippen. Deshalb fuhr sie fort: „So geht es weiter bis zum zwölften Opfer, Sofia. Evelyn ist die dreizehnte Vermisste. Hier ändert er die Rechenfolge. Sofia ist am zwanzigsten Juli und Evelyn am einundzwanzigsten August verschwunden. Das heißt zweimal minus, dann geht es mit Melissa wieder mit einer Addition weiter." Wieder machte sie eine Pause. Umso heftiger war die Wirkung ihrer folgenden Worte. „Das nächste Opfer holt er sich also am dreiundzwanzigsten Oktober, wenn wir ihn nicht aufhalten."

„Scheiße, wie konnten wir das die ganze Zeit übersehen?", fragte Hendrik und durchbrach damit das Schweigen.

„Die Frage ist doch eher: Was bringt uns diese Erkenntnis? Wir sind dem Täter keinen Schritt näher", gab Camilla ihre Sorgen zu bedenken, die sie schon vorher gehabt hatte.

„Wir wissen jetzt, dass wir keinem Phantom hinterherjagen. Wir wissen, dass wir es mit einem Fall zu tun haben. Und wir wissen, dass wir es mit einer völlig gestörten Persönlichkeit zu tun haben", widersprach Hendrik.

Bert holte tief Luft, sagte jedoch nichts. Auch Harald nickte zwar, blieb aber ebenfalls ruhig. Max ging noch einmal zur Tafel. Er hatte sich Camillas Notizen genommen und verglich die Zahlen miteinander. Ein Bild nach dem anderen ging er durch. Zuletzt drehte er sich wieder seinen Kollegen zu, schüttelte verständnislos den Kopf und legte das Blatt zurück auf Hendriks Schreibtisch.

„Ich glaube wir haben es mit einem Kerl zu tun, der von seiner Mutter entweder gestillt wurde, bis er fünf war, oder der nie in den Arm genommen wurde. Der Typ hat ein völlig gestörtes Verhältnis zu Frauen. Wahrscheinlich hat er noch nie eine gehabt und ist mit vierzig noch Jungfrau.“ Camilla hatte sich in Rage geredet.

„Tim, du weißt, was du zu tun hast. Die Untersuchungsaufträge liegen im Drucker,“ sagte Hendrik und überging damit einfach Camillas Wutausbruch.

Tim griff sich die drei Plastiktüten und verließ den Raum. „Ich ruf den Chef an“, sagte Hendrik. Innerhalb weniger Sekunden war er alleine im Büro. Wäre die Lage nicht so ernst gewesen, hätte er über den schnellen Abgang der Kollegen schmunzeln können.

Noch bevor er den Telefonhörer in die Hand genommen hatte, streckte Camilla noch mal ihren Kopf zur Tür herein.

„Wann warst du heute Morgen hier?“, fragte sie.

„Um sechs Uhr zwanzig.“

Camilla nickte und zog, ohne ein weiteres Wort zu sagen, die Tür hinter sich zu. Hendrik sah noch einen Augenblick die geschlossene Tür an, dann fiel sein Blick auf die Tafel. Schließlich sagte er sich, dass es nicht einfacher werden würde und griff zum Hörer.

26.
Kurz vorher:

Verdammt, wenn er doch nur mehr Zeit gehabt hätte. Doch er hatte diesen Plan gehabt und dann hatte ihn das Miststück komplett aus dem Konzept gebracht. Er konnte sich nicht daran erinnern, schon einmal so dermaßen die Kontrolle über sich verloren zu haben. Es hatte ewig gedauert, bis er sich wieder im Griff gehabt hatte. Als er schließlich auf die Uhr sah, konnte er es nicht fassen, wie viel Zeit vergangen war. Er musste sein Vorhaben in die Tat umsetzen. Und das, so schnell wie möglich. Er sah noch mal auf die Uhr und rechnete. Doch, er konnte es noch schaffen. Allerdings musste er sich genau überlegen, wie er vorgehen würde. Schließlich durfte er nicht gesehen werden. In den, seit Jahren nicht mehr benutzten Räumen des Hauses, suchte er nach einem Umschlag und Papier. Dabei riss er jede Schublade auf und öffnete jeden Schrank. Er fand einige interessante Dinge, die sich lohnen würden, sie genauer in Augenschein zu nehmen. Doch dazu hatte er jetzt keine Zeit.

Endlich hatte er gefunden, wonach er suchte. Der Briefumschlag war so alt, dass er hoffte, dass er überhaupt noch klebte. Andererseits konnte bei der persönlichen Zustellung, die ihm vorschwebte, ja nichts verloren gehen. Das Briefpapier, das er gefunden hatte, war schlicht und weiß, wobei es an den Rändern schon leicht vergilbte. Nun, für seine Zwecke würde es ausreichen. Er konnte es sich nicht leisten, wählerisch zu sein. Lächelnd ging er in die Küche und setzte sich an den Tisch. In seiner Jackentasche fand er einen Kugelschreiber. Er ließ ihn zwischen Zeige- und Mittelfinger schwingen, während er in Gedanken die Worte formte, die er auf das Blatt schreiben würde.

Ihm fiel nichts ein. Der Zeiger auf seiner Uhr zählte die Sekunden und Minuten herunter. Sie schienen immer schneller zu rasen. Wenn er nicht bald fertig wurde, würde er sein Vorhaben verschieben müssen, und das war etwas, was ihm gar nicht gefiel. Er war ein Mann, der sofort handelte. Aufschub bedeutete Schwäche. Sein Blick schweifte durch den Raum und blieb an dem kleinen Regal hängen, das an der Wand neben der Tür stand. Er las die Titel verschiedener Kochbücher. Vereinzelt sah er Kinderbücher dazwischen. Dann sah er ein dünnes Buch, dessen Einband vom vielen Gebrauch verschlissen war. Immer wieder las er den Titel des Buches. Wie oft hatte er dieses Buch früher gelesen. Es schien mehr als ein Leben her zu sein. Die Erinnerung an eine längst vergangene Zeit, schwappte über ihn herein. Plötzlich umspielte ein Lächeln seine Lippen, und er fing an zu schreiben.

Als er fertig war, steckte er die Haarsträhne zusammen mit dem Brief in den Umschlag und verschloss ihn. Tatsächlich klebte er nicht mehr richtig, doch er würde seinen Zweck noch erfüllen. Kurz dachte er daran, dass seine Fingerabdrücke überall zu finden wären, doch damit konnte er leben. Er lag in keiner der polizeilichen

Datenbanken ein. Selbst wenn sie die Abdrücke überprüfen würden, würde diese Spur ins Leere führen.

Er pfiff leise vor sich hin, als er in die Garage ging und dort in seinen Wagen stieg. Der elektrische Torantrieb hatte sich schon bezahlt gemacht, dachte er, während er darauf wartete, dass das Tor sich ganz geöffnet hatte. Die Sonne ging langsam auf, er musste sich beeilen. Dennoch steuerte er seinen Wagen langsam aus der Garage heraus, da sie so eng war, dass er darauf achten musste, dass er mit keinem Außenspiegel hängen blieb. Per Knopfdruck schloss sich das Tor langsam wieder, und er fuhr in Richtung Stadt. Es würde nur wenig Verkehr sein, sodass er innerhalb der nächsten Viertelstunde an seinem Ziel ankommen würde.

Das bedeutete, dass er fünfzehn Minuten Zeit hatte, sich einen Plan zurechtzulegen, wie er in das Gebäude kommen würde, ohne dass die Spur direkt zu ihm führte.

Seinen Wagen stellte er ein paar Straßen entfernt ab. Er schnappte sich den Umschlag und joggte in Richtung seines Ziels. Gerade, als er sich das Schloss der Tür ansah, hörte er ein Geräusch aus dem Inneren des Gebäudes. Sein Pulsschlag schnellte in die Höhe. Ohne darüber nachzudenken, sprang er in eine angrenzende Hecke. Er konnte nur von Glück sagen, dass es sich um keine Dornenhecke handelte. Gerade als er seinen Kopf einzog, wurde die Tür aufgerissen und eine Frau rannte auf die Straße hinaus. Er erkannte sie sofort und fragte sich, was sie um diese Zeit hier tat. Er war fest der Annahme gewesen, dass um diese Zeit niemand im Gebäude war. Da sie sich nicht umdrehte, nutzte er die Gelegenheit und hechtete aus der Hecke heraus. Er erwischte die Tür gerade noch, bevor sie ins Schloss fiel.

Mit noch immer klopfendem Herzen, lehnte er sich für einen kurzen Augenblick dagegen. Doch er konnte sich den Luxus nicht erlauben und erst einmal verschnaufen. Zuerst musste er tun, was getan werden musste. Er stieß die Tür zum Treppenhaus auf und rannte die Treppen hoch. Die Tür zu den Büroräumen war ein Witz. Innerhalb weniger Sekunden war sie offen. Bevor er hindurchging, lauschte er erst einmal, ob noch jemand auf der Etage war. Als er sicher sein konnte, dass er niemanden hörte, schlüpfte er in den Flur. Sie hatte das Licht angelassen. Danke dafür, dachte er. Es dauerte keine fünf Minuten, bis der Umschlag dort lag, wo er ihn haben wollte und noch weniger dauerte es, bis er wieder auf der Straße war.

Der Spaß konnte beginnen.

Doch jetzt kam ihm das, was er geschrieben hatte, dumm vor. Warum hatte er sich nicht mehr Zeit genommen? Warum hatte er überhaupt einen Brief dazulegen müssen?

Die Wut in ihm brodelte erneut. Schuld daran war nur dieses Miststück. Warum hatte er sich derart provozieren lassen? Er trat einen Stein, der vor ihm auf dem Gehweg lag weg und sah ihm nach, wie er auf die Straße flog. Und das Schlimmste an der ganzen Sache war, dass er noch einmal zurück zum Haus musste. In der ganzen Eile hatte er vergessen, das Essen in die Kammer zu stellen. Er konnte nur hoffen, dass seine Kollegen nicht misstrauisch wurden, wenn er sich schon wieder von der Arbeit davonschlich. Fest stand, sie würden ihn nicht ewig decken.

27.

Zum dritten Mal blätterte Camilla durch die Akte. Sie hatte sich von Hendrik alle Unterlagen zu den Fällen geholt. Hatte jede Vernehmung, jede Aktennotiz und jedes Untersuchungsergebnis schon unzählige Male überprüft. Irgendetwas übersahen sie.

So gerne hätte sie mit jemandem gesprochen. Erstens, um eine andere Stimme zu hören und zweitens, um eine andere Ansicht zu hören. Doch Hendrik hatte sein Büro verlassen, nachdem er mit dem Chef telefoniert hatte. Am Mittag würde es eine Pressekonferenz geben. Camilla wusste, dass Hendrik jetzt gerade bei Hannah war. Sie würde ihm helfen, seine Wut in den Griff zu bekommen, dass er sich wieder einmal von seinem Chef als Versager hatte abstempeln lassen müssen. Dann würden sie zusammen an einer Erklärung für die Presse arbeiten. Hendrik würde niemals etwas verlesen, was er nicht selbst – mit Hannahs Hilfe – geschrieben hatte. Die anderen waren alle unterwegs. Sie war die einzige, die noch im Büro war. Um sich nicht ganz von der Außenwelt ausgeschlossen vorzukommen, hatte sie im Internet einen Radiosender gesucht und hörte nun ganz leise Musik.

Während sie einen Aktenhefter zur Seite legte, atmete sie tief ein und stieß langsam, zwischen zusammengepressten Lippen die Luft wieder aus. Das Geräusch hörte sich in dem leeren Raum komisch an. Wieder einmal fühlte sie sich unbehaglich in den Diensträumen. Um dieses Gefühl zu vertreiben, stellte sie die Musik lauter. Dann nahm sie sich einen neuen Ordner. In ihm befand sich alles, was sie von Melissa zusammengetragen hatten. Obwohl ihre Augen mittlerweile brannten, las sie die Vernehmungen der Anwohner durch und schließlich die von Samuel Berg. Doch auch das förderte nichts Relevantes zutage. Sie blätterte durch die Vernehmung seines Arbeitgebers und durch die Kopien der Fahrtenbücher und Transportscheine. Wieder glich sie die Arbeitszeiten mit den Zeiten, an denen die Opfer verschwanden, ab. Wieder ohne Erfolg. Berg war immer so weit weg, dass er sich durch Raum und Zeit hätte beamen müssen, um als Täter infrage zu kommen. Weil sie nicht weiterwusste, sah sie sich an, was Berg so alles durch die Gegend fuhr. Bald stellte sie fest, dass der Mann alles transportierte, was sich transportieren ließ. Von Fernsehgeräten bis Kleidung war alles dabei.

Und dann verharrte sie doch mitten in der Bewegung. Nacheinander ging sie die Transportscheine durch, prüfte dann noch einmal die Fahrtenbücher und schließlich die Vernehmung, die nach der Hausdurchsuchung gemacht worden war.

Dann legte sie alle Papiere nebeneinander auf ihren Schreibtisch. Als der Platz ausging, räumte sie den Schreibtisch leer, sodass nur noch die Akte Berg auf dem Tisch lag.

Mit zittrigen Fingern holte sie ihr Handy aus ihrer Handtasche. Sie drückte die Kurzwahltaste für Hendriks

Nummer, erreichte aber nur die Mailbox. Fluchend legte sie auf und rief Tim an. Das Herz schlug ihr bis zum Hals. Schon nach dem ersten Klingeln hob Tim ab.

„Na, was gibt's? Ist dir langweilig?", frotzelte er, noch bevor sie etwas sagen konnte.

„Wie schnell kannst du hier sein?", fragte sie. Dabei erkannte sie ihre eigene Stimme fast nicht wieder.

„Ich stehe mit Harald im Hof. Ich bin in einer Minute bei dir."

„Mach schneller", sagte sie und legte auf.

Camilla starrte noch auf ihr Handy, als die Tür zum Dezernat aufgerissen wurde. „Was ist los?", fragte Tim völlig außer Atem.

„Sieh dir das an", antwortete Camilla und deutete auf die Unterlagen, die vor ihr lagen.

Tim beugte sich darüber. „Was meinst du?", fragte er und kniff die Augen zusammen.

„Die Unterschriften auf den Transportscheinen passen nicht. Sie sind ähnlich, aber auf keinen Fall sind das jedes Mal dieselben."

„Scheiße, du hast recht! Warum ist das bisher keinem aufgefallen?" Tim fluchte laut.

Camilla sah ihn an und musste sich ein Lächeln verkneifen. Sie hatte ihren Kollegen bisher noch nie fluchen hören, musste aber zugeben, dass es ihr gefiel. Es ließ ihn verwegen erscheinen.

„Ruf Hendrik an", sagte er jetzt an sie gewandt.

„Das habe ich versucht, es geht aber nur die Mailbox ran."

„Was ist denn hier los?", fragte Harald, der gerade das Großraumbüro betrat. Da er mit Tims Tempo sowieso nicht hätte mithalten können, war er auf normalem Weg ins Büro gekommen – stehend, im Aufzug und nicht rennend über das Treppenhaus.

„Du hast dir aber Zeit gelassen", sagte Tim. „Los, komm und schau dir das an."

Harald trat neugierig an Camillas Schreibtisch heran. Er sah von Blatt zu Blatt und wieder zurück. „Verdammt noch eins, was ist das denn?", rief er laut. Dann tastete er seine Taschen ab und fand endlich seine Lesebrille. Er schob sie sich auf die Nase, ohne auch nur einmal den Blick von den Unterlagen genommen zu haben. „Warum haben wir das übersehen?", fragte er und schlug mit der Faust auf den Tisch. „Wo ist Hendrik?"

„Nicht erreichbar", sagten Camilla und Tim unisono.

„Versucht es weiter", befahl Harald. „Ich rufe den Staatsanwalt an, wir müssen noch mal zu dem Scheißkerl."

Mit großen Schritten eilte Harald zu seinem Arbeitsplatz. Tim raffte die Papiere zusammen und legte sie Harald hin, der schon die Nummer des Staatsanwaltes wählte. Er nickte Tim zum Dank zu und richtete seine Aufmerksamkeit dann wieder auf sein Telefon.

Camilla schüttelte den Kopf. „Wieder nur die Mailbox."

„Wo kann er sein?", überlegte Tim laut.

„Ich denke bei Hannah im Sender. Sie werden die Pressekonferenz vorbereiten und wollen dabei nicht gestört werden oder er hat dort keinen Empfang."

„Mist, daran habe ich gar nicht mehr gedacht."

„Los, fahren wir hin", sagte Camilla.

Tim sah zu Harald hinüber. Er nickte ihnen zu und warf Tim den Autoschlüssel zu. Tim fing ihn auf und rannte dann hinter Camilla den Flur in Richtung Treppenhaus hinunter.

28.

Hannah legte den Kopf auf der Platte ihres Schreibtisches ab. Das Telefonat mit Finn hatte sie erschöpft. Andererseits war ein Gespräch fällig gewesen. Sie hatten sich einige Monate lang getroffen. Ihn einfach so zwischen Tür und Angel abzuservieren war nicht ihre Art. Andererseits sah sie keine Zukunft in ihrer Beziehung. Finn war immer aufmerksam, hörte ihr zu, machte ihr kleine Geschenke und dennoch sah sie in ihm mehr einen Bruder als einen Mann, mit dem sie den Rest ihres Lebens verbringen wollte. Er wollte von ihr wissen, was er falsch gemacht hatte. Doch eine Antwort auf diese Frage konnte sie ihm nicht geben. Der Fehler lag ganz gewiss nicht bei ihm. Es erschien ihr aber billig und klischeemäßig, ihm das zu sagen. Jetzt war es fast neun Uhr, und sie war mit ihrer Arbeit völlig im Verzug.

„Hältst du ein Schläfchen?“

Die Stimme riss sie aus ihrer Lethargie. Ruckartig fuhr ihr Kopf hoch und sie sah in das grinsende Gesicht von Hendrik. „Nett, wie du hier deinen Arbeitstag gestaltest“, sagte er. Er hatte gleich erkannt, dass es ihr schlecht ging. Damit, dass er seinen letzten Satz mit *ihrem* Wort begonnen hatte, hatte er ihr zumindest ein kleines Lächeln ins Gesicht gezaubert. Nachdem er die Tür hinter sich geschlossen hatte, ging er zu Hannah und kniete sich neben sie. Dabei drehte er ihren Stuhl so, dass sie ihn ansehen musste.

„Selber nett“, antwortete sie.

Um ihre Augen lag ein dunkler Schatten, stellte Hendrik fest. Zudem war die Falte zwischen ihren Augen so tief, wie schon lange nicht mehr.

„Freut mich auch, dich zu sehen“, meinte er und fuhr mit dem Zeigefinger über die Sorgenfalte auf ihrer Stirn.

Hannah hätte am liebsten den Kopf in seine Hand geschmiegt und sich der Berührung hingegeben. Wieder einmal war er genau zur richtigen Zeit zu ihr gekommen. Sie genoss die Wärme, die von seiner leichten Berührung ausging. Erst jetzt merkte sie, dass sie fror. Da sie kurz davor war, die Augen zu schließen und zu schnurren wie eine Katze, sah sie ihn an und fragte: „Was führt dich her?“

„Sag ich dir gleich. Erzähl du erst, was dich bedrückt“, bat er.

„Ich hatte ein Telefonat mit Finn.“

Hendrik versteifte sich sofort. Er ließ seine Hand sinken, stand auf und setzte sich stattdessen auf die Kante ihres Schreibtisches. Da er nicht wusste, was er antworten sollte, wartete er einfach ab, ob sie noch etwas sagen würde. Lange musste er nicht warten.

„Er wollte wissen, ob es das wirklich war“, sagte Hannah. „Was sollte ich ihm sagen? Er tut mir leid, aber eine Beziehung aus Mitleid hat keine Zukunft? Er ist ein netter Kerl ...“ Sie zuckte zusammen, als sie das Wort in Verbindung mit Finn brachte. Schnell sah sie Hendrik an. Es war ihm nicht entgangen, stellte sie fest. Seine Augen umspielte ein Lächeln, trotzdem schwieg er noch immer. „Ich möchte nicht mehr zurück“, sagte sie dann.

Hendrik ließ seinen Blick auf ihr ruhen. Ihre grauen Augen, die sonst immer strahlten, waren heute traurig. Sie wirkte erschöpft. Einem Impuls folgend zog er sie aus ihrem Stuhl hoch und nahm sie in den Arm. Sie ließ es einfach geschehen. Er schmiegte seinen Kopf an ihren und sagte leise: „Er wird darüber hinwegkommen."

„Danke", sagte sie genauso leise.

Hendrik hauchte ihr einen Kuss ins Haar und schob sie dann ein Stück von sich weg. Er lächelte ihr aufmunternd zu.

„Jetzt bist du an der Reihe."

Hendrik nickte und führte Hannah zu dem Sofa, das in ihrem Büro stand und um einiges größer war, als das, das er in seinem Büro stehen hatte. Sie setzten sich. Er legte ein Bein schräg, sodass er sich besser zu ihr drehen konnte, um sie anzusehen, während er sprach. Dann berichtete er ihr von dem Brief, der heute Morgen bei ihm auf dem Schreibtisch gelegen hatte und dem anschließenden Telefonat mit seinem Chef.

Hannah hörte ihm wie immer zu, ohne ihn zu unterbrechen. Sie kannte seinen Chef zwar nicht persönlich, hielt ihn aber für einen neidischen, missgünstigen Scheißkerl. Und wenn für Hendrik nicht so viel auf dem Spiel stehen würde, hätte sie ihm das schon längst gesagt. In ihrer Hilflosigkeit ballte sie immer wieder ihre Hände zu Fäusten und öffnete sie dann wieder. Als Hendrik fertig war, sagte sie: „Hol meinen Block, wir formulieren deine Rede, dass ihm Hören und Sehen vergeht."

Das war typisch Hannah. Hendrik zweifelte keine Sekunde daran, dass es ihr gelingen würde genau das zu tun. Während er nach dem Block griff, überlegte er, was seine Kollegen gerade taten.

Hendrik und Hannah hatten gerade noch einmal alle Fakten zusammengetragen und erste Stichpunkte notiert, als es laut an der Tür klopfte und sie gleichzeitig aufgerissen wurde. Tim und Camilla flogen förmlich in den Raum.

„Entschuldige, Hannah", rief Camilla. Sie war sichtbar außer Atem und ihr Gesicht war gerötet. „Hendrik, wir konnten dich nicht erreichen", fuhr sie fort, musste dann aber erst einmal tief Luft holen.

„Was ist denn passiert?", fragte Hendrik und sah verwundert zu Tim. Er konnte sich nicht daran erinnern, seine Partnerin schon einmal so aufgelöst gesehen zu haben. Für gewöhnlich behielt sie einen ruhigen Kopf, egal was passierte.

„Camilla hat etwas entdeckt. Wir konnten dich nicht erreichen. Harald telefoniert gerade mit dem Staatsanwalt", fasste Tim in drei Sätzen zusammen.

Mit zusammengezogenen Augen holte Hendrik sein Handy aus der Tasche und sah auf das Display. „Kein Empfang", murmelte er.

Hannah war mittlerweile aufgestanden und holte noch zwei Stühle heran.

„Danke", sagte Camilla und setzte sich.

„So, jetzt mal der Reihe nach. Was hast du entdeckt?", wollte Hendrik wissen und sah Camilla mit zusammengezogenen Augenbrauen an.

„Ich bin noch einmal alle Akten durchgegangen. Auch die von Melissa. Dann stieß ich auf die Protokolle und Frachtpapiere von diesem Berg. Dabei ist mir aufgefallen, dass seine Unterschriften nicht miteinander übereinstimmen. Wer immer auf manchen der Unterlagen unterschrieben hat, es war auf keinen Fall Berg."

Hendrik starrte sie an. Dann sah er zu Tim, der ihm zunickte. Hannah erwiderte seinen Blick ebenfalls, sagte aber nichts dazu.

„Okay, holen wir uns den Kerl noch mal auf die Dienststelle und zerlegen sein Haus in dessen Bestandteile", sagte Hendrik.

29.

Sowohl der Durchsuchungsbeschluss, als auch der Haftbefehl lagen vor, als Hendrik sich mit seinen Leuten in seinem Büro traf. Zudem lag ihnen der Grundriss des Hauses vor. Vermutlich hatte Harald sich darum gekümmert, überlegte Hendrik. Es war toll, sich auf seine Leute verlassen zu können.

„Was machen wir, wenn er nicht zu Hause ist?", fragte Tim.

„Dann warten wir auf ihn – in seinem Wohnzimmer", sagte Hendrik, woraufhin Camilla kicherte. Hendrik warf ihr einen Blick zu, der sie gleich wieder verstummen ließ.

„Wie verschaffen wir uns Zutritt?", wollte Max wissen.

„Ich habe das Mobile Einsatzkommando angefordert. Sie öffnen uns die Tür und sichern auch die Umgebung ab", erklärte Hendrik.

In den nächsten Minuten besprach Hendrik, anhand der Unterlagen die sie hatten, das weitere Vorgehen. Endlich kamen sie weiter. Hannah hatte keine Fragen gestellt, als er, zusammen mit Camilla und Tim, den Sender verlassen hatten. Er würde sie auf dem Laufenden halten, und das wusste sie. Aus dem Augenwinkel sah er an seinem Monitor den Eingang einer Mail. Während er die letzten Fragen seiner Leute beantwortete, klickte er die Nachricht auf. Sie war von Hannah, seine Rede war fertiggeschrieben. Er würde sich nachher damit befassen. Noch konnte er gar nicht einschätzen, ob er rechtzeitig zur Pressekonferenz hier sein würde. Ein weiterer Nagel für seinen Sarg, dachte er.

„Wenn wir ihn festgenommen haben, geht kein Laut an die Öffentlichkeit. Ich möchte nicht, dass die Presse verkündet, dass der Täter festgenommen ist, bevor wir ihn uns zur Brust genommen haben. Ich habe keine Lust drauf, mich vor all den Eltern zu rechtfertigen", sagte Hendrik entschieden. „Noch Fragen?"

Alle schüttelten die Köpfe. „Dann los."

An Bergs Haus ging alles ganz schnell. Sie hatten sich mit dem Einsatzkommando getroffen und waren dann gemeinsam vorgefahren. Der Zugriffstrupp sprang schon aus dem Einsatzwagen, noch bevor der Konvoi richtig zum Stehen gekommen war. Hendrik war mit seinen Leuten in drei Fahrzeugen direkt hinten dran. Sie rannten auf die Eingangstür zu und kamen gerade in dem Moment an, als ein Beamter, der eine Sturmhaube unter seinem Helm trug, die schwere Ramme auf die Tür krachen ließ. Holzsplitter flogen umher, die Tür fiel ins Innere, noch bevor sie sich von ihrem eigenen Schwung selbstständig wieder schließen konnte, war der Polizist schon ins Haus getreten und blockierte sie mit seinem Körpergewicht. Hendrik hatte nicht mitbekommen, wann er die Ramme, mit der er die Tür aufbrechen würde, gegen seine Pistole getauscht hatte. Doch als er wieder hinsah, lag das schwere Gerät am Boden und der Polizist sicherte mit der Waffe im Anschlag den Flur.

Hendrik gab seinen Leuten ein Zeichen und ging dann mit Camilla in den ihnen zugeteilten Bereich des Hauses.

Dabei schrie er: „Polizei! Berg, kommen Sie mit erhobenen Händen her!“

Camilla zuckte zusammen. Wieder einmal erstaunte es sie, wie laut und bestimmend Hendrik schreien konnte. Sie sah, dass alle ihre Kollegen auf ihren Plätzen waren. Als sie ein Geräusch hörte, wandte sie sich um und rief: „Treppe!“

Alle drehten sich in Richtung der Treppe. Am oberen Absatz tauchte Berg auf. Er hatte seine Arme so hoch gestreckt, dass er damit wahrscheinlich um ein Haar die Decke berühren konnte. Schweißflecken hatten sich auf seinem grauen T-Shirt gebildet. Als er erkannte, wie viele Mündungen auf ihn zielten, keuchte er vor Angst so laut, dass sie es sogar im Erdgeschoss hören konnten.

„Bitte nicht!“, stammelte er.

„Kommen Sie runter und zwar langsam, und machen Sie keinen Unsinn“, befahl Hendrik in einem Ton, der keinen Widerspruch duldete.

Bergs Bewegungen schienen mechanisch, als er Stufe um Stufe die Treppen herunterkam. Seine Arme hatte er noch immer senkrecht nach oben gestreckt. Dabei war sein Gesicht aschfahl. Der Typ hatte wirklich Angst, ging es Harald durch den Kopf. Das Nächste, was er dachte war, dass der Mann nicht aussah, wie jemand, der vierzehn Frauen in seiner Gewalt hatte. Doch er war schon zu lange Polizist, um nicht wissen, dass man in einen Menschen nicht hineinsehen konnte. Leider sah man den wirklich bösen Jungs überhaupt nicht an, was in ihren Köpfen vor sich ging. Harald rümpfte die Nase, als Berg am Absatz der Treppe ankam. Der Mann roch förmlich nach Angst.

Kaum hatte Berg die letzte Stufe genommen, wurde er von Tim und Hendrik überwältigt und zu Boden gebracht. Noch bevor er richtig unten lag, waren seine Arme bereits auf dem Rücken verschränkt, und das Einrasten der Handschließen durchbrach die Stille im Raum.

Hendrik erklärte dem Festgenommenen seine Rechte und zog ihn zusammen mit Tim wieder auf die Beine. Berg wurde an Max und Bert übergeben, die ihn zur Dienststelle und dort in die Zelle bringen würden. Zuerst stand die Durchsuchung des Hauses an, dann würden sie sich Berg vornehmen. Hendrik sah auf seine Uhr. Noch nicht mal Zehn, stellte er fest. Es war ein ereignisreicher Morgen.

Während Harald, Tim und Camilla schon mit der Durchsuchung der Räume begannen, entließ Hendrik das Einsatzkommando und schloss sich der Durchsuchung dann an.

Sie hatten den Grundriss des Gebäudes dabei und zusätzlich noch einen Messgerät mit Laser, mit dem sie die Räume vermessen würden, um auszuschließen, dass ihnen ein verborgenes Zimmer entging.

Mehr als eine Stunde später, waren sie keinen Schritt weitergekommen. Sie hatten das Unterste zuoberst gekehrt, doch nichts deutete auf den Verbleib der Frauen hin. Mehr als frustriert sagte Hendrik: „Ich fahre auf die Dienststelle, ich habe eine Pressekonferenz zu eröffnen." An Camilla gewandt fügte er hinzu: „Fahr mit Tim und Harald zurück, ich nehme unseren Wagen. Wenn ihr etwas habt, lass es mich wissen." Damit drehte er sich um und verließ das Haus.

Camilla sah ihm hinterher. Tim und Harald waren zu ihr gestoßen. Mit zusammengepressten Lippen sah sie ihre Kollegen an. „Scheiße", sagte sie.

„Ja. Wir haben oben überhaupt nichts gefunden", stimmte Harald zu.

„Dann bleibt uns noch der Keller", meinte Tim.

Camilla verdrehte die Augen. Sie hasste Keller. Eigentlich waren es eher die Spinnen, die für gewöhnlich dort hausten und die aus ihren Ecken gekrabbelt kamen, sobald sie einen Keller betrat. Diese Viecher schienen Sensoren zu haben, mit denen sie Camilla ausfindig machen konnten. Und das Schlimmste war, dass sie nicht nur an Boden und Wänden saßen, nein, sie saßen auch an der Decke, stets bereit, sich auf ihren Kopf fallen zu lassen, sich in ihren Haaren zu verfangen oder auf ihrer Schulter zu lauern. Sie konnte es nicht verhindern, es schüttelte sie am ganzen Körper. Sobald sie diesen Krabbeltieren zu nahe kam, schienen die zu wachsen und zu wachsen. Die haarigen Beine wurden dicker und dicker und die schwarzen Körper dunkler und dunkler.

„Was ist los? Angst vor dunklen Räumen?", frotzelte Tim.

„Eher vor haarigen Achtbeinern."

„Bleib in meiner Nähe, ich bekämpfe die Dämonen, wenn sie dich attackieren", meinte Tim und klopfte ihr aufmunternd auf die Schulter. Dass er sie lediglich ein wenig aufzog, aber nicht auslachte, rechnete sie ihm hoch an.

„Meine Taschenlampe ist schwach, ich hoffe, dass das Licht da unten funktioniert", sagte Harald, der seine Lampe schüttelte, als könne er damit die Batterien wieder aufladen.

„Ich habe zwei recht helle Lampen dabei“, sagte Tim und klopfte auf seine Jackentasche.

Die Tür zum Keller war verzogen. Harald musste sich gegen die Wand stemmen, um sie aufzuziehen. Mit einem Quietschen gab sie schließlich nach. Staub wirbelte auf, als Harald sie mit einem letzten Ruck vollends aufzog. Er musste husten und wedelte dann mit der Hand vor dem Gesicht, um den Staub zu vertreiben. „Hier war schon lange keiner mehr unten“, vermutete er.

„Kann sein. Kann aber auch sein, dass es irgendwo noch einen weiteren Zugang gibt und nur dieser hier ungenutzt war“, gab Tim zu bedenken.

Harald fand einen Lichtschalter. Es war ein uraltes Ding mit einem kleinen Drehschalter in der Mitte. Er drehte den Hebel mit einiger Kraftanstrengung, doch dieser rastete nicht ein, sondern sprang wieder zurück. Beim nächsten Versuch klappte es, aber nichts passierte. Dann rüttelte er einige Male an dem Schalter und bewegte ihn hin und her, ohne jedoch etwas damit zu bewirken. Der Keller blieb dunkel.

„Das passt ja prima ...“, meinte er dann.

„Also an die Taschenlampen und los geht’s“, unterbrach Tim seine Gedanken. Er ließ dem jungen Kollegen den Vortritt. Schließlich hatte der das hellere Licht.

Camilla trat als nächste auf die Holzstufen, die in den Keller hinabführten. Wie schon die Tür, quietschen und ächzten auch die Treppenstufen unter der Belastung.

Tim pfiff leise auf, als er den Absatz der Treppe erreichte und den Lichtstrahl seiner Taschenlampe durch den Raum gleiten ließ.

30.

Hendrik war froh, als er sich von der Pressekonferenz wegschleichen konnte. Hannah hatte sich selbst übertroffen. Die Stellungnahme, die sie formuliert hatte, war genial. Seinem Chef war der Mund offen stehen geblieben. Schon als er zum Stehpult gegangen war, hatte er Hannah in der hintersten Reihe der Reporter stehen sehen. Von ihrem Sender war ein Team im Konferenzraum. Es hätte keine Notwendigkeit bestanden, dass sie die Konferenz selbst mit anhörte. Sie tat es dennoch. Ihre Blicke trafen sich, und sie lächelte ihm aufmunternd zu. Es bestand kein Zweifel. Sie war nicht wegen dem, was gesprochen wurde da, sondern wegen ihm.

Mit lauten, klaren Worten verlas er seine Erklärung, ohne dabei wirklich viel preiszugeben. Auf die Fragen der Reporter ging er erst gar nicht ein. Stattdessen gab er das Wort an seinen Vorgesetzten weiter und verabschiedete sich.

Als er jetzt den Flur zu seinem Dezernat betrat, kam ihm Camilla entgegen. Hendrik blieb stehen und schmunzelte: „Was hast du denn getrieben?“

„Ha ha, sehr komisch“, antwortete sie und wischte sich über die Wange, wobei sie einen grauen Streifen hinterließ.

„Nichts, außer Schmutz und Frust?“, fragte Hendrik, obwohl er die Antwort schon kannte. Sie hätten ihn informiert, wenn sie etwas gefunden hätten.

„So kannst du das nicht sagen. Der Keller war vom Boden bis zur Decke vollgestopft mit Einmachgläsern. Ordentlich sortiert nach Sorten und Jahren. Du kannst dort wählen zwischen Birnen, Kirschen, Zwetschgen und weiß der Himmel was noch allem. Besonders ertragreich war offenbar das Jahr 1971. Zumindest stehen aus diesem Jahr die meisten Gläser dort. 1980 war dann allerdings Schluss mit dem Einkochen. Dieser Keller wäre für die Wissenschaft von größter Bedeutung, sage ich dir, für uns allerdings gab es gar nichts.“

„Wissenschaft?“, hakte Hendrik nach.

„Die Spinnen dort sind von astronomischem Ausmaß.“ Camilla schüttelte sich bei dem Gedanken daran. „Ich habe ganz bestimmt noch nie so große Spinnen gesehen. Ganz sicher sind da Gattungen dabei, die längst als ausgestorben gelten. Dort unten haben sie ihre Zufluchtsstätte gefunden, sag ich dir.“

„Du hast da etwas hängen.“

Camilla machte einen Satz in Richtung Wand, als sie eine Hand in ihrem Nacken spürte. Tim war unbemerkt an sie herangetreten.

„Mach es weg“, schrie sie und schlug um sich. Als sowohl Tim als auch Hendrik anfingen zu lachen, gab sie Tim einen Boxhieb auf den Oberarm.

„Aua!“

„Das hast du dir verdient.“

„Ich wollte dir nur helfen. Sieh her“, sagte er und hielt sich mit einer Hand die Stelle, die sie getroffen hatte, mit der anderen förderte er die Reste eines Spinnennetzes aus ihrem Haar, das er ihr mit hochgezogenen Augenbrauen präsentierte.

„O Mann, das tut mir leid“, sagte Camilla und deutete mit der Nasenspitze in Richtung von Tims Oberarm.

„Schon gut.“

„Geh dich waschen, Camilla. Dann kommst du in mein Büro, wir vernehmen Berg. Du, Tim, schreibst den Durchsuchungsbericht. Wo steckt Harald?“

„Der füllt die Formulare aus“, antwortete Tim.

„Habt ihr was von Max und Bert gehört?“

„Sind in der Spedition und fühlen den Leuten dort auf den Zahn.“

Hendrik nickte und ging dann in sein Büro.

Kurz darauf kam Camilla. Sie hatte den Schmutz in ihrem Gesicht weggewaschen, die Haare gekämmt und ihre Kleidung vom Staub befreit.

Hendrik hatte gerade die Akte zusammengesucht. „Bereit?“, fragte er.

„Auf jeden Fall.“

„Gut, ich habe ihn schon in den Verhörraum bringen lassen. Gehen wir.“

Der Raum war immer kalt. Egal, ob es wie jetzt, Sommer war oder im Winter, wenn die Heizung aufgedreht war. Es hatte den Anschein, dass nichts Wärme in dieses Zimmer bringen konnte. Ob es an dem Betonboden oder den grauen Wänden lag, war schwer zu sagen. Wahrscheinlich war es eine Mischung aus allem. Samuel Berg saß auf dem, am Boden festgeschraubten, Stuhl. Seine rechte Hand war an einem Ring fixiert, der am Tisch angebracht war. Im Raum gab es keine Fenster. Die Neonröhren an der Decke tauchten den Raum in ein künstliches Licht, das jeden, der hier saß, krank aussehen ließ. Die Tür fiel laut hinter ihnen ins Schloss. Samuel Berg zuckte zusammen und drehte sich um, um zu sehen, wer das Zimmer betreten hatte.

Camilla setzte sich gegenüber von Berg, neben Hendrik an den Tisch. Sie sah den Mann an. Es war nicht viel Zeit vergangen, seit er das letzte Mal hier gesessen hatte. Seine Nase war noch blau von der Tür, die er bei ihrem ersten Zusammentreffen abbekommen hatte. Ansonsten wirkte er noch verschreckter als bei ihrer ersten Vernehmung. Sie spürte, dass er wusste, dass sie ihm auf die Schliche gekommen waren. Trotzdem hatte sie Mitleid mit ihm und fragte sich, woher das kam. Für gewöhnlich war sie, so gut es ging, völlig neutral gegenüber den Menschen, die sie vernehmen musste. Sie wusste sofort, wenn jemand log; doch da es nicht verboten war zu lügen, setzte sie lieber ihre Kraft dahingehend ein, eine Lüge aufzudecken, als sie mit Mitleid zu vergeuden. Doch dieser Mann machte einen gebrochenen Eindruck auf sie. Seine Augen wirkten müde vor Angst, die sie ebenfalls darin erkennen konnte.

„Ihre Rechte kennen Sie?“, fragte Hendrik.

Berg nickte, sonst zeigte er keine Reaktion.

„Sie machen mir Sorgen“, fing Hendrik an und sah Berg in die Augen. Der erwiderte kurz den Blick und sah dann hinunter auf die Tischplatte.

Hendrik wartete noch einen Augenblick, bevor er sagte: „Sie sagen mir nicht die Wahrheit. Ich frage mich, warum das so ist. Und ich frage mich, ob Sie in allen Punkten lügen oder nur in einigen.“

Jetzt hatte er Bergs Aufmerksamkeit. Der Mann sah ihn an. „Was meinen Sie?“, wollte er wissen.

„Fangen wir bei Ihrer Arbeit an. Ihr Alibi ist dahin."

Samuels Nackenhaare stellten sich auf. Er fragte sich, was er jetzt tun sollte? Sollte er einen Anwalt verlangen oder einfach gar nichts mehr sagen? Machte er damit alles nur schlimmer? Wenn er nur wüsste, wie viel sie wussten. Er sah auf die Akte, die vor ihm auf dem Tisch lag. Sie war nicht geöffnet. Aber auf jeden Fall war sie sehr dick. Was war da alles drin? Wollten sie ihn vielleicht austricksen? Vielleicht waren nur leere Blätter in der Mappe. Ihm war klar, dass er auf keinen Fall ins Gefängnis gehen wollte. Er würde es nicht ertragen, eingesperrt zu sein.

Doch seine Hoffnung zerplatzte, als der Polizist die Akte aufschlug und die Transportpapiere vor ihm ausbreitete. „Fangen wir hiermit an", schlug Hendrik in ruhigem Ton vor.

Genau so stellte sich Samuel den Angriff einer Schlange vor. Zuerst ganz ruhig und dann blitzschnell. Er mahlte mit dem Kiefer, bis die Zähne knirschten. „Was ist damit?", fragte er, um Zeit zu gewinnen.

Camilla sah den Mann an, der ihr gegenübersaß. Er hatte ein attraktives Gesicht. Seine Wangenknochen standen markant hervor, an seinem Kinn hatte er ein tiefes Grübchen und darunter eine Narbe, die sicher noch aus seiner Kindheit stammte. Nicht einmal die blaugefärbte Nase konnte davon ablenken, dass er ein schönes Gesicht hatte. Die braunen Haare hatte er kurz geschnitten. Offensichtlich war er schon mehrfach mit der Hand durchgefahren, denn sie waren ziemlich verstrubbelt. Unter seinem T-Shirt spannten sich die Muskeln. Ob er die von seinem Job als Krankenpfleger hatte oder erst jetzt, seit der täglich seinen LKW be- und entladen musste, fragte sie sich. Was Camilla jedoch nicht entging, war die Angst, die nach wie vor in seinen Augen stand. Woher rührte die?, überlegte sie. War es die Furcht gleich überführt zu werden oder die, weil er hier unschuldig saß. Obwohl, wirklich unschuldig war er ja nicht, sonst hätte er die Papiere nicht gefälscht. Aber was für ein Geheimnis verbarg er vor ihnen?

„Tun Sie sich und uns einen Gefallen und verschwenden Sie hier nicht unsere Zeit", sagte Hendrik. Sein Ton war ganz ruhig.

Berg holte tief Luft und sah noch einmal auf die Papiere. Dann sah er Camilla direkt in die Augen.

Sie musste sich zusammenreißen, um dem Blick standzuhalten. Dieser Mann jagte ihr einen Schauer über den Rücken. Das Schlimmste daran war, dass sie nicht zuordnen konnte, warum das so war. Waren es die Geheimnisse, die Gefahr, die vielleicht von ihm ausging oder einfach nur der Blick, mit dem er sie bedachte? Sie verzog keine Miene, auch wenn es in ihrem Inneren brodelte und sie anfing zu schwitzen. Doch sie war schon zu lange Polizistin, um sich ihre Emotionen anmerken zu lassen. Lässig hob sie eine Augenbraue, in der Hoffnung, ihn damit zum Reden bewegen zu können. Oder zumindest dazu, den Blick von ihr abzuwenden.

Er wollte sich mit den Händen über das Gesicht reiben, wurde aber von der Kette, die ihn am Tisch fixiert hielt, daran gehindert. Das Metall hatte sich in seine Haut gedrückt und tiefe Striemen hinterlassen. Sein Handgelenk schmerzte.

„Es war vor ein paar Monaten," fing er an. Seinen Blick hielt er nach unten gerichtet. Dabei sah er die vielen Furchen und Buchstaben, die über die Jahre hinweg in die Platte des Tisches geritzt worden waren. Er fragte sich, wie das möglich war. Ihn hatten sie nackt ausgezogen und alles durchsucht, was er dabeihatte. Viel war es nicht, doch jede Hosentasche und jede Jackentasche wurde umgekrempelt. Wie konnte also jemand etwas in diesen Tisch ritzen, wo doch eigentlich keiner einen spitzen Gegenstand dabeihaben konnte. Er merkte, dass er mit seinen Gedanken alles nur aufschob. Also riss er sich zusammen und fing an zu erzählen.

„Ich war in einer Raststätte und aß zu Abend", fuhr er mit leiser Stimme fort. „Bevor ich losgefahren war, war ich bei Tanja." Er blickte kurz auf und fügte hinzu: „Das ist meine Exfrau. Aber das wissen Sie ja sicher." Dann senkte er wieder den Blick und verschränkte seine Hände, so gut es ihm möglich war.

„Sie hatte mich tierisch aufgeregt. Ich wollte eigentlich nur die Post abholen. Außerdem hatte ich noch ein paar Kleinigkeiten im Haus, die ich gerne gehabt hätte. Kleidung und so, Sie wissen schon."

Sie wussten nicht, wovon er sprach, unterbrachen ihn jedoch nicht.

„Jedenfalls schrie sie mich sofort an. Sie warf mir Schimpfwörter an den Kopf, die ich noch nie zuvor aus ihrem Mund gehört hatte. Es regte mich furchtbar auf. Da hockte sie in meinem Haus, das ich gebaut hatte und beschimpfte mich ohne Punkt und Komma. Zudem verkündete sie mir, dass sie mich anzeigen würde, da ich ihr gegenüber gewalttätig geworden sei. Ich schwöre Ihnen, ich habe dieser Frau nie etwas angetan. Ich ging, ohne meine Sachen geholt zu haben. Nur die Post nahm ich mit. Damals hatte ich den Job bei der Spedition noch nicht lange. Ich fuhr hin und belud meinen Laster. An die

Briefe dachte ich erst wieder, als ich Stunden später an die Raststätte fuhr. Ich öffnete einen Umschlag, auf dem nur mein Name und die Anschrift stand, kein Absender, nichts. Darin fand ich den Brief des Notars, in dem er mir das Erbe ankündigte und mir einen Termin nannte. Ich konnte es gar nicht fassen. Bis dahin wohnte ich quasi in meinem Auto und auf einmal sollte mir ein Haus gehören? Ich mochte die Kowatskis. Sie waren ein tolles Ehepaar. Ihr Tod hat mich sehr betroffen gemacht, doch dass sie mir ihr Haus vermachten, darüber hatten wir nie gesprochen. Auf einmal hatte ich Angst, dass Tanja mir dieses Haus auch noch wegnehmen würde. Mit dieser Angst ging ich in die Raststätte. Ich musste meine Ruhepause einlegen. Dabei kam ich mit einigen Kollegen ins Gespräch. Ich kotzte mich regelrecht über meine Ex aus. Die Jungs verstanden mich. Die meisten, die mit am Tisch saßen, waren geschieden. Es tat gut, darüber zu reden. Einer nahm mich zur Seite. Er sagte mir, dass seine Schwester mir helfen könnte. Ich habe erst nicht verstanden, was er mir da erzählte. Unterm Strich kam dabei raus, dass seine Schwester so eine Art Medium sein sollte." Er blickte auf. „Glauben Sie mir, bis dahin habe ich mich mit diesem Zeug noch nie beschäftigt gehabt. Ich glaube nicht an so einen Hokuspokus. Sie wohnte recht weit weg von hier. Doch auf meiner Route kam ich immer wieder mal bei ihr vorbei. Das Problem ist, dass unsere Touren fast auf die Minute getaktet sind. Ich konnte es mir nicht erlauben, eine Hellseherin, oder was auch immer sie war, aufzusuchen. Der Typ bot mir an, dass er jemanden organisieren konnte, der sich um meinen Truck kümmerte. Er meinte, wir Trucker müssen doch zusammenhalten und so was. Trotzdem sollte mich so eine Sitzung eine Stange Geld kosten. Er machte es mir aber so verdammt schmackhaft. Ich hatte keine Ahnung, wie die Frau mir helfen konnte, aber die Aussicht, dass sie die Möglichkeit hatte, meiner Ex eins auszuwischen war so unglaublich verlockend.

Ich musste dann weiterfahren. Doch irgendwie konnte ich die Sache nicht mehr vergessen. Immer wieder musste ich an Tanja und mein Erbe denken. Eines Tages rief ich ihn an. Es war ganz problemlos. Ich übergab meinen Truck, bekam dafür einen Kleinwagen und eine Wegbeschreibung und fuhr zu der Frau. Alles was ich mitbringen musste, waren Bilder von Tanja.

Als ich an ihrem Haus ankam, erschrak ich über mich selbst. Hatte ich wirklich jemand völlig Fremden meinen Truck gegeben und stattdessen einen schrottreifen Kleinwagen bekommen? Ich hatte so eine Angst, wie schon lange nicht mehr. Trotzdem klingelte ich.“ Berg machte eine Pause und sah die beiden Beamten an, die ihm gegenübersaßen. Mit einem leichten Anflug von Unbehagen, stellte er fest, dass sie jedem seiner Worte lauschten. Um es hinter sich zu bringen, fuhr er fort: „In der nächsten Stunde kritzelte ich mit einem roten Stift über die Bilder, löschte quasi Tanjas Gesicht aus. Das tat so gut, kann ich Ihnen sagen. Ich ließ einen Stapel Scheine dort und bekam meinen Truck wieder dort, wo ich ihn übergeben hatte. Ich konnte das alles gar nicht fassen.

Bei unserer nächsten Zusammenkunft gab sie mir eine Puppe, die ich mit Nadeln durchbohren konnte. Ich bin ein erwachsener Mann, trotzdem verschaffte auch das mir Freude und Erleichterung. Zu Hause warf ich alles auf den kleinen Tisch in dem Zimmer, das sie durchsucht haben. In dieser Nacht dachte ich dann aber, dass ich mich ja völlig zum Narren machte. Ich schämte mich dafür, was ich getan hatte. Ich habe das Zimmer nicht mehr betreten und auch die Frau nicht mehr aufgesucht. Ich habe einen Haufen Geld liegen lassen und bin meinen Job los, wenn mein Boss davon erfährt. Keine Ahnung, was das alles sollte. Ich habe auch nichts mehr von der Frau gehört, verstehen Sie? Sie bedrängt mich nicht oder so. Es hat auch keiner bei mir eingebrochen und mit der Fracht hat auch alles hingehauen, so wie ich das überschauen konnte. Die Zeit war zu kurz, um den Truck für irgendwelche illegalen Dinge zu benutzen, trotzdem liege ich fast jede Nacht wach und frage mich, was ich da getan habe und wozu. Wissen Sie, ich bin nicht völlig auf den Kopf gefallen. Ich weiß, dass heutzutage niemand etwas für einen tut, einfach nur der guten Tat willen. Schon gar nicht einem Wildfremden. Wozu auch. Ich habe selbst keine Ahnung, was ich von der Sache halten soll. Ich wünschte, das alles wäre nie passiert." Samuel Berg machte eine Pause. Er hob seinen Blick und sah die beiden Beamten an. Er würde ihnen nicht verübeln können, wenn sie ihm kein Wort glaubten. Er wusste selbst, wie fantastisch diese Geschichte sich anhörte.

Hendrik tauschte einen Blick mit Camilla aus. So eine Story hatte er noch nie gehört. Entweder der Typ hatte einen an der Klatsche, eine überschäumende Fantasie oder er konnte lügen, dass sich die Balken bogen.

Dieser Berg löste ein Gefühl in Camilla aus, das sie nicht benennen konnte und ihr Unbehagen bereitete. Angst war es nicht, überlegte sie. Doch sie spürte, wie sich die Härchen an ihren Armen aufstellten und sie eine

Gänsehaut bekam. Am liebsten hätte sie sich mit den Händen über die Arme gerieben, doch sie hielt sich zurück. Sie würde keinerlei Gefühle preisgeben. Trotz ihrer Beklemmung zwang sie sich, ihr Gegenüber anzusehen. Er musste gewaltige Schmerzen haben. Hiervon merkte man ihm aber nichts an. Auch er versuchte ganz offensichtlich, seine Gefühle zu beherrschen. Dann zwang Camilla sich, ihre Gedanken wieder auf den Fall zu richten.

„Wir brauchen die Daten von allen beteiligten Personen", sagte sie und durchbrach damit die Stille. Sie schob Berg einen Block und Stift über den Tisch zu und sah ihn mit unbewegter Miene an.

Im selben Moment klopfte es an der Tür des Vernehmungszimmers und Tim kam herein. Er entschuldigte sich leise und legte vor Hendrik einen Aktenhefter auf den Tisch. Mit einem kurzen Nicken verabschiedete er sich wieder.

Berg hatte inzwischen den Stift gegriffen und schrieb etwas auf.

Hendrik schlug die Mappe auf und überflog die Daten, die auf einem Blatt ausgedruckt waren. Einen Fluch unterdrückend, gab er Camilla die Akte.

31.

Als Hendrik nach Hause kam, war es schon weit nach Mitternacht. Er hatte den Punkt der Müdigkeit überwunden und war innerlich total aufgekratzt. Während er die Haustür aufschloss, überlegte er, ob er jemals wieder wie ein normaler Mensch würde schlafen können. Die Nacht war mild, der Sommer hatte bislang ganze Arbeit geleistet. Zu gerne hätte er sich noch mit einem Glas Wein und einem Buch auf seine Dachterrasse gesetzt. Doch in weniger als sieben Stunden musste er wieder im Büro sein. Andererseits würde er jetzt sowieso nicht schlafen können. Die letzten Stunden waren ereignisreich und frustrierend gewesen. Vielleicht sollte er sich und seinem Chef einen Gefallen tun und sich eine andere Stelle suchen.

Doch noch bevor Hendrik diesen Gedanken zu Ende gedacht hatte, fielen ihm die Frauen ein, deren Leben auf dem Spiel stand. Er war ihre einzige Hoffnung. Er und sein Team, schränkte er sich ein. Sie hatten alle gute Arbeit geleistet. Doch gegen einen Fingerabdruck kam er nicht an. Aus dem Bericht, den Tim ihm gegeben hatte, ging hervor, dass sowohl an dem Briefumschlag, als auch auf dem Brief selbst, Fingerabdrücke gesichert werden konnten. Eine Übereinstimmung mit den Abdrücken von Berg gab es jedoch nicht. Allerdings auch nicht mit dem

Datenbestand. Wer immer seine Fingerabdrücke hinterlassen hatte, hatte das getan, weil er sich sicher sein konnte, dass man keine Rückschlüsse auf ihn ziehen konnte.

Der Staatsanwalt hatte den Haftbefehl gegen Berg aufrechterhalten. Man konnte schließlich nicht davon ausgehen, dass es nur einen Täter gab. Jedenfalls würde Berg die Nacht im Gewahrsam verbringen. Als er diese Tatsache erkannt hatte, war er regelrecht blass geworden. Hendrik wurde aus dem Typ nicht schlau. Er machte nicht den Eindruck eines abgebrühten Straftäters. Und trotzdem stank die Geschichte, die er ihnen aufgetischt hatte, bis zum Himmel.

Dazu kam noch, dass sich heute gleich zwei Mütter der verschwunden Frauen gemeldet hatten, zwei Mütter, die von ihm wissen wollten, warum ihre Töchter noch nicht gefunden worden waren. Sie hatten keinen Augenblick daran gedacht, dass ihre Kinder einfach aus freien Stücken abgehauen waren. Für beide stand, unabhängig voneinander fest, dass diese gegen ihren Willen irgendwo festgehalten wurden. Auch wenn sie es nicht aussprachen, machten sie ihm mit jedem Wort, das sie mit ihm gewechselt hatten, einen stillen Vorwurf. Sie vermittelten ihm das Gefühl, auf voller Ebene zu versagen.

Nachdem er seine Schuhe im Dunkeln ausgezogen hatte, schaltete Hendrik jetzt das Licht in seiner Wohnung ein. Wie immer blieb er einen Moment stehen und schaute in den weitläufigen Raum hinein, der ihn noch immer mit Stolz und Faszination erfüllte. Er hatte sich die alte Fabrikhalle vor einigen Jahren aus einer Laune heraus gekauft. Sie war billig gewesen, und er hatte das Gefühl gehabt, etwas Verrücktes tun zu müssen. In unzähligen Stunden harter Arbeit, hatte er aus der Halle ein Loft geschaffen. Eigentlich war die Fläche viel zu groß. Über dreihundert Quadratmeter für ihn alleine, grenzten an Größenwahn. Doch je mehr Arbeit er in dieses Projekt gesteckt hatte, desto mehr war ihm die Halle ans Herz gewachsen. Die roten Ziegelsteine, aus denen das ganze Gemäuer erbaut worden war, waren auch von innen sichtbar. Vor ihm tat sich der riesige Ess- und Wohnbereich auf. Die Küche war aus Edelstahl und schwarzen Hochglanzfronten. Nach wie vor, konnte er sich nicht an dem Ergebnis satt sehen. Obwohl er eigentlich fast keine Zeit hatte, kochte er, wann immer er konnte. Er liebte es einfach, mit frischen Zutaten herumzuexperimentieren.

Im hinteren Teil der Halle, hatte er mit Glasbausteinen ein Bad und WC abgegrenzt. Das Bad war eine wahre Oase. Die Dusche war so groß, dass man darin wahrscheinlich auch tanzen konnte. Das hatte er noch nicht versucht, könnte sich aber an den Gedanken gewöhnen. Zudem hatte er eine Badewanne mit Whirlpool eingebaut. Die Fliesen waren aus schwarzem Granit, als Kontrast dazu hatte er weiße Waschbecken gewählt. Die Außenwand hatte er größtenteils einfach herausgerissen und durch eine Fensterfront ersetzt.

Neben dem Bad befanden sich zwei Schlafzimmer und sein Arbeitszimmer.

Im letzten Jahr war dann auch seine Dachterrasse fertig geworden. Sie erstreckte sich über die gesamte Fläche des Gebäudes. Der Statiker hatte ihm auferlegt, einige Stützpfeiler in die Halle einzuziehen. Das hätte zwar fast seinen finanziellen Rahmen gesprengt, doch das

Ergebnis war einfach überwältigend. Die Stützen störten die Optik des Lofts nicht, und auf dem Dach hatte er eine grüne Oase geschaffen.

Was soll's, dachte er und holte sich aus dem Kühlschrank eine Flasche Bier. Dafür war sicher noch Zeit. Hendrik streifte seine Anzugjacke ab, legte sie über einen Barhocker und ging dann die Stahltreppe hinauf, die auf sein Dach führte. Zwar hatte er eine ausgeklügelte Beleuchtung installiert, doch heute Nacht zog er es vor, im Dunkeln zu bleiben. Da die umliegenden Gebäude des ehemaligen Industriegebiets ausnahmslos leer standen, brannten auch keine Straßenlaternen. Einige Hallen hatten schon einen Käufer gefunden, doch derzeit war er der einige Mensch, der hier lebte. Die Dunkelheit ermöglichte es ihm, eine einzigartige Sicht auf den atemberaubenden Sternenhimmel zu haben.

Hendrik legte sich in seine Hängematte und stellte die Bierflasche neben sich auf den Boden. Er verschränkte die Hände unter dem Kopf und schaute nach oben, während die Hängematte leicht hin- und herschwang. Die Luft war nach wie vor warm und völlig windstill. Wenige Augenblicke später schlief er ein.

32.

Melissa hatte sich mehrere Mal übergeben. Sie rechnete es den anderen Frauen hoch an, dass keine etwas sagte, obwohl es in dem Raum mittlerweile übel stank. Zum ersten Mal, seit sie hier eingesperrt war, war sie deshalb auch froh, als die Tür aufging. Dann war der Scheißkerl aber nicht einmal hereingekommen. Mit einem lauten Knall schlug er die Tür wieder zu. Doch kurz darauf kam er wieder zurück. Er hatte den Schlauch angeschlossen und spritzte die Sauerei weg. Mit einem Schieber zog er alles in den Abfluss in der Mitte des Raumes.

Dass er sie dabei nicht beachtete, war ihr nur recht. Ihr Körper schmerzte erbärmlich. Während der gesamten Prozedur sprach keiner ein Wort.

Nachdem er die anderen Frauen sich hatte waschen und ihre Morgentoilette erledigen lassen, stellte er, wie üblich, das Frühstück vor jede Frau auf den Boden. Das alles geschah in vollkommender Stille. Kein Wort wurde gesprochen, kein Laut war zu hören. Erst als er die Tür erneut geschlossen und dieses Mal auch verriegelt hatte, begannen die anderen zu essen. Die Geräusche, die dabei entstanden, hallten in Melissas Kopf wider. Am liebsten hätte sie alle darum gebeten, leise zu sein. Doch dazu hätte sie sprechen müssen, und das fiel ihr im Augenblick einfach zu schwer. Außerdem mussten sie etwas essen. Dass es ihr nicht danach war, war ganz alleine ihre Schuld. Keiner hatte ihr gesagt, dass sie sich mit ihm anlegen sollte.

Der Geruch nach Nahrung verursachte ihr noch mehr Übelkeit. Dass sie eine Gehirnerschütterung hatte, stand wohl fest, dazu brauchte sie keinen Arzt. Ganz sicher hatte sie auch eine gebrochene Rippe. Die Schmerzen beim Atmen waren besorgniserregend. Doch wenn sie sich nicht stark bewegte, konnte sie die aushalten. Wer hätte gedacht, dass es einmal von Vorteil war, angekettet zu sein und damit einen äußerst beschränkten Bewegungsradius zu haben. Ein Laut brach sich aus ihrer Kehle. Von den Schmerzen, die er verursachte, trieb es ihr Tränen in die Augen. Eine neue Welle der Übelkeit schwappte über sie hinweg.

Melissa konzentrierte sich mit aller Kraft auf ihre Atmung. Wenn sie sich jetzt übergab, wären sie für Stunden dem Gestank ausgesetzt. Zudem war ihr Magen sicher leer und es würde ihr nur noch mehr Schmerzen bereiten.

„Wie fühlst du dich?“, fragte Eva.

„Schlecht“, antwortete Melissa. Zu mehr war sie nicht in der Lage.

„Du musst versuchen zu trinken. Du hast viel Flüssigkeit verloren.“

Warum war Eva so fürsorglich, fragte sich Melissa. Immerhin hatte sie alle durch ihre Dummheit in Gefahr gebracht. Doch Eva hatte recht. Ein paar Schluck Wasser wären gut für sie. Unter großer Anstrengung griff sie nach dem Becher und nippte daran. Das Schlucken schmerzte in den Rippen, doch im Hals linderte es ein

Brennen, das sie bis dahin gar nicht gespürt hatte. Gleich noch einmal, dachte Melissa und nippte wieder.

„Mach langsam, dass du es bei dir behältst", riet ihr Eva.

Melissa nickte und setzte den Becher wieder ab. Dann kam auch der Hunger. Vielleicht schadete es nicht, etwas trockenes Brot zu essen, überlegte sie und knabberte dann ganz langsam an einer Scheibe herum. Schon nach wenigen Happen spürte Melissa, wie wieder etwas Kraft in ihren Körper zurückkehrte.

„Was für ein Zeichen hat er mir in die Haut gebrannt?", fragte sie leise in den Raum hinein, ohne dabei den Blick von ihrem Brot zu nehmen. Diese Frage beschäftigte sie, wann immer der Schmerz es zuließ.

„Kein Zeichen", antwortete Jessica.

Kein Zeichen? Was dann?, überlegte Melissa. Hatte er ihr einfach nur aus Spaß an der Freude und weil er es konnte, diese Schmerzen zugefügt?

„Was dann?", fragte sie leise. Mittlerweile hatte sie Angst vor der Antwort und war sich nicht mehr sicher, ob sie die überhaupt noch hören wollte.

„Er hat dir deine Nummer eingebrannt."

„Meine Nummer?" Was sollte das denn bedeuten? Dass der Kerl verrückt war stand ja fest, aber was sollte das für eine Nummer sein?

„Du bist die Vierzehnte. Er hat dir eine Vierzehn in die Haut gebrannt", antwortete Sandra.

Melissa fiel die Brotscheibe aus der Hand. Sie hatte keine Energie mehr, sie aufzuheben. Er hatte sie gebrandmarkt wie ein Stück Vieh, ging es ihr durch den Kopf. Wozu hatte er das getan? In diesem Moment schaltete sich das Licht aus und ihre Welt wurde wieder schwarz.

33.

Obwohl es schon so spät gewesen war, bis sie endlich Feierabend gemacht hatten und Max eigentlich nur noch ins Bett wollte, war er trotzdem noch zu Melanie in die Kneipe gefahren. Auf dem Weg dorthin musste er an Bert denken. Sein Partner hatte sich verändert. Es machte ihm Sorgen, dass er irgendwann den Draht zu ihm verloren zu haben schien. Er wusste, wenn es hart auf hart käme, würde er sich hundertprozentig auf ihn verlassen können. Doch immer öfters machte Bert einen abwesenden Eindruck. Heute Morgen hatte er stundenlang an seinem Rechner gesessen. Max war davon ausgegangen, dass er in dem Fall recherchiert hatte, doch ganz sicher war er sich da nicht. Worin er hingegen sicher war, war, dass sein Partner sich alleine fühlen musste. Bert war kein Mensch, der ohne Beziehung leben konnte. Auch wenn seine Ex ihm das Leben oft zur Hölle gemacht hatte, hatte Max doch immer das Gefühl gehabt, dass Bert gerne nach Hause gegangen war. Zudem waren da noch die beiden Kinder. Max wusste, dass Bert sie über alles liebte. Er hatte mehrere Bilder von ihnen auf seinem Schreibtisch stehen. Doch seit seine Ex ihn rausgeworfen hatte, hatte er die Kinder nicht mehr gesehen. An den Terminen, die ihm von Gericht zu Besuchszwecken gestattet wurden, hatten sie immer eine Ausrede gehabt, die es ihnen unmöglich machte, ihren Vater zu besuchen. Max verstand nicht, wie eine Mutter ihre Kinder derart gegen den eigenen Vater aufbringen konnte. Es waren so viele Wochenenden vergangen, auf die Bert sich die ganze Woche gefreut hatte, da er seine Kinder wiedersehen würde. Wenn er dann montags zur Arbeit kam, war er jedes Mal frustriert gewesen. Er konnte es seinem Partner nicht verdenken, dass der eine Mordswut auf seine Ex hatte. So gesehen war er besser dran, da er keine Kinder hatte, die unter der Trennung litten. Die Scheidung hatte Bert förmlich den Boden unter den Füßen weggezogen. Er hätte ihm gerne von Melanie erzählt. Doch die Sorge, dass Bert dann in ein noch tieferes Loch fiel, hielt ihn letztendlich immer davon ab. Andererseits, wenn er ihn fragte, ob sie miteinander auf Tour gehen sollten, lehnte Bert immer ab. Deshalb hatte er sich schon mehrfach gefragt, ob es nicht doch jemand im Leben seines Partners gab, von dem er nichts wusste.

Dann wanderten seine Gedanken weiter zu Melanie. Je später es geworden war, desto unruhiger war er geworden. Es hatte ihn zu ihr gezogen, und dieser elendige Fall machte es ihm unmöglich, wie ein normaler Mensch Feierabend zu machen. Und wozu das alles? Schon wieder waren alle Spuren ins Leere gelaufen. Es war so frustrierend. Umso mehr hatte er sich dann gefreut, Melanie vielleicht doch noch sehen zu können, als er endlich die Dienststelle hatte verlassen können.

Jetzt hielt er an der Straße gegenüber der Kneipe an und sah gerade noch, wie Melanie mit ihrem schwachsinnigen Kollegen auf die Straße hinaustrat. Max stellte den Motor ab und wartete, bis sie abgeschlossen hatte. Sie hatte ihn noch nicht entdeckt. Bei ihrem Anblick musste er lächeln. Wie immer trug sie ein enges T-Shirt und Jeans. Während sie den Schlüssel in ihre Handtasche steckte, sagte sie etwas zu Josh. Max wunderte sich gerade noch, dass er sich den Namen von diesem Vollpfosten hatte merken können, als er sah, wie der Melanie zu sich heranzog und versuchte, sie zu küssen. Sie versuchte sich aus seinen Armen zu befreien und sagte etwas zu ihm, das Max zwar hören, aber nicht verstehen konnte. Sie ließ ihre Handtasche fallen und drückte den Mann mit beiden Händen weg, doch er ließ keinen Millimeter von ihr ab. Stattdessen versuchte er weiter, sie zu küssen. Dass sie sich dabei immer heftiger wehrte, schien ihn nicht im Geringsten zu beeindrucken. Max stieß die Autotür auf und war mit wenigen Schritten bei Melanie, gerade als sie ihr Knie hob und es zwischen Joshs Beine krachen ließ.

Keuchend brach Josh zusammen, doch sofort zog Max ihn wieder auf die Beine und drückte ihn gegen die Hauswand. Er presste seinen Unterarm gegen den Hals seines Gegenübers mit der anderen Hand packte er dessen zerlöchertes Shirt. Der Stoff gab unter der Belastung nach, man hörte ein lautes Reißen des Gewebes. Max packte noch ein wenig fester zu und sagte in ganz ruhigem Ton: „Du kleine Ratte. Wenn du das noch einmal versuchst, schwöre ich dir, dass sich das, was du gerade empfindest, für dich wie eine Rangelei unter Kindergartenkindern anfühlen wird.“

Josh stand der Schweiß auf der Stirn. Er presste die Augen zu und biss die Zähne zusammen. Um ihn herum drehte sich alles. Melanie hatte ihn voll erwischt. Er wollte sich nur noch wie ein Baby zusammenrollen und am Boden liegen bleiben. Doch daran hinderte ihn dieser Muskelprotz. Unter dessen Griff kam Josh sich vor, als wäre er ein Kleinkind, das man mal eben in die Luft hob. Er hatte keine Ahnung, was in ihn gefahren war, doch den ganzen Abend schon hatte er das Bedürfnis gehabt, Melanie zu küssen. Konnte er doch nicht wissen, dass die Sache mit diesem Spinner hier ernst war.

„Hast du mich verstanden?“, fragte Max. Seine Stimme klang noch immer ruhig und gelassen, was viel schlimmer war, als wenn er getobt hätte.

Josh nickte so gut es ihm in seiner Position möglich war.

Max nahm beide Hände gleichzeitig von dem Josh weg. Er sah zu, wie der Kerl zu Boden sackte und dort liegenblieb.

„Du rufst morgen den Chef an und lässt dich in eine andere Schicht einteilen“, sagte Melanie, nahm ihre Handtasche vom Boden weg und wandte sich von ihrem Kollegen ab. Sie war geschockt und zitterte am ganzen Körper, doch das würde sie hier nicht zeigen. Sie war nur froh, dass man ihrer Stimme nicht anhörte, wie sehr sie zitterte. Was war nur in Josh gefahren?, fragte sie sich. Sie arbeiteten nun schon so lange zusammen. Bisher war ihre Beziehung toll gewesen. Er war für sie fast etwas wie ein kleiner Bruder gewesen. Das, was gerade passiert war, hatte sie voll aus der Bahn geworfen. Zum ersten Mal sah sie jetzt zu Max, der neben ihr stand und sie ganz genau musterte. Ohne etwas zu sagen, legte er den Arm um ihre Schultern und führte sie zu seinem Wagen.

Er öffnete ihr die Tür und half ihr beim Einsteigen. Als er selbst einstieg, sah er noch mal zur Kneipe rüber. Der Verlierer lag noch immer zusammengekrümmt am

Boden. Er würde noch eine ganze Weile Schmerzen haben, überlegte Max und das zu Recht. Er musste sich zusammenreißen, um nicht noch einmal über die Straße zu gehen und dem Kerl einen Tritt in die Rippen zu verpassen. Doch dann dachte er an Melanie und zog die Autotür zu. Melanie hatte ihren Blick starr nach vorne gerichtet. Sie hatte ihre Schuhe ausgezogen und die Beine auf dem Sitz angezogen. Er legte ihr den Sicherheitsgurt an und fuhr ihr sachte mit der Hand über die Wange. Dabei strich er ihr ein Haar von der Wange und schob es ihr hinter das Ohr. Für einen Moment legte er seine Hand auf ihre Schulter. Durch den Stoff ihrer Kleidung durch spürte er, wie sehr sie zitterte. Max startete den Wagen und fuhr, so schnell es ging, zu sich nach Hause.

Dort half er ihr wieder aus dem Wagen und führte sie in seine Wohnung. Er legte sie auf sein Bett und zog sie in die Arme. Dabei streichelte er ihr über das Haar.

Es gingen ihm tausend Dinge durch den Kopf, die er ihr gerne gesagt hätte, aber dann schwieg er doch und hielt sie fest, bis das Zittern nachließ.

„Soll ich dir einen Cognac bringen?“, fragte er schließlich.

„Nein, geht langsam wieder“, antwortete Melanie. „Danke“, fügte sie leise hinzu.

Es waren die ersten Worte, die sie an diesem Abend miteinander wechselten. „Du hättest meine Hilfe nicht gebraucht“, meinte Max. „Aber ich bin froh, dass ich trotzdem in deiner Nähe war.“

Melanie nickte. Er hatte ihr früher am Abend geschrieben, dass er nicht wusste, wann er heute fertig wurde. Die Aussicht, dass sie sich heute nicht mehr sehen würden, hatte sie traurig gemacht, was sie wiederum erstaunt hatte. Bisher hatte es ihr nie viel ausgemacht, wenn sie von jemandem versetzt worden war oder sie einen Abend alleine verbrachte. Dann kam diese Geschichte mit Josh. Sie war so überrascht von der Situation gewesen, dass sie zuerst gar nicht in der Lage gewesen war, zu reagieren. Der Tritt war eine reine Verzweiflungstat gewesen. Sie hatte gar nicht darüber nachgedacht. Und dann war auf einmal, wie aus dem Nichts heraus, Max neben ihr gewesen. Sie hätte vor Freude und Erleichterung am liebsten geweint.

„Zeigst du ihn an?“, unterbrach Max jetzt ihre Gedanken.

„Nein, ich glaube nicht.“

„Das musst du entscheiden. Sag es mir, wenn du es dir anders überlegst.“

Wieder nickte Melanie und sah ihm dabei in die Augen.

Er legte die Hand an ihr Gesicht und strich mit dem Daumen leicht über ihre Wange. Dann zog er sie wieder in seine Arme.

Tim war direkt nach Hause gefahren, nachdem er endlich seinen Chip an das Lesegerät, das die Arbeitszeit erfasste, gehalten hatte, um auszustempeln. Er war todmüde gewesen. Doch dann lag er im Bett und starrte die Decke an, wie er es in letzter Zeit immer öfter tat. Er hatte es satt, alleine einzuschlafen und alleine aufzuwachen. Wie aus heiterem Himmel, durchkreuzte der Gedanke an Camilla seine Überlegungen. Warum gerade sie ihm einfiel, verstand er zwar nicht, da es aber Schlimmeres gab, war das in Ordnung. Vielleicht lag es daran, dass er die letzten Male genossen hatte, als sie miteinander noch etwas gegessen oder getrunken hatten.

Er griff nach seinem Handy, das neben ihm auf dem Stuhl lag, den er als Nachttisch benutzte. Rasch tippte er ihr eine Nachricht. *Schläfst du schon?* Er musste nicht lange warten, dann kam die Antwort *Ne, starre noch Löcher in die Decke. Du hast sie davor bewahrt, zu einem Schweizer Käse zu werden.*

Tim musste lächeln, dabei fragte er sich, wie viele Menschen gerade verzweifelt versuchten, in den Schlaf zu finden. Er sah auf seinen Wecker. Fast ein Uhr in der Nacht. Was für ein Mist.

Woran denkst du? Schrieb er und wartete bis die Nachricht zugestellt war.

Ich war am Nachmittag noch mal im Standesamt. Irgendwie musste ich Bergs Leben lückenlos vor mir liegen haben. Jetzt habe ich zwar sein Hochzeitsdatum und das seiner Scheidung, aber das bringt mich nicht wirklich weiter.

Tim hatte sich schon gefragt, wo Camilla hingegangen war, als sie die Dienststelle verließ. Er war davon ausgegangen, dass sie sich etwas zu essen holte und war leicht angefressen, weil er auch Hunger hatte. *War wirklich ein Scheißtag heute,* stimmte er ihr zu.

Weißt du was komisch war, ich bin dabei auf Max' und Berts Unterlagen gestoßen. Das war ein seltsames Gefühl, wo sie doch nicht über ihr Privatleben erzählen.

Ja, das konnte er nachvollziehen. Es war etwas Anderes im Leben von Verdächtigen oder Opfern zu graben. Aber bei Menschen, die man kannte, kam es einem wie ein Verrat vor. *Wir erzählen ihnen einfach nichts davon ...,* schlug Tim vor.

Gute Idee. Ich glaube, jetzt kann ich schlafen. Gute Nacht.

Dir auch.

34.

Es musste mittlerweile ganz sicher mehr als ein Tag vergangen sein. Er war nicht wiedergekommen. Nachdem er ihnen ihr Frühstück ausgeteilt hatte, blieb die Tür geschlossen und das Licht dunkel. Das hatte es noch nie gegeben. So grausam er sie auch hielt, er hatte bislang keine Mahlzeit ausgelassen. Dass es diesmal der Fall sein musste, machte sich nach und nach bei ihnen bemerkbar. Vor Hunger krampfte ihnen der Magen, und mittlerweile mussten alle zur Toilette. Am Schlimmsten war jedoch der Durst.

„Ob er einen Unfall hatte und deshalb nicht kommen kann?“, fragte Klaudia. Ihre Blase drückte derart, dass sie sie nicht mehr lange würde kontrollieren können.

„Er kommt sicher gleich“, meinte Yvonne.

„Das sagst du schon seit Stunden“, antwortete Karen. Sie war am Verzweifeln. „Was passiert aber, wenn er nicht mehr kommt? Vielleicht ist er verreist oder er wurde festgenommen. Was ist, wenn er nicht mehr kommt?“, wiederholte sie ihre Befürchtung.

Niemand antwortete. Jede hing ihren Gedanken nach und spann sich ihr eigenes Horrorszenarium.

Melissa hatte sich nicht mehr übergeben müssen, doch damit endete auch schon die Auflistung der positiven Dinge ihres derzeitigen Lebens. Ihr war nach wie vor speiübel, und die Schmerzen in ihrer Brust waren unverändert stark. Zudem dröhnte ihr der Schädel, als würde sich jemand mit einem Presslufthammer darin austoben. Im Gegensatz zu den Anderen, war Hunger ihr kleinstes Problem.

Sobald sie in den letzten Stunden eingeschlafen war, hatte sie von ihrer Mutter geträumt. Mehr als einmal war sie mit tränenbedeckten Wangen aufgewacht. Sobald sie wieder eingeschlafen war, hatte sie einfach nahtlos weitergeträumt. Sie fragte sich, warum sie ausgerechnet jetzt von ihrer Mutter träumte. Hatte das etwas zu bedeuten? War das ihre Art, damit klarzukommen, dass es bald zu Ende mit ihr gehen würde? Sie hatte sich nie mit ihrem eigenen Tod befasst. Der Tod ihres Bruders hatte in den letzten beiden Jahren zwar stets im Mittelpunkt gestanden, doch dass sie ihm so bald folgen würde, daran hatte sie nie gedacht. Sie war davon ausgegangen, dass sie noch viele Jahre auf dieser Welt nach der Gerechtigkeit und dem Sinn suchen würde, der hinter seinem Tod stand. Nach wie vor sprang sie auf, wenn es an der Tür klingelte, bis ihr einfiel, dass er es nicht sein konnte. Wie oft hatte sie sich gefragt, wie ihre Mutter sich wohl fühlte, aber keine Antwort darauf gefunden. Sie sprachen viel über Ben, doch dabei hingen sie eigentlich immer ihren Erinnerungen nach. Sie erzählten sich Geschichten darüber, wie er war. Melissa berichtete ihrer Mutter von all den Streichen, die sie nicht mitbekommen hatte, und ihre Mutter erzählte aus der Zeit, als Ben noch ein kleiner Junge war. Er war nur zwei Jahre älter gewesen als Melissa, was bedeutete, dass sie in diesem Jahr so alt war, wie er, als er starb.

Wie würde ihre Mutter es verkraften, wenn sie beide Kinder im gleichen Alter verlieren würde. Sie hatte damals alles versucht, was in ihrer Macht stand, Ben davon abzuhalten, zur Armee zu gehen. Er war noch nicht einmal neunzehn Jahre alt gewesen. Sie konnte es nicht verstehen, dass es auf dieser Welt Länder gab, die quasi Kinder rekrutierten. Als Ben jedoch damit drohte, den Kontakt abzubrechen, überwog die Angst, ihr Kind wegen eines Streits zu verlieren und sie willigte ein. Der nächste Streit kam, als er ankündigte, einen Auslandseinsatz mitzumachen. Da war er noch keine zwanzig Jahre alt gewesen. Wieder hatte er sich durchsetzen können.

Als sie nach einigen Monaten vor ihrer Tür standen, die Männer in den gestärkten Uniformen, wusste Melissa sofort, was los war. Sie hatte ihre Mutter geholt und die Männer ins Wohnzimmer geführt. Sie fragte sich, ob ihretwegen auch jemand auf dem Sofa gesessen hatte. Hatte ihre Mutter die Polizei verständigt? Suchte man nach ihr? Im Fernsehen sah sie immer, dass man frühestens nach drei Tagen jemanden als vermisst melden konnte; wenn das der Fall war, überlegte sie weiter, wie viele Menschen hatten dann schon sterben müssen, weil die Hilfe einfach zu spät kam.

Sie fragte sich, wie es ihrer Mutter wohl ging. War sie so stark wie bei Ben, als sie erst geweint hatte, als die Soldaten ihr Haus wieder verlassen hatten? Ging sie vielleicht davon aus, dass sie, Melissa, vielleicht einfach ausgerissen war und sorgte sich noch gar nicht um sie? Nein, das konnte sie nicht glauben. Sie und ihre Mutter waren die einzigen, die übrig waren, es gab nur noch sie beide.

Evas Stöhnen neben sich, riss sie aus ihren Gedanken. „Was wird aus uns werden?“, fragte die Frau neben ihr leise. Keiner antwortete.

35.

Das Klingeln seines Handys holte Hendrik aus dem Schlaf. Als ihm bewusst wurde, wo er war, setzte er sich so plötzlich auf, dass er dabei seine Bierflasche umstieß, die noch immer auf dem Boden stand. Der nächste Tag war bereits angebrochen. Er fluchte leise vor sich hin. Während er das Gespräch annahm, sah er auf seine Uhr. Zum Glück, er hatte nicht verschlafen. Allerdings tat ihm jeder Knochen weh. Offensichtlich war er zu alt, um in einer Hängematte einzuschlafen. Er fluchte und stellte die Bierflasche wieder hin. Das würde eine Sauerei geben, dachte er.

„Baur", meldete er sich.

„Nanu, so förmlich?", fragte Hannah.

„Hannah, du bist es. Ich habe nicht darauf geachtet, wer anruft."

„Bist du schon unterwegs? Du hörst dich so anders an", wollte sie wissen.

Hendrik lachte leise auf. „Nein, ich bin noch zu Hause. Du hast mich geweckt. Ich bin auf der Terrasse eingeschlafen." Als er sich streckte, entfuhr ihm ein Stöhnen.

„Ach du lieber Himmel. Ich habe schon damit gerechnet, dass es spät bei dir geworden ist, weil du dich gar nicht gemeldet hast."

Sofort packte ihn das schlechte Gewissen. Sie hatte recht. Normalerweise meldete er sich bei ihr, wenn es etwas Neues gab und sie ebenfalls auf glühenden Kohlen saß. Nicht wegen ihrer Sendung, sondern weil sie der Ermittlungsstand einfach interessierte.

„Tut mir leid, ich hab' es vergessen."

„Mach die Tür auf, ich hab' frische Brötchen dabei. Du kannst dich bei einem Frühstück entschuldigen und mir dann alles erzählen."

Hendrik schüttelte den Kopf und lächelte. Er steckte sein Handy ein, nahm noch schnell eine Gießkanne und goss Wasser über das verschüttete Bier. Dann ging er mit der Flasche nach unten und öffnete Hannah die Tür. Sie hielt ihm strahlend die Bäckertüte unter die Nase und drückte ihm zur Begrüßung einen Kuss auf die Wange.

Hendrik hatte mit Hannah ausgiebig gefrühstückt. Trotzdem war es noch so früh, dass er alleine war, als er ins Büro kam. Sein erster Anruf galt der Gewahrsamseinheit. Er erkundigte sich nach seinem Inhaftierten. Berg hatte offensichtlich eine schlaflose Nacht hinter sich gebracht. Nun, das würde ihn nicht umbringen. Was Hendrik wirklich Kopfschmerzen bereitete, war die Tatsache, dass sie immer noch keine Anhaltspunkte hatten, wo die Frauen versteckt gehalten wurden. Sie konnten Berg nicht ewig festhalten. Selbst, wenn er ihnen ein Geständnis präsentierte und zugab, dass er sie in seiner Gewalt hatte, solange sie nicht wussten, wo dieser Ort war, an denen er sie festhielt, mussten sie ihn gehen lassen. Die Frauen waren abhängig von ihm. Wenn sie tatsächlich noch am Leben waren, brauchten sie zu essen und zu trinken. Das konnte er ihnen nicht geben, wenn er eingesperrt war. Es war wirklich zum Verzweifeln.

Er prüfte seine Mails. Noch immer keine Auswertung der Haare. Sie wussten nach wie vor nicht, wem sie gehörten, ja, ob sie tatsächlich von einer der vermissten Frauen stammten. Außerdem ergab die Auswertung der Kameras rund um das Gebäude keinen Hinweis auf eine Person, die den Umschlag auf seinem Schreibtisch deponiert haben könnte. Wer immer hier im Gebäude war, war hereingekommen, ohne von einer der Kameras erfasst worden zu sein. Was ja auch kein Kunststück war, so schlecht wie das Objekt geschützt war. Hendrik ballte die Hände zu Fäusten. Seit Jahren prangerte er die laschen Sicherheitsmaßnahmen an. Doch, dass sich früher oder später mal jemand Zutritt verschaffen würde, damit hatte offenbar nur er gerechnet. Jedenfalls wunderte es ihn, dass es nicht schon früher jemand getan hatte. Viele Menschen, die dieses Gebäude betraten, taten das nicht freiwillig und viele hegten einen Groll gegen Entscheidungen, die hier getroffen wurden. Trotzdem wusste er genau, dass auch dieser aktuelle Fall nichts an der Sicherheitssituation ändern würde. Die Haushaltslage und der Datenschutz ließen nicht mehr Überwachung zu. Er könnte sich die Haare raufen, wenn er diese beiden Worte hörte. Wie konnte ein Staat funktionieren, wenn er sich selbst solche Steine in den Weg legte?

Das Läuten des Telefons riss ihn aus seinen Überlegungen. Er griff nach dem Hörer: „Baur."

„Sanders, von der Auswertung."

Hendrik setzte sich aufrecht hin und griff nach einem Stift. Er kannte Sanders schon seit Jahren. Er war einer der erfahrensten Computer-Ermittler, den sie hatten. „Was gibt's?", fragte er seinen Kollegen und verspürte ein Kribbeln im Bauch.

„Ich habe noch einmal alle Aufzeichnungen der Überwachungskameras von letzter Nacht angesehen. Frag nicht warum, aber irgendetwas kam mir komisch vor." Sanders machte eine Pause.

„Mach's nicht so spannend, Kumpel", forderte Hendrik ihn auf.

„Irgendjemand hat sich an der Technik zu schaffen gemacht. Es passt einfach nichts. Man sieht, wie deine Kollegin – warum hast du mir die eigentlich noch nicht vorgestellt? – jedenfalls, sieht man, wie sie aus dem Haus rennt. Dann passiert lange gar nichts mehr. Dann kommt der Pförtner und die, die eben immer so früh da sind. Ich sehe auch dich, wie du gegen zwanzig nach sechs kommst. Du erinnerst dich an die Kleine von der Verwaltung?" Sanders machte wieder eine Pause.

„Verdammt, verschon mich mit deinen Weibergeschichten und komm endlich zum Punkt", schimpfte Hendrik.

„Schon gut. Aber das gehört dazu, hör mir einfach zu. Ich hab' die Kleine vorher gesehen. Sie trägt einen Rock, für den man einen Waffenschein braucht, sag ich dir. Jedenfalls hab' ich sie auf ihre Hose von gestern angesprochen, auf dem Film habe ich nämlich gesehen, wie eng sie saß. Übrigens kommt sie immer kurz nach dir. Na ja, sie sah mich an und sagte mir, dass das eine billige Anmache sei, denn zufällig sei sie gestern gar nicht hier gewesen."

Hendrik holte tief Luft.

„Ich hab mir die Aufzeichnung von vorgestern angesehen. Wer immer da am Werk war, hat fast eine Stunde vom Vortag herauskopiert und dann gestern im gleichen Zeitraum eingefügt. Eine erstklassige Arbeit, sage ich dir."

Die Besprechung war kurz. Hendrik hatte seine Leute auf den neuesten Stand gebracht. Da es sonst nichts zu bereden gab, ging jeder wieder an seinen Schreibtisch.

Camilla zuckte zusammen, als ihr Telefon klingelte. Sie war in die Akte vertieft, sodass sie jedes Geräusch um sich herum ausgeblendet hatte.

Sie warf einen Blick auf das Display und unterdrückte ein Lächeln. „Manuel, das ist ja mal eine Überraschung. Ist dein Urlaub schon wieder um?", begrüßte sie den Anrufer.

„Zwei Wochen faul am Strand liegen, herrlich. Seit vorgestern bin ich wieder zurück. Da du dich in letzter Zeit rargemacht hast, bleibt mir nichts anderes übrig, als dich anzurufen, um mich zu vergewissern, dass es dir gut geht."

Der Anflug eines schlechten Gewissens packte Camilla. Doch sie wusste, dass Manuel nur scherzte. „Wir haben viel zu tun", klärte sie ihn auf.

„Ja, ich bin auf dem Laufenden, schätze ich."

„Was habt ihr damit zu tun?", fragte Camilla und setzte sich aufrecht hin.

„Nichts, ich weiß nur immer gern, womit du dich beschäftigst", antwortete Manuel.

Obwohl sie ihn nicht sehen konnte, wusste Camilla sofort, dass er gerade jetzt schelmisch grinste. Es machte ihm einen Heidenspaß, sie mit solchen Äußerungen aufzuziehen.

„Habt ihr von der Inneren sonst niemanden, den ihr auf dem Kieker habt? Sicher gibt es irgendwo da draußen einen Beamten, dessen Existenz ihr zerstören könnt."

„Punkt für dich", sagte Manuel. Er wusste, dass seine Dienststelle keinerlei Ansehen bei seinen Kollegen hatte. Wahrscheinlich gab es nicht einmal jemanden, der ihn oder einen Beamten seiner Abteilung als Kollegen bezeichnen würde. Für die Polizisten, die jeden Tag mit dem Elend dieser Welt konfrontiert waren, hatte seine Dienststelle nicht mehr Wert, als der Dreck unter ihren Schuhsohlen. Obwohl diese Tatsache nicht immer leicht zu ertragen war, machte Manuel seinen Job gerne.

„Hast du Lust auf ein Mittagessen?", wollte er wissen.

„Klar, warum nicht. Allerdings müssen wir es vorziehen. Ich habe nicht gefrühstückt und habe jetzt schon einen Bärenhunger." Sie sah auf die Uhr. Es war erst elf. Bis zum Mittag würde sie auf keinen Fall durchhalten.

„Ich mache hier noch schnell was fertig und hol dich dann ab, einverstanden?"

„Je eher, desto besser", sagte Camilla und legte auf. Das Lächeln auf ihren Lippen blieb. Die Beziehung mit Manuel war gescheitert. Obwohl sie mehr als zwei Jahre zusammen gewesen waren, hatten sie es doch irgendwann einsehen müssen, dass sie keine Zukunft hatten. Trotzdem hatten sie es geschafft, Freunde zu bleiben und diese Freundschaft bedeutete ihr sehr viel.

Camilla kaute auf ihrem Bleistift herum, während sie sich wieder ihrer Akte zuwandte. Sie holte ihr kleines Notizbuch aus der Schublade und schlug es auf. Hendrik und Manuel machten sich immer über sie lustig, dass sie trotz des Rechners, der ihr immer zur Verfügung stand, nach wie vor Notizen zu einem Fall in ihr kleines Büchlein machte. Doch es gab einfach Gedanken, die sie mit niemandem teilen wollte. Und dank Manuel war sie misstrauisch gegenüber allem, was mit Elektronik zu tun hatte. Jeder, der wollte, konnte sich auf ihren Rechner Zugriff verschaffen. Sie war nicht so dumm, das zu vergessen.

Sie blätterte ihre Notizen durch und las ihre Einträge.

„Bist du bereit?"

Camilla zuckte zusammen. Sie hatte nicht bemerkt, dass jemand zu ihrem Schreibtisch gekommen war. Der Gedanke, der ihr gerade gekommen war, verpuffte. „Musst du mich so erschrecken?", fragte sie Manuel, der vor ihr stand.

„Man erschrickt nur, wenn man ein schlechtes Gewissen hat. Was verheimlichst du mir?" Grinsend sah er sie an.

Camilla musste zugeben, dass er verdammt gut aussah. Seine Haut war braun gebrannt, was das Weiß seiner Zähne noch betonte. Das schelmische Grinsen stand ihm. Genauso, wie ihm auch die Lederjacke stand, die er trug. Wie er es nach wie vor schaffte, sich der Anzugordnung zu widersetzen, war ihr schleierhaft. Das braune Leder der Jacke war verschlissen. Auch sein helles Haar trug er immer eine Spur zu lang. Es stand im Nacken auf dem Kragen auf und der Pony reichte ihm über die Augenbrauen.

„Wahrscheinlich wirst du schwitzen, wenn du die Jacke anlässt."

„Das ist mein Los."

Sie wusste, dass er mit der Jacke seine Waffe verdeckte. Er würde das Dienstgebäude nie unbewaffnet verlassen. Dass er dafür schwitzen musste, nahm er in Kauf. Nun, ihr ging es ähnlich, allerdings war ihre Kleidung wesentlich dünner als seine.

Sie stand auf und griff sich ihre Lederjacke und die Handtasche. Manuel half ihr beim Anziehen. Dabei hauchte er ihr einen Kuss auf die Wange und sagte: „Schön, dich wieder einmal zu sehen."

Camilla drückte ihn kurz und stimmte ihm zu.

„Danke für die Bilder, die du mir aus deinem Urlaub geschickt hast. Du hast es geschafft, mich völlig zu demotivieren. Der Sonnenuntergang war herrlich."

„Es war ein Sonnenaufgang. Mein letzter vor dem Abflug", er stupste ihr an die Nasenspitze.

Camilla lächelte, dann wandte sie sich Tim zu. Sie war erstaunt, dass sie ihn dabei ertappte, wie er schnell den Kopf zur Seite drehte und so tat, als wäre er in seinen Monitor vertieft. Offensichtlich hatte er sie beobachtet und schämte sich nun dafür.

„Wir gehen essen", rief sie in Tims Richtung.

„Ist gut", antwortete Tim und tat so, als sei er ganz gefangen von dem, was er gerade las. Er wusste, dass sie mal mit dem Typen zusammen war. Doch eigentlich hatte er gedacht, dass das zu Ende sei. Was machte der jetzt hier? Und warum strahlte Camilla den Kerl so an? Tim konnte nicht anders, er musste ihrem Blick ausweichen. Er konnte darauf verzichten, sich hier zum Narren zu machen. Dass er seine Gefühle nur schwer verbergen konnte, war schon immer ein Nachteil gewesen. Er konnte darauf verzichten, dass dieser Kerl von der Inneren ihn durchschaute.

Camilla zuckte die Achseln und hängte sich bei Manuel ein.

„Worauf hast du Lust?“, fragte Manuel und sah Camilla an.

Da er um einiges größer war als sie, musste sie zu ihm hochschauen, um ihn ansehen zu können. Seine grünen Augen musterten sie aufmerksam. Camilla wusste, dass ihnen nichts entging. An seinem Blick erkannte sie, dass er nicht damit einverstanden, mit dem, was er sah. Da er jedoch nichts sagte, ging sie davon aus, dass sie beim Essen Rede und Antwort stehen musste.

„Egal, Hauptsache ...“

„... schnell und viel“, beendete er den Satz für sie.

Camilla lachte, als sie das Gebäude verließen. Sie gingen in den Imbiss, der auf der anderen Straßenseite lag und der in den nächsten Stunden hauptsächlich von Polizisten besucht werden würde.

Ohne in die Karte zu sehen, gaben sie ihre Bestellung auf, wobei Manuel wieder einmal staunte, wie viel Camilla essen konnte.

„Also, was bedrückt dich“, fragte er, als die Bedienung wieder weg war.

Er verlor, wie immer, keine Zeit, dachte Camilla. Andererseits, wozu auch? „Es ist dieser Fall. Irgendetwas übersehen wir. Immer wenn ich denke, ich habe etwas gefunden, verliere ich den Faden wieder. Aber vielleicht ist es auch nur der Wunsch, endlich etwas zu finden, das uns zu einem Täter führen könnte.“

Manuel sah sie an. Die Falte zwischen ihren Augen war tief. Ein Zeichen, dass sie unter enormem Stress stand.

„Erzähl mir, was ihr habt.“

In den nächsten Minuten fasste sie alles zusammen. „Weißt du, es kommt mir so vor, als wäre er uns immer einen Schritt voraus. Als würde er uns immer genau so viel geben, dass wir an der Sache dranbleiben, ihm aber keinen Schritt näherkommen. Wir haben daran gezweifelt, ob es überhaupt einen Fall gibt oder alles nur Hirngespinste sind, da schickt er uns Haare. Wir haben noch kein Ergebnis, aber ich bin mir sicher, sie gehören zu einer der Frauen.

Dann die Art und Weise, wie er uns den Umschlag zugestellt hat; er demonstriert uns seine Überlegenheit, indem er uns wissen lässt, dass er bei uns ein- und ausgehen kann, wie es ihm passt und wir ihn nicht aufhalten können."

Manuel überlegte. „Was notierst du dir gerade in dein Büchlein?", fragte er schließlich.

Dass er ihr Büchlein ansprach, war ihr nicht peinlich. Während sie ein Paar waren, hatte er natürlich mitbekommen, dass sie sich ihre Notizen auf die altmodische Art machte, und dass er es nicht wieder vergessen hatte, lag einfach an seiner Art. Manuel vergaß nie etwas.

„Alles dreht sich um die Zahl dreizehn. Warum auch immer, hat diese Zahl eine Bedeutung in seinem Leben. Ich hätte eigentlich gedacht, dass er nach dreizehn Frauen dann auch hätte aufhören müssen. Doch diese Mission, auf der er sich befindet, scheint noch nicht beendet zu sein.

Er braucht ein entsprechendes Haus, wo er all diese Frauen gefangen hält. Insbesondere unter dem Aspekt, dass er ja selbst vielleicht nicht weiß, wie viele es noch werden. Wenn man seinem Schreiben glauben kann, tötet er sie nicht."

„Vielleicht kommst du beim Amt für Liegenschaften weiter. Sie werden dort nicht begeistert sein, weil es sicher unzählige Objekte gibt, die dafür infrage kommen. Aber vielleicht taucht ein Name auf, der in den Ermittlungen schon einmal eine Rolle gespielt hat", meinte Manuel.

Ihr Essen wurde serviert. Camilla nickte, es lohnte sich auf jeden Fall, darüber nachzudenken. Dann biss sie in ihren Burger.

Als Camilla wieder ins Büro zurückkam, herrschte reges Treiben in Hendriks Büro. Sie fragte sich, ob sie einen Anruf verpasst hatte, als sie Harald rufen hörte: „Du kannst auflegen, Hendrik, sie kommt gerade."

Mit hochgezogenen Augenbrauen betrat sie das Büro. „Habe ich was verpasst?", fragte sie und sah in die Runde. Tim wich ihrem Blick aus. Was war hier denn los, fragte sie sich. Doch dann bemerkte sie, dass in Tims Blick wieder diese Schüchternheit lag, die sie bei ihm sonst nicht kannte. Hendrik hielt sie davon ab, weiter darüber nachzudenken.

„Tim, fang du an", forderte er den Beamten auf.

Tim räusperte sich und ordnete rasch einige Papiere. „Ich habe einen Kumpel beim Rauschgiftdezernat. Mit dem habe ich gestern lange telefoniert. Er hat mich gerade zurückgerufen. Wie es aussieht, wurde Bergs Truck dazu benutzt, um Drogen zu schmuggeln. Beim Dezernat waren sie der Gruppe schon lange auf den Fersen, das letzte Puzzleteilchen hat ihnen aber gefehlt. Offensichtlich hat sich der Kreis jetzt mit Bergs Aussage geschlossen. Sie haben heute Morgen zugeschlagen und konnten bislang drei Personen festnehmen. Darunter auch die Frau, bei der Berg gewesen war. Bislang gilt Berg als Belastungszeuge in dem Verfahren. Man wird ihm wohl keine Mittäterschaft nachweisen können."

Damit schied ihr Hauptverdächtiger mal wieder aus. Sein Foto würde wieder nach links außen auf der Tafel rutschen. Sie waren wieder am Anfang. Sieben Tage waren seit Melissas Verschwinden vergangen. Sieben Tage und sie standen nach wie vor am Anfang.

Da es nichts mehr zu besprechen gab, verließ Camilla das Büro. Sie setzte sich an ihren Schreibtisch. Tim kam zu ihr und rutschte unbeholfen auf der Kante des Tisches herum. Er sah ihr nicht ins Gesicht. Stattdessen blickte er zum Fenster hinaus und beobachtete den Verkehr. Zum ersten Mal fiel ihm auf, dass man von hier aus weit und breit keinen einzigen Baum sah. Er hatte keine Ahnung, was er hier tat. Geschweige denn, was er zu ihr sagen sollte.

„Was gibt's Tim?", fragte Camilla.

Tim wandte sich vom Fenster ab und starrte nun den Boden an.

„Na los, raus mit der Sprache", forderte sie ihn auf. Irgendwie wirkte die Situation belustigend auf sie. Trotzdem würde sie sich zusammenreißen und nicht lächeln. Egal, was Tim auf die Leber drückte, es musste etwas Ernstes sein. So kannte sie ihren Kollegen nicht.

„Wie war dein Mittagessen?", fragte er wie beiläufig. Dabei sah er sie nach wie vor nicht an.

Aha, daher wehte also der Wind. Jetzt musste sie doch lächeln.

„Das war sehr schön“, sagte sie. Doch als sie sah, wie er zusammenzuckte, fuhr sie fort. „Manuel arbeitet bei der Inneren. Wir kennen uns schon lange. Wir waren mal ein Paar. Das ist aber eine Ewigkeit her. Seitdem sind wir gute Freunde.“

„Du hast ihn nie erwähnt.“ Jetzt hob er doch seinen Blick und sah sie an.

„Das stimmt, aber ich weiß auch nichts über deine Exfreundinnen.“

„Ja, da hast du wohl recht“, gab er zu.

„Du kennst also jemand von den Giftlern, ja?“, fragte Camilla und wechselte damit das Thema, um die Stimmung aufzulockern. Sie selbst kannte niemanden beim Rauschgiftdezernat. Vielleicht war sie deshalb erst gar nicht auf die Idee gekommen, die beiden Fälle miteinander in Verbindung zu bringen. Sie hatte eher an Diebstähle oder ähnliches gedacht.

„Ja, jemand mit dem ich zusammen in der Ausbildung war, arbeitet dort.“

„Ist schon komisch. Irgendwie habe ich Berg eh nie für unseren Mann gehalten. Trotzdem hätte ich mich gerne getäuscht, wenn wir dadurch die Frauen gefunden hätten.“

„Ich war mir ganz sicher, dass er es war“, sagte Tim. „Offensichtlich habe ich eine miserable Menschenkenntnis.“

„Sag das nicht. Du hast ihn nicht so kennengelernt wie ich. In einer Vernehmung erfährt man viel über einen Menschen.“

Tim nickte und erhob sich.

„Was machst du jetzt?“, wollte Camilla wissen.

„Ich muss noch meinen Bericht schreiben.“

Wenigstens konnte er sie wieder ansehen, dachte Camilla, als sie ihrem Kollegen nachblickte, wie er zu seinem Arbeitsplatz ging. Wer hätte das gedacht, dass da Eifersucht im Spiel sein könnte? Sie schüttelte den Kopf und widmete sich lächelnd wieder ihren Unterlagen. Dann musste sie an Manuels Worte denken. Wozu noch länger warten, überlegte sie und ging zu Hendriks Büro.

„Ich gehe kurz etwas überprüfen. Wobei es vielleicht auch länger gehen könnte."

„Sei erreichbar."

Hu, offensichtlich stand Hendrik unter enormen Druck. Für gewöhnlich fertigte er einen nicht so schnell ab. Doch eigentlich war es ihr ganz recht, wenn sie keine Rechenschaft für ihr Tun ablegen musste.

Das Amt für Liegenschaften lag im selben Gebäudekomplex. Über ein Labyrinth aus Gängen, erreichte sie das Büro des Amtsleiters. Sie hatte auf dem Weg dorthin überlegt, wer wohl ihr geeignetster Ansprechpartner wäre. Da sie jedoch die Hierarchie nicht infrage stellen wollte, musste sie wohl oder übel zuerst zum Chef der Abteilung gehen.

Sie klopfte an und wurde hereingebeten. Der Mann, der in dem Büro saß, war ganz anders, als sie ihn sich vorgestellt hatte. Sie hatte mit einem alten, untersetzten Mann gerechnet. Doch stattdessen war der Mann nicht viel älter als Hendrik und machte einen äußerst sportlichen Eindruck.

Sie schilderte ihr Anliegen und als sie damit fertig war, sah sie ihn an.

„Das wird kein einfaches Unterfangen", fing der Mann an.

„Das habe ich befürchtet“, meinte Camilla und rechnete mit einer Absage. Sie würde mehr vorbringen müssen, als eine bloße Vermutung, die sich auf das ganze Stadtgebiet ausdehnte.

Der Amtsleiter stand auf und ging zu einem Schrank. Er zog einen großen Bogen Papier heraus und legte ihn vor Camilla auf den Tisch. Sie sah, dass es ein Lageplan war. Noch erkannte sie aber nicht genau was darauf zu erkennen sein sollte. Zahllose Nummern sprangen ihr ins Auge.

„Das ist ein Stadtplan über die Liegenschaften“, fing er an. Dann holte er einen roten Filzstift von seinem Schreibtisch und fing an, Stellen auf der Karte zu markieren. „Hier haben wir leer stehende Industriebauten. Hier, hier und hier sind ebenfalls Lagerhallen, die demnächst abgerissen werden sollen.“ Nach und nach schraffierte er immer mehr Stellen auf der Karte. Camilla fragte sich, woher er all die Gebäude so genau benennen konnte und auch noch über deren Zustand Bescheid wusste.

„Jetzt kommen wir zu privaten Gebäuden“, fuhr er fort. „Hier und hier“, er zeigte an zwei Stellen auf der Karte und griff nach einem grünen Stift. „Das hier sind alte Gehöfte. Die Besitzer sind gestorben, die Erben wollen sich mit dem alten Zeug nicht belasten.“ Er beugte sich weiter über die Karte und suchte sie ab. „In den letzten, sagen wir, achtzehn Monaten haben hier und hier“, wieder nahm er einen Stift von seinem Schreibtisch, diesmal einen blauen, „private Personen investiert. Bauanträge sind aber in beiden Fällen noch nicht eingegangen. Ach, das hier wurde ebenfalls im fraglichen

Zeitraum veräußert." Eine weitere Fläche auf der Karte wurde farbig.

Camilla sah dem Mann mit offen stehendem Mund zu. „Woher wissen Sie all das?"

„Ich leite dieses Amt," antwortete er schlicht, als wäre es so einfach. Immerhin lebten sie hier nicht in einem Dorf, in dem es eine überschaubare Anzahl an Gebäuden gab.

„Ist ein Fluch und Segen zugleich", fügte er dann hinzu, als er ihr Staunen bemerkte. „Wenn ich einmal etwas gelesen habe, vergesse ich es nicht wieder. Da alle Anträge über meinen Schreibtisch müssen, entgeht mir nichts."

Camilla fand es niedlich, dass er seine Fähigkeit offensichtlich peinlich fand.

„Das ist unglaublich", sagte sie.

„Nun, jetzt haben Sie alle Flurstücknummern, die für sie infrage kommen. Ich rufe Ihnen eine Mitarbeiterin, die sie in unsere EDV einweist. Die Besitzer müssen Sie alleine herausfinden, ich kann Ihnen hierfür kein Personal zur Verfügung stellen, diese Ressourcen habe ich leider nicht."

Das war mehr, als sie erwartet hätte. Sie konnte ihr Glück kaum fassen.

Der Amtsleiter hatte schon den Telefonhörer abgenommen und sprach kurz darauf mit jemandem. Camilla rollte die Karte zusammen und bedankte sich, nachdem er sein Gespräch beendet hatte.

„Keine Ursache, wir helfen gerne. Lassen Sie es mich wissen, wenn ich noch etwas für Sie tun kann."

„Das werde ich. Vielen Dank, noch einmal."

Im gleichen Moment wurde angeklopft, und eine ältere Dame streckte ihren Kopf herein.

Camilla folgte der Frau in ein winziges Büro. Außer einem Schreibtisch samt Stuhl und einem Rechner war es leer. Kein Telefon, kein Bild an der Wand, nichts. Nun, da konnte sie schon niemand stören.

Das Programm war einfach. Camilla musste nur die entsprechende Nummer eingeben, und schon wurde der Besitzer in einem separaten Fenster angezeigt.

Sie holte ihren Block und einen Stift aus ihrer Tasche und richtete sich ein.

„Wenn Sie noch eine Frage haben, ich habe die Durchwahl vier-zwölf“, sagte die ältere Dame und verabschiedete sich. Camilla notierte sich die Nummer sicherheitshalber ganz oben auf ihrem Block und wünschte sich sofort, auch so ein Gedächtnis wie dieser Amtsleiter zu haben.

In den nächsten Stunden ging sie zuerst die leer stehenden Gebäude, die zum Abriss verdammt waren, durch. Sie notierte sich Namen und Firmen. Doch bei keinem Namen und keiner Firma klingelte es bei ihr. Nachdem sie die rot markierten Flächen abgearbeitet hatte, machte sie sich an die blauen. Die Erben lebten fast ausnahmslos weiter weg. Die paar, die noch in der Umgebung wohnten, hatten den Anschriften nach zu urteilen, selbst Häuser in denen sie wohnten. Camilla konnte verstehen, dass sich niemand so ein Gebäude aufhalsen wollte. Nach und nach würden diese Objekte an Investoren veräußert und dann abgerissen werden. In manchen Fällen war das sicher schade. Viel Kultur ging mit so einem Abriss verloren, fand Camilla. Sie hätte gerne, ähnlich wie Hendrik, in einem so alten Gemäuer gelebt. Als sie Hendriks Haus zum ersten Mal gesehen hatte, war sie aus dem Staunen gar nicht mehr herausgekommen.

Sicherheitshalber überprüfte sie alle Namen, die sie in Erfahrung brachte, mit dem polizeilichen Auskunftssystem. Doch bis auf einige kleinere Sünden, waren alle Besitzer sauber. Es wäre wohl weit hergeholt, einen Ladendieb mit einem Entführer gleichzusetzen. Daher machte sie sich zwar Notizen, maß den Personen aber keine weitere Bedeutung zu.

Schließlich blieben nur noch die drei blauen Markierungen. Es klopfte an. Der Amtsleiter steckte seinen Kopf hinein. „Wir haben seit zwei Stunden geschlossen. Meine Leute sind alle schon zu Hause. Ich würde jetzt auch gerne heimgehen.“ Da er ihr ein Lächeln schenkte, hörte es sich nicht so streng an.

„Ach du liebes bisschen. Ich habe die Zeit völlig vergessen“, sagte Camilla und sprang auf. Sie raffte ihre Sachen zusammen. „Wie fahre ich denn das Programm runter?“, fragte sie.

„Ich helfe Ihnen.“ Er klickte sich durch einige Fenster und dann wurde der Monitor schwarz, und im Zimmer herrschte absolute Ruhe.

„Sind Sie fündig geworden?“, fragte er dann.

„Ich fürchte noch nicht. Ich bin noch nicht ganz fertig. Kann ich das morgen beenden?“, fragte sie und hielt unbewusst den Atem an.

„Klar, ich bin ab sieben Uhr hier“, antwortete der Mann.

Warum hatte sie sich eigentlich seinen Namen nicht gemerkt, fragte sie sich. Dann verließ sie vor ihm das

Büro und wartete, bis er die Tür abgeschlossen hatte. „Gehen Sie nach unten?", fragte er.

„Nein, ich muss noch kurz zu meiner Dienststelle."

„Dann haben wir ein kurzes Stück des Weges zusammen."

Camilla folgte ihm. Sie kamen an seinem Büro vorbei. Da er seine Tasche schon dabeihatte, musste er nicht mehr hinein, doch Camilla konnte wenigstens seinen Namen von dem Schild neben der Tür ablesen. *Burcke* stand da in großen Buchstaben geschrieben.

Als der Flur abzweigte, gab Camilla ihm die Hand. „Danke, Herr Burcke, ich melde mich dann morgen wieder bei Ihnen."

„Gerne. Bis dann."

Camilla war euphorisch und niedergeschlagen zugleich. Einerseits war sie so weit gekommen, andererseits war sie kein Stück weitergekommen.

Sie sah, dass bei ihr im Büro niemand mehr war. Alle Lichter waren ausgeschaltet. Komisch, dachte sie und kramte nach ihrem Handy. Eine Nachricht von Hendrik war eingegangen. Er hatte ihr vor wenigen Minuten geschrieben, dass sie Feierabend machen würden. Wenn sie fertig wäre, sollte sie sich noch mal bei ihm melden. Noch im Laufen tippte sie ihm eine Antwort.

Während sie durch das leere Gebäude ging, nahm sie sich vor, dass sie sich zu Hause erst einmal in die Badewanne legen würde. Ganz sicher war es dafür zu warm, doch das würde sie einfach ignorieren. Sie würde versuchen, Entspannung zu finden. Dabei würde ihr ihr Lieblingssong helfen, den sie in Endlosschleife anhören würde. Sie war vor einigen Jahren über diesen Song gestolpert. An diesem Tag hatte sich das Verschwinden ihrer Schwester gejährt und sie befand sich in einem tiefen, schwarzen Loch. Heute könnte sie nicht mehr erklären, wie es möglich war, doch dieser Song hatte ihr über die schwere Zeit hinweggeholfen. Seitdem begleitete er sie durch das Leben. Immer, wenn es ihr nicht gutging, hörte sie ihn an. Dabei stellte sie sich vor, wie der Mann aussah, der ihn sang. Es wäre ein leichtes, im Internet nach seinem Bild zu suchen, doch sie fürchtete, dass damit der Zauber verloren ging. Manchmal fragte sie sich, wie es wäre, ihm zu begegnen und er den Song dann nur für sie sang.

Völlig in Gedanken versunken, trat sie vor das Dienstgebäude. Als sie auf die andere Straßenseite blickte, sah sie Berg, der vor dem Imbiss stand und ihr, mit starrer Miene, direkt ins Gesicht schaute.

36.

„Das war so unheimlich“, schloss Camilla ihre Erzählung. Sie hatte Hendrik nicht erreichen können. Also hatte sie ihm kurzerhand eine Nachricht geschrieben, in der sie ihm mitteilte, dass sie nichts erreicht hatte. Der Schreck von dem Anblick Samuel Bergs saß ihr jedoch noch in den Gliedern. Sie hatte sich nichts anmerken lassen, doch sie hatte am ganzen Leib gezittert. Berg hatte sich sofort abgewandt und war in den Imbiss gegangen. Doch irgendwie war sie sich sicher, dass er ihr aufgelauert hatte. Warum nur? Was bezweckte er damit? Er war schon am Morgen entlassen worden. Eigentlich sollte sich ein Observationsteam an seine Fersen heften. Sie hatte sich umgesehen, jedoch niemanden erkennen können. Entweder war das Team gut oder man hatte die Observation abgebrochen.

So schnell sie konnte, war sie zu ihrem Auto gegangen. Zum Glück war es noch hell, dachte sie, als sie mit zitternden Fingern ihren Wagen aufschloss. Sie konnte unmöglich nach Hause, deshalb saß sie jetzt bei Tim auf dem Sofa und erzählte zum zweiten Mal die Geschichte.

„Das glaube ich dir“, sagte Tim zum zweiten Mal. „Wir werden gleich morgen nachfragen, ob er noch unter Beobachtung steht.“

Tim war in der Küche und kochte Kaffee. Dann belud er ein Tablett mit Tassen und Keksen und trug es, zusammen mit der Kanne, ins Wohnzimmer. Es war ein komisches Gefühl, jemanden von der Arbeit bei sich zu Hause zu haben. Bislang hatte er nie Kollegen eingeladen. Na ja, streng genommen hatte er auch Camilla nicht eingeladen. Sie hatte einfach vor seiner Tür gestanden. Es hatte ihn gefreut, dass sie sich an ihn gewandt hatte. Ohne zu zögern hatte er sie daher hereingebeten. Und irgendwie freute es ihn immer noch, dass sie bei ihm war. Er hatte sich schon auf einen langen, einsamen Abend eingestellt. Zwischendurch hatte er überlegt, noch einmal loszuziehen, sich irgendwo hinsetzen und etwas trinken oder einfach nur in die Stadt zu gehen und ein Eis zu essen. Doch dann hatte er sich nicht mehr dazu aufraffen können. Obwohl ihre Arbeitstage so unproduktiv waren, schlauchten sie ihn über die Maßen. Wahrscheinlich ließ er alles zu nah an sich herankommen.

Er goss den Kaffee in die Tassen ein und stellte eine vor Camilla auf den Tisch.

„Danke“, sagte sie und hielt die Tasse fest umgriffen, als ob sie sich daran aufwärmen musste.

„Gern geschehen. Probier’ die Kekse. Meine Mutter backt sie immer. Sie sind erste Klasse“, fügte er grinsend hinzu.

Camilla griff zu und musste ihm recht geben. Die Schokolade schmolz auf ihrer Zunge. „Wow, die sind der Hammer“, stimmte sie ihm zwischen zwei Bissen zu.

„Iss’ so viel du willst. Ich werde langsam fett von den Dingern.“

Klar, du und fett“, meinte Camilla und griff nach einem weiteren Keks. In Wirklichkeit war kein Gramm Fett an Tim. Camilla war sich sicher, dass er jeden Tag Sport trieb.

..

Hendrik saß mit Hannah auf der Dachterrasse. Er hatte sie von unterwegs aus angerufen, nach ihrer Sendung war sie zu ihm gekommen. Jetzt tranken sie Wein und sahen sich die Sterne an. Auf dem Tisch brannte lediglich eine Kerze, sonst war die Nacht dunkel.

„Ich habe das Gefühl, nach jedem Schritt, den wir vorwärts machen, machen wir gleich wieder zwei rückwärts. Es ist zum Verrücktwerden“, sagte Hendrik.

„Da gebe ich dir recht. Der ganze Fall ist seltsam. Vor allem weil man immer noch keinen blassen Schimmer hat, was der Entführer mit seinen Taten bezwecken will. Es gibt keine Lösegeldforderungen und auch sonst nichts, was Rückschlüsse auf ein Motiv oder Täter geben könnte“, überlegte Hannah laut. „Dieser Umschlag war der erste Beweis dafür, dass es ihn überhaupt gibt. Vielleicht war das erst der Anfang. Es könnte doch sein, dass er Blut geleckt hat. Dass er ab jetzt im Mittelpunkt der Medien stehen will. Bisher war immer nur von den Frauen die Rede, nie aber von ihrem Entführer. Jetzt, wo der Umschlag in der Öffentlichkeit diskutiert wird, bekommt er vielleicht Lust auf mehr.“

Hendrik hatte sich mit Hannah abgesprochen, seinem Chef hatte er eine kurze Nachricht per Mail zugesandt. Wahrscheinlich hatte er die, vor Ausstrahlung der Sendung, gar nicht mehr bekommen. Doch mittlerweile war Hendrik es leid, vor diesem Menschen zu kuschen. Er hatte die Entscheidung getroffen, dass er der

Öffentlichkeit einen kleinen Happen hinwerfen würde. Hannah hatte sich, wie immer, an ihre Absprache gehalten. Die Nachricht, dass bereits zwei Tage zuvor ein Bekennerschreiben bei der Polizei eingegangen war, hatte wie eine Bombe eingeschlagen.

Vom Sender hatte Hannah erfahren, dass die Telefonleitungen dort nicht mehr stillstanden. Hendrik hatte sein Handy gleich ausgeschaltet, als Hannah auf Sendung gegangen war. Er hatte die Sendung am Fernseher verfolgt. Vermutlich würde er ab morgen eine andere Abteilung leiten, wenn überhaupt, vielleicht würde er auch auf irgendeiner Kreuzung den Verkehr regeln, ging es ihm durch den Kopf. Dennoch fand er, dass die Öffentlichkeit ein Recht darauf hatte, zu erfahren, dass ein Irrer durch die Straßen zog und anscheinend wahllos Frauen entführte. Er hatte mit allen Angehörigen Telefonate geführt und sie auf den neuesten Stand gebracht. Auch über seine Entscheidung, die neueste Entwicklung im Fernsehen ausstrahlen zu lassen, hatte er sie nicht im Dunkeln gelassen. Zudem hatte er sein Team davon in Kenntnis gesetzt. Sie hatten seine Entscheidung akzeptiert, ohne sie infrage zu stellen. Wenn er wirklich versetzt werden würde, würden ihm seine Leute fehlen. Es waren allesamt gute Ermittler. Camilla hatte er lediglich am Telefon informieren können, sie war den Tag über wie vom Erdboden verschwunden gewesen. Als sie sich vorher bei ihm gemeldet hatte, hatten sie lange über die Ereignisse und deren frustrierenden Ausgang gesprochen. Nun blieb ihnen nichts anderes übrig, als abzuwarten, was sich in den nächsten Stunden ergeben würde.

Sie rechneten nicht mit irgendwelchen Hinweisen aus der Bevölkerung, dazu hatten sie zu wenig Informationen herausgegeben. Sie hatten weder preisgegeben, wie das Bekennerschreiben ausgesehen hatte, noch wie es zugestellt worden war. Aber mit ein bisschen Glück hatten sie irgendeinen Stein ins Rollen gebracht.

Max war an diesem Abend mit Melanie zu deren Wohnung gefahren. Als er das Wohnzimmer betrat, fragte er sich, warum sie überhaupt auch nur eine Minute in seiner tristen Bude verbracht hatten. Er musste anerkennend feststellen, dass sie einen tollen Geschmack in Bezug auf Einrichtung und Farben hatte. Er schlenderte langsam durch den Raum und sah sich alles genau an. Immer wieder musste er nicken, als er sich die Bilder an den Wänden ansah. Es waren Motive in dunklen, traurigen Farben. Man erkannte nur schemenhaft, was der Maler auf die Leinwand gebracht hatte. Menschen waren nur angedeutet, genauso Gebäude, die allesamt hoch in den Himmel hinaufzuragen schienen. Max sah sie fasziniert an. Er hatte eigentlich für Kunst nichts übrig, wobei er schon immer die Menschen bewunderte, die so zeichnen konnten, dass man es für eine Fotografie halten konnte. Davon waren diese Bilder Lichtjahre entfernt, dennoch sprachen sie ihn tief in seinem Inneren an. Auch die Tatsache, dass sie so düster wirkten, änderte daran nichts.

„Die wirken alle so traurig“, sagte er leise.

„Ich habe sie nach dem Tod meiner Eltern gemalt“, antwortete Melanie.

„Du hast die gemalt?“, fragte Max erstaunt. Dann registrierte er, was sie noch gesagt hatte. „Deine Eltern sind beide gestorben?“

„Zweimal ja“, meinte Melanie, dabei versuchte sie zu lächeln, was ihr allerdings nicht gelang.

Max fiel mit einem Mal auf, wie wenig sie voneinander wussten. Einerseits kannten sie sich ja auch erst wenige Tage, und wenn sie sich gesehen hatten, hatten sie eigentlich nie viel miteinander gesprochen. Sie hatten die Zeit mit anderen Dingen verbracht. Dinge, an die er sich gerne zurückerinnerte. Genau genommen kannte er bis gerade eben nicht einmal ihren Nachnamen. Zumindest ging er davon aus, dass er ihn jetzt kannte, da er ihn am Klingelschild ihrer Wohnungstür abgelesen hatte. Vielleicht war es aber auch der Name des Vormieters, und sie hatte ihn nur noch nicht ersetzt. Andererseits, überlegte er weiter, war es ihm auf einmal sehr wichtig, mehr über sie zu erfahren.

Max legte die Stirn in Falten. Dann sagte er: „Komm her“, und streckte die Arme nach ihr aus. Als sie bei ihm war, zog er sie zum Sofa. Er kuschelte sich an sie, bis sie beide bequem saßen und bat dann: „Erzähl mir von dir.“

37.

Camilla war noch vor sieben Uhr im Büro. Offensichtlich hatte Hendrik noch etwas anderes zu tun, denn sie war die Erste. Sie legte ihre Jacke und Tasche an ihrem Arbeitsplatz ab und suchte die Unterlagen zusammen, die sie nachher benötigte, wenn sie mit dem Rest ihrer Recherche begann. Da ihr noch ein wenig Zeit blieb, las sie noch einmal alle Namen durch, die sie gestern notiert hatte. Doch noch immer konnte sie keinen mit dem Fall in Verbindung bringen. Keiner der Angehörigen, Freunde oder Kollegen der Opfer, stimmte mit den Namen auf ihrer Liste überein.

Als es sieben Uhr war, machte sie sich auf den Weg zu dem Amt. Sie klopfte wenig später an der Tür des Leiters und trat ein, als sie dazu aufgefordert wurde.

„Ah, noch jemand, der früh anfängt", sagte Herr Burcke und lächelte sie an.

„Ich wollte das hier noch zu Ende bringen, bevor wir unsere Besprechung haben. Vielleicht schaffe ich es", antwortete Camilla.

„Na, dann will ich Sie nicht abhalten." Er reichte ihr einen Schlüsselbund. „Ich habe auch noch einiges zu tun. Wenn Sie fertig sind, schließen Sie bitte ab und bringen mir den Schlüssel einfach wieder vorbei."

„Das werde ich tun, vielen Dank.“ Wieder einmal war Camilla erstaunt, wieviel Vertrauen man ihr hier entgegenbrachte.

Als sie das Programm am Rechner geöffnet hatte, rollte sie den Stadtplan auseinander und beschwerte die Ecken, sodass er offen liegen blieb. Dann gab sie die erste Flurstücknummer ein und notierte sich den Namen. Er kam ihr bekannt vor. Doch dann fiel ihr ein, wo sie ihn aufgeschnappt hatte. Sie hatte in der Zeitung darüber gelesen, dass ein junger Mann mit seinem Online-Unternehmen unendlich viel Geld scheffelte und er jetzt ein Firmengebäude gekauft hatte, da seine Wohnung aus allen Nähten platzte. Die Stadt freute sich über neue Arbeitsplätze und einen Schandfleck weniger, da er eine der alten Fabrikhallen restaurieren würde, um dort einzuziehen.

Beim nächsten Namen wurde sie stutzig. Das war ja lustig. Der Besitzer hieß Harald Baur. Ob Harald und Hendrik wussten, dass es jemanden gab, der einen Namen hatte, der quasi aus ihren beiden Namen zusammengesetzt schien? Sie notierte sich den Namen und die Anschrift. Bei der Hausnummer wurde sie erneut stutzig. Sie kannte die Straße. Doch bisher war sie nicht davon ausgegangen, dass dort so viele Häuser standen, da die Nummer dreistellig war. Vielleicht ein Übertragungsfehler, überlegte sie. Da es ihr jedoch keine Ruhe ließ, griff sie nach ihrem Handy und rief direkt bei der Meldestelle an. Sie gab das Passwort durch und dann die Daten, zu denen sie die Auskunft benötigte.

„Diese Straße hört bei der Hausnummer achtundvierzig auf“, sagte ihr die Dame am anderen Ende der Leitung.

„Das habe ich mir schon gedacht. Allem Anschein nach habe ich es mit einem Schreibfehler zu tun. Können Sie nur nach dem Namen suchen?“, bat Camilla.

„Klar, warten Sie.“

Camilla hörte, wie die Frau auf ihrer Tastatur herumtippte. Dann meldete sie sich wieder: „Nicht in dieser Straße wohnhaft“, sagte sie. „Warten Sie einen Augenblick, ich suche mal, ob er überhaupt hier gemeldet ist. Ein Geburtsdatum haben Sie nicht zufällig?“

„Nein, leider nicht.“

„Kein Problem, das geht auch so.“

Wieder wartete Camilla.

„Nein. Weder aktuell noch früher hat dieser Mann hier gewohnt.“

Sämtliche Alarmglocken schrillten in Camillas Kopf los. Sie bedankte sich und beendete das Gespräch. Um nichts zu versäumen, gab sie noch die letzte Flurstücknummer in das Programm ein und notierte sich den Namen des Besitzers.

Dann starrte sie auf die vorherige Notiz. Was bedeutete das? Das Kribbeln in ihrem Nacken wurde stärker. Sie blickte auf die Uhr. Mist, nur noch wenige Minuten bis zur Besprechung. Sie fuhr den Rechner herunter und raffte ihre Sachen zusammen. Nachdem sie abgeschlossen hatte, gab sie den Schlüssel ab, bedankte sich so schnell es der Anstand zuließ und hastete in ihren Trakt des Gebäudes. Schnell rannte sie über das Treppenhaus hoch in den sechsten Stock und kam völlig außer Atem in Hendriks Büro an.

Nach Luft ringend, entschuldigte sie sich für die Verspätung. Dann lehnte sie sich an eine Wand und hörte ihren Kollegen zu. Doch was gesprochen wurde, verstand sie nicht wirklich. Die Worte verschwammen ineinander wie in einem Kaleidoskop. Da draußen gab es jemanden, der dieses Team so gut kannte, dass er ihre Namen benutzte, dass er hier ein- und ausging, dass er sich in ihr Sicherheitssystem gehackt hatte. Konnte das sein? Ein Schauer lief ihr über den Rücken.

Erst als Hendrik sie direkt ansprach, merkte sie, dass alle den Raum verlassen hatten. Die Besprechung war offensichtlich schon zu Ende, und sie hatte keinen Plan, was Sache war.

„Entschuldigung, was hast du gesagt?“

„Was ist los mit dir? Bist du krank?“

„Nein, nur völlig übernächtigt“, log sie. Sofort plagte sie ein schlechtes Gewissen. Sie hatte Hendrik noch nie belogen. Er musterte sie einen Moment, und sie spürte, dass er ihre Lüge durchschaut hatte. Dass er sie nicht darauf ansprach, würde sie ihm nie vergessen. Sobald sie klarer sah, würde sie ihn einweihen.

„Hast du was in Erfahrung gebracht?“, fragte Hendrik.

„Nicht wirklich. Aber ich bin noch nicht ganz fertig.“ Das war zumindest ein kleiner Teil der Wahrheit.

„Dann mach das fertig, und melde dich anschließend bei mir.“

„Geht klar.“ Sie war froh, aus dem Büro herauszukommen. Für einen Augenblick hatte sie das Gefühl gehabt, dass die Wände immer näherkamen. Am liebsten wäre sie hinaus auf die Straße gerannt, doch stattdessen ging sie zu ihrem Schreibtisch und notierte sich ihre neuesten Erkenntnisse in ihr Buch. Als nächstes würde sie zu Manuel gehen, beschloss sie. Sie musste mit jemandem darüber sprechen, was ihr durch den

Kopf ging. Warum sie es während der Besprechung vor ihren Kollegen geheim gehalten hatte, konnte sie selbst nicht begreifen. Eigentlich hatte sie mit Tim reden wollen, doch der war in etwas vertieft, und irgendwie traute sie auf einmal ihrem eigenen Schatten nicht mehr.

Als sie ihre Notizen fertig hatte, steckte sie die Unterlagen des Liegenschaftsamtes und ihr Büchlein in ihre Schreibtischschublade und verließ das Büro.

Camilla kam beim Aufzug vorbei und drückte spontan die Ruftaste. Zwei Etagen höher stieg sie aus. Warum klopfte ihr Herz so stark, fragte sie sich. Hier oben gab es kein Großraumbüro. Jeder Beamte, der hier arbeitete, hatte sein eigenes Büro. Es war fast so, als wollte man, dass bei allen anderen Polizisten Neid und Missgunst aufkamen, die diese Etage betraten. Man schien keinen Wert daraufzulegen, den Eindruck vermitteln zu wollen, dass alle in einem Boot saßen. Dass man ein Team war. Wenn man in der obersten Etage arbeitete, sah man automatisch auf alle anderen herab. Und irgendwie sollte wohl jeder, der hierherkam, sich klein fühlen. Nun, bei ihr war ihnen das geglückt, dachte Camilla und wurde wütend.

Sie klopfte an die angelehnte Tür an und öffnete sie, ohne auf eine Aufforderung zu warten und betrat das Büro. „Hast du einen Moment Zeit?“, fragte sie.

„Klar, setz dich“, antwortete Manuel. Falls er überrascht war, merkte man ihm das nicht an.

Camilla setzte sich, stand dann aber noch mal auf und schloss die Tür.

Mit hochgezogener Augenbraue beobachtete Manuel sie. Da er nicht davon ausging, dass sie in seinem Büro über ihn herfallen würde und deshalb die Tür schloss, musste es etwas Ernstes sein. Er speicherte seine Arbeit am PC ab und drehte seinen Stuhl dann so, dass er ihr direkt gegenübersaß. Sie war blass, stellte er fest, und die Falte zwischen ihre Augen war so tief, wie schon lange nicht mehr. Er legte den Kopf leicht schräg und wartete, was sie zu sagen hatte. Da sie zunächst keine Anstalten machte, überhaupt etwas zu sagen, holte er aus einem Rollschrank, der hinter seinem Schreibtisch stand, eine Flasche Wasser und stellte sie vor ihr auf den Tisch. „Ist nicht kalt, wirkt aber trotzdem", meinte er.

Sie lächelte ihn an. Immerhin, ein kleiner Fortschritt, dachte er.

„Spuck es aus, dann geht es dir besser", schlug er vor und beugte sich zu ihr vor. Er legte die Arme auf den Oberschenkeln ab und sah ihr ins Gesicht.

Camilla erwiderte seinen Blick. Es war der Blick eines Freundes, stellte sie fest und wunderte sich, warum sie das so erleichterte. Es musste diese Umgebung sein. Normalerweise betrat man den achten Stock nur in Begleitung eines Rechtsanwaltes.

Die Abteilung für Innere Angelegenheiten war wirklich genau so, wie man sie sich vorstellte, beängstigend. Sie schalt sich in Gedanken einen Narren. Während ihrer Beziehung war sie hier oben täglich ein- und ausgegangen. Doch das schien in einem anderen Leben gewesen zu sein. Heute fühlte sie sich klein und eingeschüchtert.

Da es schon mal dastand, griff sie nach dem Wasser und trank einen großen Schluck. Dann berichtete sie, was sie entdeckt hatte. „Entweder geht meine Fantasie mit mir durch oder hier stinkt etwas ganz gewaltig. Sobald ich dein Büro verlasse, werde ich zu Hendrik gehen und dann werden wir einen Durchsuchungsbeschluss für dieses Gebäude holen. Zumindest hoffe ich, dass wir den bekommen werden. Eigentlich haben wir nichts, außer einem doofen Gefühl in meinem Bauch, aber ich glaube nicht an Zufälle, und offensichtlich gibt es hier in der Stadt ja auch niemanden mit diesem Namen."

Manuel tippte den Namen bei Google ein. Und scrollte den Bildschirm runter. „Wie zu erwarten, gibt es viele Einträge, doch keinen bei uns in der Region", sagte er und drehte sich wieder zu Camilla.

„Ich glaube nicht, dass deine Fantasie mit dir durchgeht. Ihr müsst dieser Spur auf jeden Fall nachgehen. Zumal es offensichtlich die einzige ist, die ihr momentan verfolgen könnt."

„Gestern Abend, als ich hier weg bin, stand Berg auf der anderen Straßenseite und hat mich beobachtet. Zumindest habe ich mich beobachtet gefühlt", erzählte Camilla.

Manuel hob erneut eine Augenbraue. „Hat er dich angesprochen?"

„Nein, er war zu weit weg und als ich ihn entdeckt hatte, ist er sofort in den Imbiss gegangen."

„Steht er nicht mehr unter Beobachtung?", hakte Manuel nach.

„Tim wollte sich darum kümmern. Ich bin noch nicht dazugekommen, ihn zu fragen, was er herausgefunden hat."

„Tim, ja? Das ist der Neue in deiner Truppe, stimmt's?"

„So neu ist er auch nicht mehr. Warum fragst du?“

„Einfach nur neugierig“, antwortete er ausweichend.

Camilla kniff ein Auge zusammen und sah ihn an. Als er jedoch nichts weiter sagte, schüttelte sie den Kopf. Dann klopfte sie sich auf die Schenkel. „So, dann werde ich jetzt Hendrik davon berichten, was ich herausgefunden habe“, sagte sie und stand auf.

Manuel erhob sich ebenfalls. „Sei vorsichtig“, sagte er und tippte ihr mit dem Zeigefinger auf die Nasenspitze.

„Wie immer. Und du, hab Gnade mit meinen Kollegen.“

„Das sind auch meine Kollegen.“

„Das sehen die wenigsten so.“ Damit drehte sie sich um und verließ sein Büro. Bevor sie die Tür wieder hinter sich anlehnte, drehte sie sich noch einmal um und sagte: „Danke fürs Zuhören.“

Sie hatte nichts gesagt, was für ihn neu war, trotzdem traf es ihn immer wieder, wenn er mitbekam, wie schlecht über seine Dienststelle geredet wurde. In den Jahren, in denen er hier jetzt arbeitete, waren viele Beamte verurteilt worden. Doch es war keiner dabei, dem dies zu Unrecht widerfahren war. Die Zeiten hatten sich geändert. Ein Polizist musste sich genau an die Vorschriften halten und selbst dann stand er immer mit einem Fuß an der Anklagebank. Wenn einer aber regelmäßig über die Stränge schlug, konnte keiner mehr ein Auge zudrücken. Dann musste ein Richter entscheiden, und diese Entscheidungen waren oft schmerzhaft.

Er legte die Beine auf den Schreibtisch und lehnte sich in seinem Stuhl zurück. Während er an die Decke starrte, ging er in Gedanken noch einmal das Gespräch mit Camilla durch. Er hatte noch einen weiteren Aspekt, unter dem die Sache zu betrachten war, doch den wollte er ihr noch nicht sagen. Zuerst würde er sich selbst ein paar Gedanken darüber machen.

38.

Hendrik knallte den Hörer auf das Telefon. Es war ihm gelungen, seinen Vorgesetzten davon zu überzeugen, dass seine Entscheidung richtig gewesen war. Obwohl er damit einen Sieg eingefahren hatte, fühlte er sich nicht wie ein Gewinner. Als er zu den Fenstern seines Büros nach draußen in den großen Raum sah, in dem seine Kollegen ihre Arbeitsplätze hatten, stellte er fest, dass alle beschäftigt waren. Auch nach all den Jahren fühlte er sich in seinem Büro noch immer wie in einem Aquarium. Und dann sah er, dass Camillas Arbeitsplatz verwaist war. Er sah auf seine Uhr und überlegte, seit wann sie weg war. Es mussten sicher fünf Stunden vergangen sein, seit sie weggegangen war. Was recherchierte sie so lange? Er versuchte es auf ihrem Handy, erreichte jedoch nur die Mailbox.

Wo wollte sie eigentlich hingehen? Er war so mit sich selbst beschäftigt gewesen, dass er ihr gar nicht richtig zugehört hatte. „Tim, komm mal bitte her“, rief er in den Raum hinaus.

„Was gibt's?“, fragte Tim und blieb in der Tür stehen.

„Ist Camilla noch nicht zurück?“

Tim sah zu ihrem Schreibtisch. „Jetzt wo du es sagst ... Ich habe sie heute seit der Besprechung nicht mehr gesehen. Als sie aus deinem Büro raus ist, ist sie direkt weiter in Richtung Flur gegangen. Ich hab' grad telefoniert und deshalb gar nicht mit ihr gesprochen. Soll ich sie schnell anrufen?"

„Hab ich schon probiert. Geht nur die Mailbox ran."

Tim biss sich auf die Unterlippe. „Komisch. Ich versuche es weiter. Vielleicht holt sie sich auch nur was zu essen."

Hendrik nickte, woraufhin Tim das Gespräch für beendet hielt und wieder zu seinem Platz ging. Dann überlegte er es sich noch einmal anders und ging zu Camillas Schreibtisch. Ihre Handtasche stand auf dem Boden neben ihrem Bürostuhl, darauf lag ihre Jacke. Sie hatte das Gebäude also auf keinen Fall verlassen. Weder das eine, noch das andere, hätte sie zurückgelassen. Tim wusste, dass sie das Essen in der Kantine nicht leiden konnte, andererseits, wenn sie sich in etwas verbissen hatte, ging sie manchmal dorthin, da sie keine Zeit verschwenden wollte, irgendwo außerhalb etwas zu essen zu kaufen. Er würde noch etwas abwarten und dann nach ihr suchen.

Erst als Camillas Telefon nicht aufhörte zu klingeln, bemerkte Tim, dass er die Uhrzeit völlig aus den Augen verloren hatte. In den letzten Stunden hatten sich unfassbar viele Spinner gemeldet, die sich für den Verfasser des Schreibens ausgegeben hatten. Das Team war damit voll ausgelastet, all diesen Hinweisen nachzugehen. Es war mittlerweile schon fast sechs Uhr.

„Wo steckt Camilla denn?", fragte Harald. Seiner Stimme konnte Tim entnehmen, dass sein Partner schlechte Laune hatte.

„Keine Ahnung." Gerade als er aufstehen und das Gespräch entgegennehmen wollte, hörte das Telefon auf zu klingeln.

Hendrik war aus seinem Büro zu ihnen gekommen. „Scheiße, ich war so beschäftigt, ich habe gar nicht mehr an Camilla gedacht. Sie ist noch nicht wieder da?", fragte er, obwohl er die Antwort schon kannte.

„Ich versuche es noch mal auf ihrem Handy", sagte Tim und drückte die Kurzwahltaste auf seinem eigenen Mobiltelefon. Gleich darauf schüttelte er den Kopf und steckte es weg. „Wieder nur die Mailbox."

„Und wo ist Bert?", fragte Hendrik dann.

Max rollte seinen Stuhl zurück und stand auf. „Der macht 'ne kurze Pause. Er hat den Tag fast ohne Unterbrechung durchgearbeitet", verteidigte er seinen Partner.

„Ah, ihr seid ja fast alle noch da." Sie drehten sich alle in die Richtung, aus der die Stimme kam, um. „Ich versuche, Camilla zu erreichen. Wo steckt sie denn?", fragte Manuel und reckte den Hals, um besser zu ihrem Schreibtisch sehen zu können.

„Das wissen wir nicht", antwortete Hendrik. Mittlerweile beschlich ihn ein eigenartiges Gefühl.

„Was soll das denn heißen? Hat sie schon Feierabend gemacht? Seid ihr mit der Durchsuchung schon fertig?"

„Was für eine Durchsuchung?", hakte Hendrik nach.

„Na das Haus von dem Typen, den es wohl nicht gibt."

„Scheiße, was ist hier eigentlich los?", wollte Hendrik jetzt wissen und sah Manuel mit zusammengezogenen Augenbrauen an.

„Wann hast du sie zuletzt gesprochen?", fragte Manuel, ohne auf Hendriks Frage einzugehen.

„Beantworte meine Frage", befahl Hendrik.

„Hört mit dem Wettpinkeln auf, und dann redet jeder der Reihe nach", mischte sich jetzt Harald ein.

Hendrik und Manuel atmeten tief durch.

„Harald hat recht", sagte Hendrik. Dann fuhr er fort. „Nach der Besprechung heute Morgen hat sie das Büro verlassen. Sie hat nicht gesagt, was sie zu erledigen hat, und ich habe nicht nachgefragt", verteidigte sich Hendrik gleich und fragte sich, warum er das tat.

„Okay. Danach kam sie offensichtlich zu mir. Das muss so gegen acht Uhr dreißig gewesen sein. Sie erzählte mir, dass sie beim Amt für Liegenschaften recherchiert hat. Dort war sie auf einen Namen von einem Mann gestoßen, der offensichtlich nicht existent ist. Er hatte ein altes Gebäude vor nicht ganz anderthalb Jahren gekauft. Sie wollte mit dir besprechen, ob man einen Durchsuchungsbeschluss erwirken kann, mit dem wenigen, was sie hatte."

„Sie hat mich nicht danach gefragt. Ich habe sie seit der Besprechung nicht mehr gesehen." Hendrik sah der Reihe nach seine Leute an. Doch alle schüttelten den Kopf. Keiner hatte Camilla gesehen.

„Wie heißt der Mann, der das Haus gekauft hat?", wollte Max wissen.

„Ja, jetzt wird es komisch. Laut den Unterlagen heißt er wohl Harald Baur."

„Soll das ein Witz sein?", fragten Hendrik und Harald gleichzeitig.

„Das wollte Camilla eben ausschließen. Sie hat nachgeforscht, aber niemanden mit diesem Namen gefunden, der hier mal gelebt hat."

„Wir müssen uns ihre Aufzeichnungen ansehen", sagte Tim und ging sofort zu ihrem Schreibtisch. Nacheinander zog er alle Schubladen auf und durchwühlte die Akten, die er darin fand. „Das ist alles alter Kram. Sie hat die Kopien der Fallakten, aber keine aktuellen Unterlagen", sagte er und knallte die letzte Schublade zu.

„Gib mir mal ihr Büchlein her", forderte Manuel ihn auf und kam um den Schreibtisch herum.

„Welches Büchlein?", fragte Tim und sah ihn herausfordernd an. Er wusste, dass dies ein schlechter Augenblick war, um dem Kerl zu zeigen, dass er ihn nicht leiden konnte, trotzdem konnte er nichts dagegen tun. Er hasste es, dass der Typ etwas von Camilla wusste, was er nicht wusste.

„Das kleine schwarze", sagte Hendrik. Auch er war an den Schreibtisch herangetreten.

Tim fragte sich, ob er als einziger nicht wusste, wovon die Rede war. „Ich habe keins gesehen." Schnell durchsuchte er noch einmal alle Schubladen. „Hier liegt kein Buch", sagte er schließlich. „Seht selbst nach." Er trat einen Schritt zurück und beobachtete Hendrik, wie auch er alle Fächer durchwühlte. Camilla würde sich schrecklich aufregen, wenn sie diese Unordnung sah, dachte Tim.

„Es ist nicht da", sagte dann auch Hendrik.

„Okay", meinte Manuel und überlegte. „Sie hatte es definitiv nicht dabei, als sie bei mir war. Auch sonst hatte sie keine Unterlagen dabei. Da sie aber stundenlang beim Amt recherchiert hatte, muss es etwas Schriftliches geben."

„Ich rufe den Amtsleiter an", sagte Harald.

Hendrik sah ihm nach und dankte seinem Beamten im Stillen, dass er einen kühlen Kopf bewahrte.

„Geht niemand mehr ran," meldete Harald kurz darauf.

Tim stieß einen Fluch aus.

„Und jetzt?", fragte Max. Als keiner antwortete, sagte er: „Ich versuche, seine Privatnummer herauszufinden. Kann ja nicht so schwer sein."

„Ich helfe dir", sagte Tim.

„Was ist denn bei euch los?", fragte Hannah, die das Büro betreten hatte, ohne dass es jemand bemerkt hätte.

„Camilla ist verschwunden", antwortete Hendrik.

„Ich hoffe du weißt, an wen du was weitergibst", sagte Manuel und sah Hendrik an. Er kannte Hannah aus dem Fernsehen. Da er schon so viele schlechte Erfahrungen mit der Presse gemacht hatte, traute er keinem Journalisten mehr über den Weg. In der Zeit, in der er mit Camilla zusammen war, war er der Reporterin einige Male begegnet. Er erinnerte sich nicht mehr recht daran, ob sie und Hendrik etwas miteinander hatten. Auch meinte er sich zu erinnern, dass Camilla immer nur positiv von ihr gesprochen hatte. Dennoch konnte er sein Misstrauen nicht verbergen.

„Lass das meine Sorge sein", meinte Hendrik und hielt Manuels Blick stand.

„Wir haben sie", rief Tim. Alle drehten sich zu den beiden um. Dann merkten sie, dass Tim von der Nummer des Amtsleiters sprach. Für einen Moment hatten sie schon gedacht, dass Camilla sich gemeldet hatte.

Max wählte schon eine Nummer. Wenig später hörten sie ihn mit jemandem sprechen. Sie sahen, wie er sich etwas notierte und dann auflegte. „Das war die Ehefrau.

Ich habe seine Handynummer", sagte Max, noch während er die neue Nummer eintippte. Wieder hörten sie zu, wie Max jemandem den Sachverhalt schilderte. „Er kommt noch mal her. In zehn Minuten sollen wir ihn vor seinem Büro treffen", sagte Max.

Sie machten sich sofort auf den Weg. Hendrik hätte sie zurückpfeifen sollen. Es hätte genügt, wenn einer gegangen wäre. Doch das schaffte er nicht. Vielleicht schadete es auch nicht, wenn sie das zusammen durchzogen.

„Wen rufst du an?", fragte Tim, der neben Max in den Aufzug stieg.

„Ich hinterlasse Bert eine Nachricht. Wenn er gleich wiederkommt, wird er sich wundern, wo wir alle stecken."

Burcke schaffte es in sieben Minuten, trotzdem kam es allen vor, als würden sie eine Stunde warten. Völlig außer Atem, kam der Amtsleiter den Flur entlanggerannt. „Sie ist verschwunden, sagen Sie?", fragte er und versuchte dabei seine Atmung zu kontrollieren.

„Seit heute Morgen", bestätigte Hendrik und konnte es nicht in Worte fassen, wie elend er sich dabei fühlte. Jemand aus seinem Team war spurlos verschwunden, und keiner hatte es bemerkt, *er* hatte es nicht bemerkt!

Plötzlich richtete Manuel sich auf „Was ist mit diesem Berg. Er hat ihr gestern vor dem Revier aufgelauert."

Tim wäre ihm am liebsten an die Gurgel gesprungen. Der Kerl schien alles von Camilla zu wissen. „Ich habe mit dem Observationsteam gesprochen. Sie sind nach wie vor an ihm dran. Warum er gestern hier war, können sie auch nicht sagen, aber er war ständig unter Beobachtung."

Hendrik wählte eine Nummer und bellte einen Befehl in sein Handy, als jemand am anderen Ende abhob. Dann sagte er in die Runde: „Sie bringen Berg noch mal her."

Burcke stand mit offenem Mund auf dem Flur und sah von einem zum anderen. Er fühlte sich wie ein Statist in einem Krimi. Nur, dass das kein Film war und er kein Statist. Stattdessen konnte er hier vielleicht nützlich sein.

„Kommen Sie rein", forderte er die Gruppe auf und schaltete, obwohl es draußen noch hell war, die Deckenbeleuchtung ein. Während er den Rechner hochfahren ließ, zog er aus dem Schrank eine weitere Kopie des Stadtplans. „Den habe ich der Polizistin auch gegeben." Dann erklärte er, nach welchen Kriterien er die Objekte markiert hatte.

„Uns interessieren nur die, die in privater Hand sind", sagte Hendrik.

Burcke beugte sich über den Plan und schraffierte die drei Bereiche, die er auch für Camilla markiert hatte. Mit einem Piepton meldete der Rechner, dass er bereit war. Burcke gab die erste Flurstücknummer ein und las den Namen des Besitzers vor.

„Der ist es nicht. Der nächste", sagte Hendrik.

Wieder nannte der Amtsleiter einen Namen. „Auch nicht."

„Der letzte heißt Harald Baur."

„Welches Gebäude ist es?" Alle hatten sich über den Plan gebeugt.

„Industriestraße 113", las Burcke vor.

„Klar, welche Nummer auch sonst", bemerkte Max.

„Können Sie das ausdrucken?“, fragte Hendrik und wählte schon wieder eine Nummer an seinem Handy.

Zusammen mit der Karte und dem Ausdruck, verließ er das Büro. Er nickte dem Amtsleiter zum Dank zu.

Der Rest der Gruppe verabschiedete sich ebenfalls.

„Können Sie mir sagen, wenn Sie sie gefunden haben?“, fragte Burcke unsicher.

„Das machen wir“, antwortete Manuel und klopfte dem Mann auf die Schulter. Er hatte ihnen viel Arbeit erspart. Sie waren ihm großen Dank schuldig. Doch dafür war jetzt keine Zeit.

39.

Warum um alles in der Welt dröhnte ihr Schädel derart? Camilla stöhnte. Sie wollte sich bewegen, doch irgendetwas hinderte sie daran. Erst jetzt bemerkte sie die Dunkelheit, die um sie herum herrschte. Wo war sie? Warum war es so dunkel? Und warum hatte sie solche Kopfschmerzen?

„Hallo?", rief sie. Ihre Stimme klang schrill, stellte sie fest.

„Hallo."

Die Antwort erschrak sie mehr, als die Dunkelheit. Himmel, wenn doch nur ihr Kopf nicht so wehtun würde, sie konnte kaum einen klaren Gedanken fassen. Ihr wurde binnen Sekunden derart schlecht, dass nicht mehr viel fehlen würde, dann würde sie sich übergeben müssen.

„Wer sind Sie?", fragte sie, um sich abzulenken.

„Mein Name ist Melissa."

„Oh Scheiße. Melissa? Melissa Vost?"

„Woher kennen Sie meinen Nachnamen?"

Die Frau hörte sich hysterisch an. „Beruhigen Sie sich", sagte Camilla und fragte sich, in was für einem Albtraum sie da eigentlich gefangen war.

„Wo sind wir hier?", wollte Camilla wissen.

„Keine Ahnung. Wer sind Sie?", fragte Melissa.

Was geschah hier? Er hatte die Frau vor einigen Stunden gebracht. Sie hatten schon befürchtet, dass sie jämmerlich verrecken würden, weil er sich so lange nicht hatte blicken lassen. Das Licht hatte den Raum hell erleuchtet, als er die Neue in Ketten gelegt hatte. Melissa hatte ihn beobachtet. Seine Handgriffe waren derart routiniert, dass es ihr fast wieder schlecht geworden wäre.

Dann hatte er ihnen Essen gebracht und sie zur Toilette gehen lassen. Seitdem war nichts mehr passiert. Wie viel Zeit vergangen war, seit sie hier lag, konnte Melissa nicht abschätzen. Sie hatte jegliches Zeitempfinden verloren. Zudem war sie dankbar, dass sie sich nicht mehr hatte übergeben müssen. Ihr Körper schmerzte noch immer überall, trotzdem wertete sie es als gutes Zeichen, dass sie etwas hatte essen und das auch bei sich hatte behalten können.

„Ich bin Polizeibeamtin. Ich ermittle in Ihrem Fall“, sagte die Frau jetzt und unterbrach Melissa in ihren Überlegungen. Wie konnte das sein? Und wie, verdammt noch mal, konnte dieses Monster eine Polizistin überwältigen? Wusste er, wen er da in seine Kammer gesperrt hatte?

Plötzlich setzte ein völliges Durcheinander ein.

Camilla kam es vor, als würden tausend Menschen auf einmal etwas sagen. Die Lautstärke war nahezu unerträglich. Das Wummern in ihrem Schädel schwoll mehr und mehr an.

„Aufhören“, schrie sie und wollte sich die Ohren zuhalten. Doch wieder wurde sie daran gehindert. Was war hier los? Ihr Körper fühlte sich wie betäubt an, konnte sie deshalb ihre Arme nicht benutzen? Wenn es doch nur heller wäre, wenn sie doch nur etwas erkennen könnte. Plötzlich bemerkte sie, dass um sie herum vollkommene Stille herrschte.

„Warum kann sie sprechen?“, fragte eine Stimme ganz leise.

„Keine Ahnung“, sagte eine weitere.

„Wie meint ihr das?“, fragte Camilla.

„Wir wurden von ihm so fest gewürgt, dass wir lange nicht sprechen konnten. Bei dir ist das nicht der Fall.“

Das stimmte, sprechen konnte sie, dafür sprengte es ihr fast den Schädel.

„Ihr seid alle hier, stimmt's?“, wollte Camilla wissen. Sie fürchtete sich vor der Antwort mehr, als ihr lieb war, trotzdem musste sie die Frage stellen.

„Ja, alle“, sagte Melissa, deren Stimme sie zuordnen konnte.

„Werden sie uns finden?“, fragte eine ganz junge Stimme.

Camillas Herz begann zu rasen.

„Das weiß ich nicht. Ich weiß es nicht“, wiederholte sie.

„Aber jemand wird Sie vermissen“, sagte jemand.

„Sie alle hier werden von jemandem vermisst. Trotzdem haben wir bisher noch keine Ahnung, wo wir suchen müssen“, gab Camilla zu. Sie hörte das leise Weinen einer Frau, doch was hätte sie sagen sollen? Sie konnte nicht lügen. Nicht in dieser Situation. Dann, mit einem Mal spürte sie, was noch nicht mit ihr stimmte. Sie war nackt. Sie war nackt und lag auf einem kalten Boden, und diese Kälte drang nun in ihre Knochen.

„Warum bin ich nackt?“, fragte sie. Ihre Zähne klapperten. Teils wegen der Kälte und teils wegen der Angst, die sich immer weiter in ihr ausbreitete.

„Wir sind alle nackt."

Camilla hörte nicht, woher die Stimme kam, doch das machte auch keinen Unterschied. Warum hatte er sie alle ausgezogen. Wollte er damit seine Überlegenheit und Machtposition verdeutlichen?

„Sind wir alle angekettet?", fragte sie, obwohl die Antwort darauf bereits kannte. Schließlich spürte sie das Metall, das sich ihr ins Fleisch schnitt.

„Ja, angekettet und nackt."

Ohne Vorankündigung wurde der Raum in helles Licht getaucht. Camilla kniff die Augen zusammen. Ihr Körper rebellierte gegen den Schmerz, der in ihrem Kopf wütete. Mit lautem Klirren wurde die Tür aufgeschlossen. Ihre Neugierde war schon immer ihr ärgster Feind gewesen. Deshalb konnte Camilla auch diesmal nichts dagegen tun, als sich ihre Augen wie von selbst öffneten. Zuerst sah sie die vielen Frauen, die um sie herum am Boden lagen. Abgemagert, ausgemergelt und mit großen Augen starrten alle zur Tür. Camilla folgte ihrem Blick. Mit offenem Mund blickte sie auf den Mann, der in der Tür stand. Sie konnte es nicht fassen.

„Du?", sagte sie ungläubig.

40.

„Die Staatsanwaltschaft weiß Bescheid, ein Spezialeinsatzkommando ist unterwegs. Wir werden nicht warten, bis sie hier sind, wir fahren los und treffen uns dort“, sagte Hendrik.

Er legte sich seine Schutzweste an und sah zu, wie seine Kollegen es ihm gleichtaten. Während sie besprachen, wie sie vorgehen würden, stieß Manuel hinzu. Bis dahin war es Hendrik gar nicht aufgefallen, dass er nicht mehr bei der Gruppe war. Er sah, dass auch Manuel aufgerüstet hatte. „Was hast du vor?“, fragte er.

„Was glaubst du wohl?“, fragte Manuel angriffslustig zurück.

„Willkommen im Team“, sagte Hendrik und nahm damit allen den Wind aus den Segeln. Manuel nickte ihm zu.

„Ich muss in den Sender“, sagte Hannah.

Hendrik nickte und hauchte ihr einen Kuss ins Haar.

„Sei vorsichtig“, bat sie ihn leise.

„Klar. Wir sehen uns später.“

Dann war Hannah verschwunden. Hendrik überlegte, warum sie überhaupt so kurz vor ihrer Sendung gekommen war. Hatte sie gespürt, dass hier etwas nicht stimmte? Nun, die Antwort musste warten.

„Ich hoffe, dass es nicht die erste Nachricht heute sein wird", sagte Manuel so leise zu Hendrik, dass nur er es verstehen konnte.

„Nein", war alles, was Hendrik dazu sagte.

Wieder nickte Manuel nur. Er würde sich darauf verlassen, dass Hendrik wusste, was er tat.

„Hast du immer noch nichts von Bert gehört?", fragte Hendrik dann Max.

Max schüttelte den Kopf. Verdammt, warum musste sich Bert ausgerechnet jetzt vom Acker machen. Wenn er ihn in die Finger bekam, würde er ihm den Arsch aufreißen. Sicherheitshalber klebte er Bert einen Notizzettel an den Monitor. Wenn diese Sache hier ausgestanden war, würde er mit seinem Partner Klartext reden müssen. So konnte es nicht weitergehen. Sein Blick fiel auf die Fotos von Berts Kindern. Er schüttelte den Kopf und konzentrierte sich dann wieder auf die Aufgabe, die vor ihm lag.

„Wir bilden ein Zweier- und ein Dreierteam", sagte Hendrik. „Manuel, du bist bei mir, ihr anderen seid das andere Team. Wir fahren mit zwei Wagen. Ihr fahrt von dieser Seite her ans Objekt heran, wir nehmen diese Seite." Auf der Karte zeigte er die Richtungen. „Hier gibt es noch einen Schuppen, so wie es aussieht. Den überprüfen wir. Ihr sichert die Rückseite des Gebäudes. Manuel und ich gehen vorne rein. Wir geben euch Bescheid, wenn wir drin sind. Wenn es hinten keine Fluchtmöglichkeiten gibt, zieht ihr nach."

Er sah seine Leute an. „Noch Fragen?"

„Wie kommen wir ins Gebäude rein? Ich gehe nicht davon aus, dass wir klingeln werden", fragte Tim.

„Darum kümmere ich mich", sagte Manuel.

„Wenn sonst keiner eine Frage hat, geht's los", meinte Hendrik. „Passt aufeinander auf. Wir wissen nicht, mit wem wir es zu tun bekommen werden."

Die Fahrt dauerte keine fünfzehn Minuten. Ohne ein Wort zu sagen, parkte Hendrik den Wagen etwas abseits des Gebäudes, hinter einer Hecke. Sie stiegen aus und sahen sich um. Obwohl Hendrik eigentlich dachte, die Stadt wie seine Westentasche zu kennen, musste er feststellen, dass er in diesem Teil nie zuvor gewesen war. Sie hatten die großen Industriehallen hinter sich gelassen, und als sie eigentlich dachten, dass sie wohl an ihrem Zielobjekt vorbeigefahren waren, war es plötzlich vor ihnen aufgetaucht. Vermutlich hatte einer der ehemaligen Fabrikanten hier seinen Wohnsitz gehabt. Es war ein herrschaftliches Haus, zumindest vor dreißig Jahren, schränkte er sich ein. Der Zahn der Zeit hatte an dem Gemäuer genagt. Einige der Ziegel fehlten, die Fenster waren mit Brettern zugenagelt worden.

Über Funk hörte er, dass die anderen ihren Posten bezogen hatten. Er meldete, dass sie zunächst den Schuppen in Augenschein nehmen würden.

Ohne ein Geräusch zu verursachen, schlichen sie sich über das Gelände und positionierten sich rechts und links von der großen Schuppentür. Ein recht neu aussehendes Schloss sicherte die Tür. Hendrik nahm seine Waffe in Anschlag und beobachtete, wie Manuel mit einem Draht das Schloss öffnete, als hätte er noch nie etwas anderes getan. Dann ließ er den Draht in seine Hosentasche gleiten und zog ebenfalls seine Waffe. Zusätzlich nahmen beide noch ihre Taschenlampen in die Hand. Nur, weil es draußen hell war, bedeutete das nicht, dass es im Schuppen Licht gab.

Hendrik zählte geräuschlos bis drei und schob dann die Schuppentür gerade soweit auf, dass sie beide hineinpassten. Sekunden später standen sie im Gebäude und leuchteten mit ihren Lampen durch den Raum. Mindestens acht Fahrzeuge und zwei Fahrräder standen hier. Hendriks Magen begann zu grummeln. Auch ohne, dass er die Nummernschilder sah wusste er, um wessen Fahrzeuge es sich hier handelte. Wie es aussah, waren sie auf die Wagen der Opfer gestoßen. Sein Herz begann schneller zu schlagen. Er gab die Lage an die anderen Kräfte per Funk weiter und beobachtete Manuel, um sicherzugehen, dass er erfasste, womit sie es hier jetzt zu tun hatten.

Manuel nickte. Er hatte begriffen, und das Adrenalin schoss nun durch seine Blutbahnen.

So schnell sie konnten, rannten sie auf das Haupthaus zu. Wieder gingen sie neben der Tür in Deckung. Manuel holte wieder seinen Draht aus der Hosentasche, während Hendrik ihm Deckung gab. Gerade, als er den Draht ins Türschloss steckte, schwang die Tür auf. Er ließ den Draht fallen und nahm zeitgleich seine Waffe in Anschlag.

Hendrik meldete die Lage über Funk und ohne sich weiter abzusprechen, betraten sie das Gebäude. Der Geruch von Moder schlug ihnen entgegen. Mit Handzeichen verständigten sie sich und überprüften Raum für Raum. Erst im Inneren des Hauses erkannten sie, wie groß es wirklich war. Sie würden es auf keinen Fall schaffen, diesen Koloss alleine zu durchsuchen. Hoffentlich traf die Unterstützung bald ein.

Die Dunkelheit, die in den Räumen herrschte, erschwerte es ihnen zusätzlich, zügig voranzukommen. Die Bretter vor den Fenstern, ließen nur wenig Licht herein. Mit ihren Lampen leuchteten sie in die Ecken der Zimmer und hinter die Möbel.

Nachdem sie wieder einen Raum geprüft hatten, bezogen sie Position an der Tür, wie sie es vor jedem Betreten eines neuen Zimmers machten und rannten dann in den Raum hinein. Vor ihnen auf einem Stuhl, der mitten im Raum stand, saß eine Person. Hendrik und Manuel leuchteten von zwei Richtungen auf den Mann und hielten ihre Waffen auf seine Brust gerichtet.

„Habt ihr mich endlich gefunden“, sagte der Mann.

„Scheiße, was wird hier für ein Spiel gespielt?“, rief Hendrik.

„Mein Spiel“, antwortete ihr Gegenüber.

„Wenn du glaubst, dass das komisch ist, irrst du dich“, sagte Hendrik.

„Das glaube ich nicht“, antwortete Bert und richtete seine Waffe auf Hendrik.

„Bert! Tu das nicht. Wirf die Waffe weg!“, schrie Hendrik.

„Nein. Mein Spiel, meine Regeln.“

„Bert, mach keinen Unsinn. Leg die Waffe weg und nimm deine Hände hoch, du hast keine Chance hier rauszukommen.“ Hendrik verstand noch immer nicht, was hier vor sich ging. Was machte Bert hier? Er sah in das Gesicht des Beamten. Im Strahl der Taschenlampe saß sein Kollege vor ihm und starrte ihn an, die Waffe im Anschlag. Wenn er, Hendrik, eine falsche Bewegung machen würde, wäre er tot. Dass Manuel Bert erledigen würde, würde ihm nichts mehr bringen. Als er jedoch den Ausdruck in Berts Gesicht sah, die zusammengezogenen Augenbrauen, die Entschlossenheit demonstrierten, begriff er, dass er als Verlierer aus diesem Spiel gehen würde, egal wie es ausging.

„Bert! Was ist hier los?“, rief Max, der mit dem zweiten Team in den Raum gekommen war. „Was machst du hier?“ Dann sah er die Waffe, mit der sein Partner auf Hendrik zielte. „Bert? Bert, nimm die Waffe runter!“, sagte er bestimmt, aber mit ruhiger Stimme.

„Max. Wir hatten eine gute Zeit. Dank dir dafür.“

Dann stand Bert langsam auf. „Bert, setz dich wieder, und leg die Waffe weg“, forderte Hendrik ihn erneut auf. Himmel, er konnte doch nicht auf seinen Kollegen schießen. Schon gar nicht, wenn der auf ihn zielte.

Es ging ganz schnell. Bert drehte die Waffe und drückte ab. Max machte einen Satz nach vorne und schrie laut: „Neiiin!“

Doch es war zu spät. Wie in Zeitlupe sackte sein Partner zu Boden. Das Blut von seinem Freund und Partner klebte ihm im Gesicht, doch er bemerkte es gar nicht. Er ging neben ihm zu Boden, nahm Bert reflexmäßig die Waffe weg und hielt das, was von seinem Kopf übrig war in den Händen und bettete seinen Freund und Partner in seinen Schoß. Tränen rannen ihm über das Gesicht. „Was hast du getan? Was hast du verdammt noch mal getan?“, fragte er immer wieder. Doch Bert antwortete nicht mehr. Er würde nie wieder etwas sagen. Fast zärtlich strich Max ihm einige Haarsträhnen aus dem Gesicht. „Was hast du getan?“, fragte er wieder. In seiner Hilflosigkeit sah er an die Decke und dann wieder in das Gesicht seines Partners. „Das kannst du doch nicht machen", flüsterte er. „Was soll ich denn deinen Jungs sagen?" Wieder und wieder strich er über Berts Gesicht. „Verdammt, was soll ich ihnen sagen?" Er verstummte.

Nach einer Weile drehte er sich zu Hendrik und sah ihn flehend an. „Mach, dass das nicht passiert ist!", flehte er seinen Chef an, bevor er erneut über seinem Freund zusammenbrach.

„Durchsucht das restliche Gebäude", sagte Hendrik zu Harald, Tim und Manuel und riss sie damit aus ihrer Starre. Noch immer hielten alle ihre Waffen in die Richtung, in der vor wenigen Sekunden noch, Bert gestanden hatte.

41.

„Seht euch das hier mal an“, sagte Manuel und leuchtete in einen Raum. Der Gestank nach verbranntem Fleisch ließ ihn würgen.

Wie ferngesteuert hatten sie Zimmer für Zimmer durchsucht. Sein Instinkt hatte ihn nicht im Stich gelassen. Doch freuen konnte er sich nicht. Als Camilla ihm heute Morgen von ihren Ermittlungen erzählt hatte, hatte er darüber nachgedacht, die Polizisten, die mit ihr zusammenarbeiteten, mal genauer unter die Lupe zu nehmen. Das war jetzt nicht mehr notwendig, dachte er und hatte wieder die letzten Sekunden von Berts Leben vor Augen. Es hatte sich angefühlt, als wäre ein Film in Zeitlupe vor ihm abgespult worden. Manuel zwang sich, sich wieder auf das Hier und Jetzt zu konzentrieren. Er hatte eine Aufgabe zu erledigen. Nachdenken konnte er später. Sie standen gefühlsmäßig, im hinteren Teil des Hauses. Die Tür hätten sie fast übersehen. Sie war mit einer Tapete überklebt und ein Bild hing daran. Der Raum wirkte frisch renoviert. Als das Licht anging, fuhr Manuel herum. Es zeigte ihm, wie angespannt alle hier waren. Sie konnten von Glück sprechen, wenn sie sich vor Schreck nicht selbst über den Haufen knallen würden.

„Entschuldigung", sagte Tim. „Der Schalter sah neu aus", fügte er hinzu und deutete auf den Lichtschalter.

Harald sog tief Luft ein. „Was ist das hier?", fragte er und machte einen Schritt in den Raum hinein.

„Besser wir betreten ihn nicht. Wir wollen keine Spuren zerstören", meinte Manuel.

„Natürlich, du hast recht", sagte Harald. Es waren keine Menschen in dem Raum, also gab es auch keinen Grund für sie, sich hier länger als notwendig aufzuhalten. Die Kriminaltechnik würde sich mit dem Zimmer befassen.

Sie gingen weiter und kamen zu einer Tür, die aussah, als würde sie zu einem Heizungsraum führen. Sie war verschlossen.

Manuel suchte nach seinem Draht, doch dann fiel ihm ein, dass er ihn zuvor hatte fallen lassen. „Ich gehe zurück, vielleicht kann ich den Schlüssel finden", sagte er.

Er würde zuerst bei der Leiche nachsehen. Doch das wollte er den anderen nicht zumuten. Sie hatten genug gesehen. Obwohl alle Räume, durch die er kam, bereits von ihnen durchsucht worden waren, blieb er wachsam. Man wusste schließlich nicht, mit wie vielen Tätern sie es zu tun hatten.

Als er den Raum betrat, in dem der Tote lag, stellte er fest, dass Hendrik telefonierte. Dabei ließ er sein Umfeld nicht aus den Augen. Innerhalb eines Sekundenbruchteils hatte er Manuel erkannt und sich wieder Max zugewandt. Max kniete noch immer am Boden, strich über die Wange des Toten und redete auf ihn ein. Die Seite des Kopfes auf der das Geschoss ausgetreten war, hatte er in seinen Schoß gebettet.

Manuel vermutete, dass nicht mehr viel davon übrig war.

Er ging zu Hendrik und signalisierte ihm, dass sie einen Schlüssel suchten. Hendrik erteilte ihm mit einem Wink mit der Nasenspitze die Freigabe. So behutsam wie möglich, kniete er auf die andere Seite der Leiche und sagte zu Max: „Ich möchte dich nicht stören. Bleib bei ihm." Dabei durchsuchte er rasch die Hosentaschen des Toten und zog einen Schlüsselbund heraus. Wie er sich dabei fühlte, darüber wollte er am liebsten niemals nachdenken. Max schien von alldem gar nichts mitbekommen zu haben. Er hatte sich nicht gerührt, stellte Manuel fest. Einige Sekunden verharrte er noch am Boden, bevor er aufstand, den Schlüssel in Hendriks Richtung hielt und ihm bedeutete, dass er wieder zu den anderen gehen würde.

Wenig später stand er vor der Stahltür. Tim und Harald hielten nach wie vor Wache vor der Tür. Wäre die Sache nicht so ernst, hätten sie wie Komiker gewirkt, die die Polizei auf die Schippe nehmen wollten, indem sie mit gezückten Waffen vor einer verschlossenen Tür Wache hielten.

Manuel sagte nichts. Er konnte sich nicht im Geringsten vorstellen, was in diesen Menschen gerade vor sich ging. Stattdessen bewunderte er sie, dass sie selbst in einer solchen Situation noch funktionierten.

Es kam nur ein Schlüssel an dem dünnen Bund infrage. Manuel steckte ihn ins Schloss und drehte ihn herum. Neben der Tür sah er einen Lichtschalter mit einem roten Kontrolllämpchen. Er drückte auf den Schalter, sofort fiel unter dem Türspalt ein Lichtschein hindurch.

In der Hoffnung, dass seine Kollegen noch einen Moment durchhalten würden, gab er ihnen ein Signal und öffnete dann die Tür. Das Geräusch, das ihm dann entwich, hatte nichts Menschliches an sich. Hinter sich hörte er das Aufstöhnen von Tim und Harald.

Später würde er erfahren, dass es fünfzehn Paar Augen waren, die auf ihn gerichtet waren, doch in diesem ersten Moment sah er nur all diese Frauen, die ihn anstarrten. Die erfüllt von Angst, auf ihn blickten und ihn gleichzeitig stumm anflehten, all dem ein Ende zu bereiten.

„Manuel."

Als er seinen Namen hörte, erwachte er aus seiner Lethargie. Ganz hinten im Raum kauerte Camilla am Boden. Obwohl er am liebsten davongerannt wäre, zwang er sich dazu, Schritt für Schritt in den Raum zu gehen. Er rechnete fast damit, dass die Frauen nach seinen Beinen greifen, ihn packen würden. Doch nichts geschah. Erst dann realisierte er, dass alle diese Frauen angekettet waren. Er kniete sich vor Camilla auf den Boden, als er sie erreicht hatte. Es kam ihm vor, als sei er einen Marathon gelaufen und habe nicht nur einen winzigen Raum durchschritten. Dann bemerkte er, dass sie nackt war, er drehte sich um. Sie alle waren nackt. Um ihr die Pein zu ersparen, zog er seine Jacke aus und legte sie über Camilla. Tränen standen ihr in den Augen.

„Halte durch, Liebes", flüsterte er.

Die Wärme, die ihr die Jacke spendete, war fast zu viel des Guten. Ihre Lippen zitterten. Zuerst hatte sie gedacht, dass sie träume, als plötzlich Manuel wie ein Racheengel in der Tür stand.

Sie hatte zuvor seinen Namen gerufen, um sich zu vergewissern, dass es kein Traum war. Er war auf sie zugekommen, hatte sich vor ihr niedergekniet und sie zugedeckt. Über Manuels Schulter hinweg, sah sie Tim auf sich zukommen. Sie freute sich, auch ihn zu sehen. Mit zitternden Lippen lächelte sie ihm zu.

Manuel löste die Schlösser an den Ketten aller Frauen. Es dauerte lange, bis er schließlich das letzte Schloss entfernt hatte. Harald hatte über Funk mitgeteilt, wo sie sich befanden. Mittlerweile war das Einsatzkommando angekommen. Das Haus wurde durchsucht, doch bisher hatten sie im Großen und Ganzen von dem Treiben um sie herum nichts mitbekommen. Vor der Tür zu dem Verlies, standen zwei maskierte Beamte und sicherten sie.

Irgendjemand hatte Decken herbeigeschafft, in die sie die Frauen hüllten.

Harald musste um Fassung kämpfen, als er die abgemagerten Frauen zudeckte. Die Dankbarkeit, die aus ihren stumpfen Augen blickte, sagte mehr als alle Worte dieser Welt. Er nickte jeder Frau zu, bevor er sich der nächsten zuwandte. Schon jetzt wusste er, dass er keine Sekunde dieses Tages jemals vergessen würde.

42.

Camilla hatte sich geweigert, im Krankenhaus zu bleiben. Bei der Untersuchung ihres Blutes hatte man ein Narkosemittel festgestellt, dass ihr injiziert worden war. Sie würde noch einige Zeit einen brummenden Schädel haben, aber ansonsten hatten die Ärzte keine äußerlichen Verletzungen feststellen können. Die psychischen Auswirkungen würden erst mit der Zeit erkennbar sein.

Sie hatte sich von Harald nach Hause fahren lassen, um sich neue Kleider zu holen. Dann war sie mit ihm auf die Dienststelle gefahren.

Hendrik hatte Hannah im Sender erreicht. Er war es ihr schuldig, einige Details vorab zu nennen. Da jedoch zuerst die Angehörigen verständigt werden mussten, blieb er vage. Dass sie nicht weiterbohrte, wusste er zu schätzen. Sobald die Zeit gekommen war, würde sie ihre Informationen bekommen.

Die kleine Truppe saß in Hendriks Büro zusammen, als Harald mit Camilla den gläsernen Raum betrat. Tim und Manuel standen sofort auf, um ihr entgegenzukommen. Tim verspürte einen kleinen Stich in der Herzgegend, als er sah, wie Camilla Manuel ansah. Er wandte sich peinlich berührt ab und ließ dem anderen den Vortritt.

Camilla ließ sich von Manuel in den Arm nehmen und dankte ihm. Sie flüsterte ihm etwas ins Ohr, das ihn leise auflachen ließ. Dann ging sie weiter zu Tim. Sie blieb vor ihm stehen und sah ihn an, bis er ihren Blick erwiderte. Für einen kurzen Augenblick sahen sie sich einfach nur an, dann murmelte sie einen Dank und umarmte ihn ebenfalls. Es tat gut, von ihm gehalten zu werden, stellte sie fest. Da sie jedoch nicht alleine waren, löste sie sich von ihm, sah ihn noch einen Moment länger an und lächelte ihm dankbar zu.

Als sie zu Max kam, erschrak sie. Er hatte sich ebenfalls geweigert, in ein Krankenhaus zu gehen. Bislang hatte er sich noch nicht gewaschen. Auch die Kleidung vom Tatort trug er noch. Sie würde demnächst sichergestellt werden. Camilla fragte sich, warum das nicht schon lange geschehen war. Wie konnten sie ihn in dieser Kleidung stecken lassen, an der noch das Blut und die Hirnmasse von Bert klebte? Max' Gesicht war besprenkelt mit Blut. Seine Tränen hatten helle Spuren auf den Wangen hinterlassen. Was immer Bert für ein Mensch gewesen war, für Max war er ein Freund und Partner gewesen und das seit vielen Jahren. Camilla wollte sich nicht vorstellen, was in Max jetzt vor sich ging.

Hendrik stellte ihr einen Stuhl hin, den sie dankend annahm. Irgendjemand hatte Kaffee ausgeschenkt, der langsam kalt wurde, ohne auch nur angerührt worden zu sein. In den letzten Stunden war Hendrik dem Anschein nach um Jahre gealtert. Seine Augen waren schwarz umrändert. Camilla sah sich im Raum um. Gott, was waren sie für ein gebrochener Haufen.

„Ich würde gerne darüber reden", sagte sie leise. „Ich möchte gerne wissen, was genau passiert ist."

Hendrik räusperte sich. „Versuchen wir es. Wir haben sicher alle zahllose Fragen." An Max gewandt fuhr er fort: „Wenn es dir zu viel wird, lass es uns wissen. Wir können jederzeit unterbrechen."

Max' Blick war leer, doch er nickte.

„Vielleicht fängst du am besten an, Camilla."

Camilla berichtete von ihrer Recherche und dem Besuch bei Manuel. „Ich erinnere mich noch, dass ich in den Aufzug gestiegen bin. Eigentlich laufe ich die zwei Stockwerke ja, aber heute Morgen nahm ich den Aufzug." Sie machte eine Pause. An das, was jetzt kam, erinnerte sie sich nur noch schemenhaft. Seit über einer Stunde versuchte sie, die letzten Minuten des Vormittags zu rekonstruieren. „Soweit ich mich erinnere, stand Bert im Aufzug, als ich einstieg. Er hatte meine Unterlagen in der Hand. Ich fragte ihn noch, was er damit vorhatte. Doch er schaute mich nur komisch an und drückte auf den Knopf fürs Erdgeschoss. Ich habe zu ihm gesagt, dass ich zu Hendrik müsse, weil ich vielleicht eine Spur hätte. Er lachte und meinte, ich sei schon immer zu neugierig gewesen. Dann spürte ich einen Stich im Arm. Bevor ich kapiert hatte, was los war, war ich wohl weggetreten. Als nächstes erinnere ich mich erst wieder daran, wie ich in dem dunklen Raum aufgewacht bin." Camilla schwieg. Sie musste an die Frauen denken, die teilweise mehrere Monate dort verbracht hatten. Sie war sich ganz sicher, dass sie das niemals durchgestanden hätte. Sie wäre vorher verrückt geworden. Alle Frauen waren jetzt gerade im Krankenhaus. Ihre Angehörigen waren mittlerweile sicher eingetroffen, überlegte Camilla. Die nächsten Tage würden für sie anstrengend werden. Sie mussten vernommen werden. Vielleicht war es ihr Glück, dass die Ärzte gerade keinen Polizisten an sie heranließen. Als sie das Krankenhaus verlassen hatte, war es schon von Reportern belagert gewesen. Blitzlichtgewitter war über sie hereingebrochen. Harald hatte sie geschickt von der Menge abgeschirmt und hindurchgeführt. Sie hoffte, dass das Krankenhauspersonal keinen von ihnen hereinkommen ließ.

Ihre Gedanken wurden unterbrochen, als Tim sich zu Wort meldete. Er fasste zusammen, was geschehen war, als ihnen ihr Fehlen auffiel.

Sie wusste noch nicht wie, aber sie würde Burcke danken müssen. Vielleicht hatte er ihnen allen das Leben gerettet. Bert hatte geahnt, dass es dem Ende zuging. Wer weiß, zu was er noch im Stande gewesen wäre.

„Er war immer mal eine Weile weg“, sagte Max so leise, dass sie ihn fast nicht gehört hätten. Alle sahen ihn an. „In den letzten Monaten ist er immer wieder mal während der Arbeitszeit eine Weile verschwunden. Ich habe gedacht, er hätte eine neue Beziehung und sei noch nicht so weit, darüber zu sprechen. Im Nachhinein vermute ich, dass er in diesen Zeiten immer in dem Haus war, um die Opfer zu versorgen.“ Er stützte den Kopf in die Hände und schwieg. Als er wieder aufblickte, schimmerten seine Augen feucht. „Ich hatte mir vorgenommen, mit ihm zu sprechen. Ich wollte, dass wir wieder so eine Beziehung wie früher aufbauten. Seit den Scheidungen hatten wir uns voneinander entfernt. Jeder lebte mit seinem eigenen Kummer in seiner eigenen Welt.“

Alle sahen betreten zu Boden. Warum war es keinem von ihnen aufgefallen, wie sehr die beiden Kollegen unter dem Ende ihrer Ehen litten. Nur, weil sie nicht darüber sprachen, hieß es ja nicht, dass sie es auf die leichte Schulter nahmen. Die Frage, die alle sich stellten, schwebte wie eine Gewitterwolke über ihnen. Hätten sie das alles verhindern können, wenn sie sich Bert angenommen hätten?

Hendrik machte sich wohl die größten Vorwürfe. Als Vorgesetzter hatte er die Pflicht, nach seinen Leuten zu sehen, für sie da zu sein, wenn sie Hilfe brauchten. In diesem Punkt hatte er offensichtlich auf voller Linie versagt. Als er wieder zur Max blickte, sah er, wie der um Fassung rang.

„Max“, sagte er vorsichtig. Als der Kollege ihn ansah, fragte er: „Wen kann ich anrufen. Wer soll herkommen?“

„Melanie“, antwortete Max, ohne zu überlegen.

Hendrik schlug sich in Gedanken mit der Hand ins Gesicht. Wer war Melanie? Warum kannte er nicht einmal die Namen der Frauen im Leben seiner Kollegen? Daran musste sich ganz schnell etwas ändern.

„Gib mir ihre Nummer“, bat er Max.

„Sie wird ihr Telefon nicht hören. Sie arbeitet in einem Pub. Dort wird laute Live-Musik gespielt.“

Hendrik überlegte. In der nächsten Zeit konnte er hier nicht viel tun. Vielleicht konnte er stattdessen anfangen, seinen Leuten ein Stück näherzukommen. „In welchem Pub?“, fragte er.

Max nannte den Namen und die Straße.

„Ihr bleibt hier. Ich hole sie. Und ihr beantwortet keine Fragen, bis ich nicht wieder da bin“, fügte er hinzu und sah damit Manuel an.

Manuels Kollegen stellten gerade, in Absprache mit der Spurensicherung, das Haus und die Wohnung von Bert auf den Kopf. Er war von diesen Ermittlungen ausgeschlossen, weil er bereits in den Fall involviert war. Sein Chef war nicht begeistert gewesen, hatte ihn aber verstanden, als er ihm die Sache erklärt hatte.

„Hast du noch saubere Kleidung hier, Max?“, fragte Manuel.

Max sah in fragend an. Dann blickte er an sich hinunter. Offensichtlich bemerkte er erst jetzt, wie verschmutzt seine Kleidung war. Er fing an, an den Flecken herumzureiben. Camilla stand auf und nahm seine Hände in ihre. „Nicht“, sagte sie leise.

Max sah sie an, als würde er sie gerade zum ersten Mal sehen. Dann nickte er aber und antwortete: „Nein, ich habe nichts hier.“

„Komm mit, ich gebe dir was von mir. Das müsste einigermaßen passen“, sagte Manuel und wartete, bis Max aufgestanden war. Zusammen verließen sie das Büro.

„Ich werde kurz zu Hause anrufen. Leonie macht sich sicher Sorgen, je mehr im Fernsehen über die Sache berichtet wird.“ Damit verließ auch Harald den Raum.

„Ich hatte eine Wahnsinnsangst um dich“, sagte Tim zu Camilla. Sie waren jetzt noch die einzigen in dem Büro.

„Ich erinnere mich auch nicht daran, schon einmal so eine Angst gehabt zu haben“, gab sie zu. Plötzlich fing sie wieder an zu zittern.

Tim ging zu ihr und zog sie in die Arme. Er wiegte sie sachte hin und her, bis das Zittern ein wenig nachließ.

„Warum hat er das getan?“, fragte sie flüsternd.

„Ich weiß es nicht“, antwortete Tim wahrheitsgemäß.

„Sind wir alle mitschuldig?“

„Wir werden es so empfinden. Jemand Fremdem würden wir aber sagen, dass man nicht in einen Menschen hineinsehen kann. Dass man nicht erahnen kann, was in einem anderen vor sich geht. Wir würden einem Fremden sagen, dass es nur die Schuld des Täters war. Aber wir selbst glauben nicht daran.“

Camilla nickte. Tim hatte Recht. Die Zweifel würden immer an ihnen nagen. Sie waren die Profis, sie hätten es erkennen müssen. Jeder von ihnen würde in Zukunft sein Päckchen zu tragen haben.

Tim streichelte ihr über die Wange und strich ihr das Haar aus dem Gesicht. Als er sich daran erinnerte, dass Max genau dasselbe bei Bert getan hatte, hörte er sofort damit auf.

Camilla sah ihn fragend an.

Statt einer Antwort küsste er sie sachte. Da sie seinen Kuss erwiderte, intensivierte er ihn. Als jemand sich räusperte, fuhren beide auseinander. Manuel stand mit Max in der Tür. Er sah von Tim zu Camilla und wieder zurück zu Tim. Ohne etwas zu sagen, kam er in den kleinen Raum und setzte sich auf den Stuhl, auf dem er zuvor schon gesessen hatte. Max hatte sich umgezogen. Aber er hatte vergessen, sein Gesicht zu waschen, auch an seinen Händen klebte noch Blut. Doch Camilla brachte es nicht über sich, ihn darauf aufmerksam zu machen. Außerdem wollte sie ihm den Anblick im Spiegel ersparen, wenn er sich wusch.

Max stellte eine große braune Papiertüte auf den Boden und setzte sich auch wieder. Tim ging davon aus, dass Max' Kleidung vom Tatort darin war. Max würde sie sicher nicht mehr zurückhaben wollen, überlegte Tim weiter. Camilla hatte sich aus seinen Armen gelöst und war ebenfalls zu ihrem Stuhl gegangen. Er hätte sie gerne noch länger geküsst. Es hatte sich gut angefühlt.

Vom Flur her waren Stimmen zu hören. Hendrik betrat zusammen mit einer Frau, das Großraumbüro. Max sprang sofort auf und rannte zu der Frau. Sie kam ihm auf halbem Weg entgegen.

Melanie erschrak, als sie das viele Blut in Max' Gesicht sah, doch noch mehr erschrak sie über Max selbst. Sie erkannte ihn kaum wieder. Vor ihr stand ein gebrochener Mann. Sie ließ sich von ihm in den Arm nehmen. Genauer gesagt, umklammerte er sie wie ein Ertrinkender. Als der schwarzhaarige Mann vorher den Pub betreten hatte, hatte sie sofort gespürt, dass etwas ganz und gar nicht in Ordnung war. Um ein Haar, hätte sie das Tablett fallen lassen, das sie gerade trug. Sie schaffte es gerade noch, es auf einem Tisch abzustellen. Dabei ließ sie den Mann nicht aus den Augen. Er hatte sie entdeckt und kam direkt auf sie zu. Ihr Herz hämmerte wie blöd in ihrer Brust.

Es hätte nichts gebracht, gegen den Lärm anzuschreien. Daher hatte sie sich von ihm am Arm nehmen und nach draußen führen lassen. Sie hatte ihrem Chef noch einen Blick zugeworfen, der ihr stirnrunzelnd hinterher sah.

„Melanie?", fragte der Mann.

Sie konnte nur nicken.

„Max braucht Sie. Ich würde Sie gerne zu ihm bringen."

Sie stieg in den zivilen Streifenwagen, ohne etwas zu sagen. Auf der Fahrt erklärte er ihr in groben Zügen was geschehen war. Sie konnte nicht ganz folgen. Was sie allerdings verstand war, dass Max Zeuge davon geworden war, wie sein Partner sich erschossen hatte.

Als sie jetzt das Blut sah, erschrak sie darüber, wie nah er seinem Partner gestanden haben musste. Sie fragte sich, wie knapp er selbst der Kugel entkommen war und erschauderte.

Max nahm sie noch fester in die Arme. Ganz dicht an ihrem Ohr flüsterte er: „Danke, dass du gekommen bist."

„Es tut mir unendlich leid, dass es unter diesen Umständen geschieht", antwortete sie genauso leise.

„Er ist tot."

Melanie nickte. „Ja, dein Chef hat es mir erzählt. Es tut mir so leid."

„Ich habe es nicht kommen sehen. Ich habe einfach nichts kapiert."

„Ich weiß nicht, ob man das hätte vorhersehen können, Max."

„Er war mein Partner."

„Aber du warst nicht für sein Leben oder sein Handeln verantwortlich. Du konntest ihn nicht rund um die Uhr im Auge behalten. Er war ein erwachsener Mann."

„Er war mein Partner. Er hat all diese Frauen entführt, während wir Seite an Seite nach anderen Vermissten gesucht haben. Sogar, während wir nach diesen Frauen gesucht haben, die er in seiner Gewalt hatte. Ich habe Tag und Nacht mit ihm zusammengearbeitet und trotzdem konnte das geschehen. Wir haben uns entfremdet. Nach unserer Scheidung, meine ich. Ich habe ihm nicht einmal von dir erzählt."

Dass ihm das so wichtig war, freute Melanie trotz des Elends, das sie empfand. „Dazu war es vielleicht auch noch zu früh. Wahrscheinlich hast du gedacht, dass dazu noch Zeit ist.“

Sie spürte sein Nicken. Dann löste sie sich gerade so weit von ihm, dass sie sein Gesicht sehen konnte. Die Tränen, die über seine Wangen flossen, lösten erneut Mitleid mit ihm, in ihr aus. „Komm mit, ich helfe dir, dich zu waschen“, sagte sie leise.

Obwohl er sie fragend ansah, schwieg er und ließ sich von ihr aus dem Raum führen. Auf dem Flur sah sie nach rechts und links.

„Hier lang“, sagte er und deutete nach rechts.

Sie fand die Waschräume und versperrte ihm die Sicht auf die Spiegel, während sie neben ihm in den Raum ging. Dann drückte sie ihn auf eine Toilette, wartete bis er saß und holte dann einen Stapel Handtücher, die sie erst einmal kräftig mit Wasser tränkte. Als sie ihn wusch, musste sie gegen den Ekel ankämpfen. Doch sie ließ sich nichts anmerken, als sie Blut und etwas anderes, über das sie lieber nicht wissen wollte, um was es sich handelte, wegwusch. Im Pub hatte sie sicher schon Schlimmeres weggewischt, sagte sie sich immer wieder.

Es dauerte eine ganze Weile, bis sie auch das letzte Blut weggerubbelt hatte. „So ist es besser“, befand sie schließlich. Sie wusch sich gründlich die Hände und kam dann wieder zu Max, der noch immer in der Kabine auf der Toilette saß. „Wollen wir wieder zu deinen Kollegen?“, fragte sie vorsichtig.

Ohne das Blut im Gesicht, sah er nicht mehr so gruselig aus. Doch die Blässe machte ihr nach wie vor Sorgen.

„Gleich“, antwortete er. Dann zog er sie zu sich auf den Schoß und küsste sie. Er küsste sie auch noch, als es an der Tür klopfte.

43.

Hendrik öffnete die Tür zum Waschraum. „Die Leute von der Inneren sind da. Sie würden mit den Befragungen beginnen. Bist du bereit?“, fragte er Max.

Max sah an Melanie vorbei zu seinem Chef. Er fragte sich, ob er selbst ein genauso erbärmliches Bild abgab wie sein Boss. Dann nickte er und stand mit Melanie zusammen auf.

Auf dem Flur kam ihnen Hannah entgegen. „Ich habe es nicht früher geschafft“, sagte sie und ging direkt zu Hendrik.

Wieder einmal wunderte er sich, wie sie es überhaupt in das Gebäude geschafft hatte.

„Der Pförtner schiebt Überstunden“, sagte sie, als hätte sie seine Gedanken erraten. „Er hält euch die Presse vom Leib.“

In den nächsten Stunden ging jeder von ihnen noch einmal durch, was sie erlebt hatten. Jeder saß in einem anderen Büro, alle waren sie im achten Stockwerk. Sie standen Rede und Antwort, auch wenn sie auf viele Fragen, keine Antworten wussten.

Bei der Durchsuchung des Hauses wurden die Unterlagen gefunden, die aus Camillas Schreibtisch fehlten. Damit endete es aber auch schon. Es fanden sich keinerlei Hinweise, die darauf schließen ließen, warum Bert all diese Frauen in seine Gewalt gebracht hatte. Lediglich die Scheidungsunterlagen, aus denen hervorging, dass der Tag der Rechtswirksamkeit ein Dreizehnter war, ließen erahnen, warum diese Zahl eine so große Bedeutung in seinem Leben spielte. Hinzu kam noch, dass er nach dreizehn Ehejahren geschieden worden war. Kein Wunder, wenn er gegen diese Zahl eine Abneigung entwickelt hatte, doch sein Handeln konnte dadurch auf keinen Fall gerechtfertigt werden.

Was ihn dazu bewogen hatte, den Frauen Brandzeichen zuzufügen, konnten sie sich nicht ausmalen. Auch würde es wohl für immer ein Rätsel bleiben, nach welchen Maßstäben er seine Opfer ausgesucht hatte.

Die Untersuchung und Auswertung des Tatortes würde sicher noch Wochen dauern. Ebenso lange würden vermutlich die Vernehmungen dauern. Der Vorgang würde an die Staatsanwaltschaft abgegeben werden. Mit dem Grund, dass der Täter verstorben war, würde er eingestellt werden und in den Tiefen des Aktendschungels verschwinden.

In der Wohnung von Bert hatte man ein Fotoalbum gefunden, in dem Bilder seiner Kinder klebten. Das kleine Buch war völlig abgegriffen. Bert musste es wieder und immer wieder angesehen haben. Bislang wusste seine Familie noch nicht, dass Bert tot war, man hatte es Hendrik erspart, dass er die Nachricht überbringen musste. Wer es stattdessen tat, wussten sie nicht.

Manuel saß zum ersten Mal, seit er Polizist war, auf der anderen Seite des Schreibtisches. Jetzt konnte er die Menschen, die hier saßen, besser verstehen. Er hatte sich immer gewundert, warum deren Angst fast greifbar war, wo sie doch größtenteils nur Zeugen eines Verfahrens waren. Nun war auch er als Zeuge hier, aber das ungute Gefühl blieb. Er würde die Menschen, die er in Zukunft vernehmen würde, ab heute in einem anderen Licht sehen.

„Ich verstehe nicht, warum er mir dieses Narkosemittel gespritzt hat", sagte Camilla, als der Mann, der ihre Vernehmung durchführte, noch einmal auf die Begegnung im Fahrstuhl zu sprechen kam.

„Ich könnte mir vorstellen, dass es aus rein praktischen Gründen geschah. Sie sind ihm zu nahegekommen. Dass er schnell handeln musste, war ihm sicher klar. Er konnte Sie schlecht bis zur Bewusstlosigkeit in diesem Fahrstuhl würgen. Die Gefahr, dass jemand in den Fahrstuhl steigen und ihn erwischen könnte, war einfach zu groß. Wenn er Sie aber betäubte, konnte er immer noch behaupten, dass ihnen schlecht sei und er sie zu einem Arzt bringt. Die Ärzte meinten, Sie konnten sicher noch laufen, auch wenn Sie sich daran jetzt nicht mehr erinnern."

Camilla dachte darüber nach. Die Erklärung klang logisch. Zumindest wenn man versuchte, einen kranken Geist zu verstehen.

Berg, der noch immer in einer Zelle saß, wurde dazu angehört, wie es dazu kam, dass er sich um das Polizeipräsidium herumgetrieben hatte. Er gab an, dass er das Gefühl gehabt hatte, nur mit der Sache abschließen zu können, wenn er das Gebäude noch einmal sah, in dem er so viele Stunden festgehalten worden war. Sie hatten schon Schrägeres gehört und ihn wieder laufen lassen. Er hatte seinen Job verloren. Vermutlich war er gestraft genug.

Es war bereits Morgen, als alle das Revier verließen. „In Anbetracht dessen, dass in den nächsten Stunden wahrscheinlich eh keiner von uns schlafen kann, würde ich euch gerne zum Frühstück zu mir nach Hause einladen“, sagte Hendrik, als sie auf die Straße hinaustraten.

Allen stand die Müdigkeit ins Gesicht geschrieben. Und doch wussten sie, dass Hendrik recht hatte. Sie würden, kaum, dass sie im Bett lagen, Bilder sehen, die sie nicht sehen wollten. Deshalb nickten alle.

„Ich gehe beim Bäcker vorbei und komme nach“, sagte Hannah. Hendrik sah ihr hinterher. Sie war die ganze Zeit an seiner Seite gewesen. Ebenso wie Melanie bei Max geblieben war. Harald hatte seine Frau nicht noch einmal wecken wollen und die Vernehmung alleine durchgezogen. Ebenso die anderen drei. Trotzdem empfand er das Angebot als sehr menschlich, dass er nicht alleine bei der Vernehmung hätte sein müssen. Das hätte er denen vom achten Stock gar nicht zugetraut.

„Hast du was dagegen, wenn ich Leonie frage, ob sie auch kommen möchte? Ich habe sie schon so lange nicht mehr gesehen, kommt mir vor“, meinte Harald.

„Nein, hol sie ab und komm dann mit ihr zusammen nach“, stimmte Hendrik zu.

„Du kannst bei mir mitfahren“, sagten Tim und Manuel gleichzeitig, an Camilla gewandt.

Hendrik lächelte. Egal was käme, Camilla hatte zwei Männer in ihrem Leben, die sich um sie kümmern würden, und wenn einer von ihnen sie enttäuschte, würde er ihm höchstpersönlich in den Hintern treten und sich ihrer annehmen.

„Ich fahre selbst, aber danke für euer Angebot", sagte Camilla und lächelte ihre beiden Kollegen an.

Max und Melanie liefen schon über den Parkplatz zu Max' Wagen. Er gab Melanie den Schlüssel und ließ sich auf den Beifahrersitz fallen.

Sie saßen auf der Dachterrasse an einem völlig überladenen Tisch. Um nicht ständig wieder aufstehen zu müssen, hatten sie einfach alles, was sie an Essen finden konnten, nach oben gebracht. Hendrik hatte lächelnd zugesehen. Er konnte es nicht fassen, dass, seitdem Melissas Mutter ihre Tochter als vermisst gemeldet hatte, tatsächlich erst acht Tage vergangen waren. Melissa würde noch eine ganze Weile länger an ihren Verletzungen zu knabbern haben, dachte er. Bert hatte sie übel zugerichtet. Er musste völlig die Kontrolle über sich verloren haben. Sie hatte mehrere gebrochene Rippen und eine schwere Gehirnerschütterung. Zudem hatte sich die Brandwunde infiziert. Sie war keine Stunde zu früh befreit worden. Die nächsten Tage würde sie im Krankenhaus verbringen müssen. Doch sie war nicht alleine. Ihre Mutter wich keinen Zentimeter von ihrer Seite und sorgte dafür, dass immer ein Licht im Raum brannte. Melissa würde nicht mehr in der Dunkelheit sein müssen, wenn sie es nicht von sich aus wollte. Sie war stark. Genauso stark wie ihre Mutter. Die beiden würden es schaffen. Eines Tages. Dessen war Hendrik sich sicher.

Sandra, sein erstes Opfer, hatte einen schweren Vitaminmangel, ebenso Eva, die zweite Frau, die er entführt hatte. Doch alle Frauen waren bestens ärztlich betreut. Es würde noch viel Zeit vergehen, bis sie das Geschehene verarbeitet haben würden, aber alle waren zuversichtlich, dass sie es schaffen würden. Sobald es ihre körperliche Verfassung zuließ, stand ein Team plastischer Chirurgen bereit, um sich um die Brandnarben zu kümmern. Rebecca hatte angedeutet, dass sie die Narbe behalten wollte, als Zeichen ihres Triumpfs. Vielleicht würde sie ihre Entscheidung noch einmal überdenken.

Lautes Lachen holte Hendrik aus seinen Überlegungen in die Wirklichkeit zurück. Er hatte nicht mitbekommen, was der Grund dafür war. Doch es hörte sich gut an nach dieser Nacht, und er deutete es als gutes Zeichen dafür, dass sie überhaupt schon wieder lachen konnten. Als er in die Runde blickte, nickte er anerkennend. Sie waren ein gutes Team. Sie würden es schaffen. Dann sah er Max. Er war in Melanies Schoß eingeschlafen. Es gab keinen Zweifel, ihn hatte es am schlimmsten erwischt. Ihn würde er gut im Auge behalten, schwor er sich. Melanie lächelte ihn an. Hendrik nickte ihr stumm zu. Er war froh, dass Max jemanden gefunden hatte, an den er sich anlehnen konnte.

Camilla saß zwischen Manuel und Tim, die sie beide nicht aus den Augen ließen. Er war gespannt, wie es in dieser Konstellation weitergehen würde.

Harald war in ein leises Gespräch mit seiner Frau vertieft. Er hielt ihre Hände mit seinen umfasst, ihre Knie berührten sich. Hendrik fragte sich, wie es wohl war, wenn man so viele Jahre seines Lebens mit einem

Menschen geteilt hatte, wie Harald und Leonie. Es hatte ganz sicher etwas Beruhigendes an sich, wenn man wusste, dass egal, wie stürmisch der Tag war, zu Hause der sichere Hafen wartete.

Die Letzte in der Runde war Hannah, sie war noch immer in ihr Gespräch mit Camilla, Tim und Manuel vertieft. Während sie Tim zuhörte, strich sie sich ihr langes, tiefrotes Haar hinter das Ohr. Ob sie sich dieser Angewohnheit bewusst war, überlegte Hendrik.

Sie musste seinen Blick auf sich gespürt haben, da sie sich ihm jetzt zuwandte. Mit ihren aufmerksamen, grauen Augen musterte sie ihn ganz genau. Und weil ihm plötzlich danach war, beugte er sich zu ihr hinüber und küsste sie. Für einen Moment war es ihm egal, was seine Kollegen darüber dachten. In diesem Moment wollte er nur an das Hier und Jetzt denken.

Denn, wenn er am nächsten Tag wieder in sein Büro ging, würden dort an der Tafel vierzehn Fotos hängen. Er würde eins nach dem anderen abnehmen und in die Akte packen. Es blieb ihm dann nur noch, einen Bericht zu schreiben, dann wäre der Fall endgültig abgeschlossen. Zumindest, was das Dienstliche betraf. Menschlich würde ihn der Fall ein Leben lang begleiten. Und täglich, wenn er an Berts Schreibtisch vorbeikam, würde er daran erinnert werden.

Und dann gab es noch die eine Sache. Er hatte sie bisher nicht mit seinen Kollegen besprochen. Der Anruf von der Gerichtsmedizin hatte ihn erreicht, als alle bei ihren Vernehmungen waren. Bislang hatte er den richtigen Zeitpunkt noch nicht gefunden, um mit ihnen darüber zu sprechen. Doch lange würde er es nicht mehr aufschieben können. Spätestens morgen würde dieser

Moment gekommen sein. Denn eines war sicher, sie würden sich Gedanken machen und die Lücke, die bei der Rekonstruktion der Geschehnisse entstehen würde, war zu groß, als dass sie unbemerkt bleiben würde.

Der Arzt, der die Leichenschau durchgeführt hatte, hatte ihm berichtet, dass sie an Berts Unterleib schwere Verbrennungen festgestellt hatten. Verbrennungen, die sehr alt waren. Sie hatten nachgeforscht und waren auf Krankenhausakten gestoßen, die eigentlich schon vernichtet hätten sein müssen. Doch aus irgendeinem Grund war das nie geschehen. Dann war man mit Hilfe des Jugendamtes auf weitere Akten gestoßen. Allem Anschein nach war Bert, als er noch ein Kind war, von seiner Mutter schwer misshandelt worden. Sie hatte ihn wieder und immer wieder den Hintern verbrannt. Erst mit dem Tod der Mutter hatten diese Misshandlungen aufgehört. Damals war Bert dreizehn Jahre alt gewesen. Sie war bei einem Verkehrsunfall ums Leben gekommen. Bert, der damals mit im Auto gesessen hatte, hatte sich aus dem brennenden Wrack befreien können. Für die Mutter kam jede Hilfe zu spät. Er wuchs dann in einer Pflegefamilie auf, wo er vermutlich zum ersten Mal in seinem Leben Liebe erfahren hatte. Dennoch glich es einem Wunder, dass er nicht damals schon auf die schiefe Bahn geraten war. Was jetzt aber der Auslöser dafür gewesen war, dass er diese Frauen in seine Gewalt gebracht und ihnen diese schrecklichen Verbrennungen zugefügt hatte, ob es die Scheidung war, oder ein sonstiges Ereignis, würden sie wohl nie erfahren.

Hendrik blickte in die Runde. Er war stolz auf seine Kollegen. Ja, sie würden es schaffen.

Printed in Poland
by Amazon Fulfillment
Poland Sp. z o.o., Wrocław

23509539R00165